La Garçonne

Victor Margueritte

La Garçonne

Aus dem Französischen von
Joseph Chapiro

Neu bearbeitet von
Sophia Sonntag

ebersbach & simon

Das Widerstreben

I.

Monique Lerbier klingelte.

»Marie«, sagte sie, »meinen Mantel …«

»Welchen, Mademoiselle?«

»Den blauen. Und meinen neuen Hut.«

»Soll ich Mademoiselle die Sachen hereinbringen?«

»Nein, legen Sie sie in meinem Zimmer zurecht …«

Als sie wieder allein war, seufzte Monique. Wie lästig, dieser Wohltätigkeitsbasar! Wenn sie nicht Lucien dort hätte treffen sollen … Es war so behaglich in dem kleinen Salon. Sie streckte sich wohlig auf dem Kanapee aus, lehnte den Kopf in die Kissen und überließ sich wieder ihrer Träumerei.

Sie ist fünf Jahre alt, isst eben in ihrem Zimmer zu Abend, an dem kleinen Kindertisch, an dem jeden Tag »Mademoiselle«, Gebieterin über ihr Leben, sie bedient und betreut. Aber heute Abend hat Mademoiselle Urlaub. Tante Sylvia vertritt sie.

Monique liebt Tante Sylvia abgöttisch. Einmal deswegen, weil sie beide nicht so sind wie die anderen. Alle anderen sind Frauen. Sogar Mademoiselle! Mama hat sie so genannt: »Wenn Sie auch Witwe sind! Eine Erzieherin heißt eben Mademoiselle!«

Tante Sylvia und Monique dagegen sind Mädchen. Sie ein kleines Mädchen, auch wenn sie sich schon recht groß vorkommt. Und Tante Sylvia ist ein altes Mädchen … Alt, so alt! Denn sie hat eine ganz runzlige Haut und eine Kichererbse am Kinn mit drei langen Haaren darauf.

Und dann bringt Tante Sylvia immer schwarzen Nougat mit, aus Mandeln und gebranntem Honig, wenn sie aus Hyères zu Besuch kommt. Hyères ist etwas ganz anderes als hier, aber Hyères ist weit weg … Und nur was hier ist, ist wichtig. Und hier ist heute ein Festtag. Papa und Mama gehen in die Oper und vorher sind sie ins Restaurant eingeladen.

Die Oper ist ein Schloss, wo Feen zur Musik tanzen, und das Restaurant ist ein Ort, wo man Austern isst … Und man lässt nur große Leute hinein, hat Tante Sylvia gesagt.

Aber da kommt ja eine Fee … nein, das ist Mama! – in einem tief ausgeschnittenen Kleid. Auf dem Kopf hat sie weiße Federn und sieht aus, als hätte sie überhaupt nur weiße Perlen an. Monique berührt entzückt den Stoff … Ja, wirklich lauter ganz kleine Perlen! Davon würde sie am liebsten eine Halskette haben!

Sie streichelt Mamas Hals, die sich rasch zu ihr neigt, um ihr gute Nacht zu sagen: »Nein, kein Gutenachtkuss, wegen meiner roten Lippen!« Und wie das kleine Händchen jetzt zu den samtenen Wangen emporsteigt, befiehlt die ungeduldige Stimme: »Lass das! Du wischst mir ja den ganzen Puder ab!«

Hinter ihr steht Papa ganz in Schwarz mit einem komischen weißen V, das aus der Weste steigt. Ein merkwürdiges Hemd, wie aus glänzender Pappe! Mama erzählt Tante Sylvia eine lange Geschichte und die hört lächelnd zu. Papa klopft ungeduldig mit dem Fuß auf den Boden: »Wegen deiner Angewohnheit, dir drei Stunden lang die Wimpern zu tuschen und die Nägel zu lackieren, werden wir noch das Vorspiel versäumen!«

Vorspiel? Wollen Papa und Mama denn spielen? ... Nein. Als sie fort sind, ohne sie geküsst zu haben (Monique ist ein bisschen betrübt darüber), erklärt ihr Tante Sylvia, dass das Vorspiel der Musik gemeint ist ... Also spielt man mit der Musik?

Monique fragt träumerisch: »Woraus ist die Musik gemacht?«

Tante Sylvia hat sie auf den Schoß genommen, streichelt sie und erklärt ihr: »Musik ist das Lied, das aus allen Dingen erklingt ... auch aus uns selbst, wenn wir glücklich sind ... aus dem Sturm, wenn er über den Wald und das Meer braust ... Und auch ein Zusammenklingen von Instrumenten, das an all das erinnert ... Und das Vorspiel ist wie ein großes Fenster, das sich zum Himmel hin öffnet, damit all das hereinkann und man es gut hört ... Verstehst du das?«

Monique sieht Tante Sylvia zärtlich an und nickt.

Monique ist acht Jahre alt. Sie ist rasch in die Höhe geschossen. Hustet oft. Darum hat Mademoiselle (es ist nicht mehr die Witwe, sondern eine Luxemburgerin mit knallroten Backen, Monique kann sie nicht ausstehen) strenge Anweisung, wenn sie am Strand mit ihr spazierengeht, sie nicht barfuß in den kleinen Tümpeln planschen zu lassen, wo die Krabben sich tummeln. Ferner soll sie nicht auf dem nassen festen Sand vor der Flut herlaufen. Sie darf auch die feuchten, kühlen Algen nicht aufheben, die so gut nach Meer riechen, auch keine Muscheln, deren perlmutterne Wölbung das Geräusch der Wellen einschließt ... »Was willst du mit dem Zeug denn machen? Wirf's weg!«, hat Mama ein für allemal befohlen.

Monique darf auch nicht so viel lesen, wie sie möchte (vom Lesen bekommt man Kopfweh). Dagegen muss sie regelmäßig eine Stunde lang Tonleitern üben. (Es nützt nichts, wenn sie klagt, das mache sie verrückt; es scheint wohl eine Turnübung für die Finger zu sein.) Wenn das Ferien sein sollen, dann ist Trouville noch langweiliger als Paris!

Außerdem sieht sie hier ihre Eltern noch weniger.

Mama ist immer mit Freunden im Auto unterwegs. Und wenn sie – was selten vorkommt – abends einmal zu Hause isst, geht sie, sowie sie sich umgekleidet hat, ins Kasino tanzen. Bis spät in die Nacht … Und morgens schläft sie dann. – Papa? Der kommt nur samstags mit dem Ehemännerzug. Und sonntags ist er mit den anderen Herren zusammen … Geschäfte!

Am grässlichsten ist es, wenn Mama »einen Strandbummel« macht. Auf dem Steg ziehen zwei Reihen von Spaziergängern aneinander vorbei – auf und ab. Das sieht aus wie ein Wäschegeschäft. In dichten Reihen defilieren die Mannequins, eine sieht aus wie die andere. Die Damen und Herren stehen in Grüppchen vor ihren Kabinen oder Zelten und tauschen Grüße mit den anderen Damen und Herren aus, die vorbeigehen.

Am Ende des Holzsteges angekommen, machen sie kehrt und das Spiel wiederholt sich. Was bezwecken sie eigentlich damit? Monique hat keine Ahnung. Wieder mal ein Geheimnis! Die ganze Welt steckt offenbar voller Geheimnisse, wenigstens scheint das so nach den Antworten, die man ihr auf ihre unablässigen Fragen gibt …

Jetzt spielt sie nicht weit von dem mütterlichen Strandkorb mit der kleinen Morin und einer Kameradin, von der sie beide nicht wissen, wie sie heißt. Sie haben sie Kreisel genannt, weil sie sich fortwährend auf einem Bein herumdreht und dazu singt. Unter der nachlässigen Obhut der Luxemburgerin bauen die drei eine goldene Sandburg mit Wällen und Gräben. In der Mitte steht, den Rechen militärisch geschultert, ein kleiner lockiger Junge, das sogenannte Lämmchen. Sie haben ihn dahin gestellt, damit er Ruhe gibt, und ihm gesagt: »Du bist die Besatzung!«

Nach der Spielregel ist die Besatzung frei, sobald die Burg fertig ist, und an ihrer Stelle wird die erste der drei, die sich fangen lässt, in die Burg eingesperrt. Aber die Burg will nicht fertig werden. Lämmchen wird ungeduldig, und ohne die Vollendung des Bauwerks abzuwarten, macht er einen kräftigen Ausfall. Kreisel und die kleine Morin sind fortgelaufen. Monique, die sich auf den Bündnisvertrag verlassen hat, ist stehen geblieben. Und als Lämmchen sie nun in die Burg sperren will, wehrt sie sich. Er gibt ihr einen Schubs … Prügelei, Geheul … Die Luxemburgerin, die herbeistürzt, bekommt ihren Teil Püffe ab, die Mütter mischen sich ein. Sie trennen die Kämpfenden und schütteln sie, ohne auf ihre verworrenen Erklärungen zu hören. Lämmchen widersetzt sich und bekommt ein paar Ohrfeigen. Gleichzeitig fühlt Monique eine Hand, die ihr Schläge versetzt: klitsch, klatsch! … »Dich will ich lehren!« …

Niedergeschmettert betrachtet sie die Feindin, die ihre Macht missbraucht. Die Feindin, die zufrieden ist, das durch das Unrecht entstandene Ungleichgewicht strafend wiederhergestellt zu haben … Ihre Mama! Ist das denn möglich?… Wut und Staunen kämpfen in Moniques Seele. Sie macht Bekanntschaft mit der Ungerechtigkeit. Und sie leidet darunter, wie eine Erwachsene …

Monique ist zehn Jahre alt. Sie ist schon erwachsen. Oder vielmehr, erklärt Mama achselzuckend, sie ist ein unausstehliches Kind mit ihren Launen, ihren Zuständen und ihren Nerven.

Immer macht sie alles anders als die anderen! Hat sie nicht letzten Sonntag ihr Spitzenkleid vollkommen zerrissen und sich obendrein erkältet, weil sie mit Michelle und ein paar Bengels im Park von Madame Jacquet Verstecken gespielt hat? Alte Mechelner Spitzen – ein veritabler Gelegenheitskauf, zu 175 Francs der Meter … Und gestern Nachmittag in der Konditorei hat sie sich gar unterstanden, aus dem Schaufenster einen großen Hefezopf von ungefähr einem Kilo wegzunehmen und ihn – draußen auf dem Bürgersteig – einem zerlumpten kleinen Mädchen hinzutragen, das ihn zuvor schon mit Blicken verschlang! … Statt eines ordentlichen Brotes!

Sie wollte den Hefezopf zwar aus ihrer Sparbüchse bezahlen, aber das ist doch keine Mildtätigkeit mehr, das ist schon Extravaganz! Und letzten Endes eine falsch verstandene Großzügigkeit. Man sollte die Armen nicht auf den Geschmack von etwas bringen, das sie doch nicht haben können, und nach dem sie sich dann sehnen werden …

Monique leidet unter diesen Vernunftsgründen. Sie möchte so gern die ganze Welt glücklich machen. Auch sie hat ja ihren Kummer: Die Ihren verstehen sie nicht. Sie kann doch nichts dafür, wenn ihr Charakter so ganz anders ist als der ihrer Umgebung. Sie kann auch nichts dafür, dass sie mit ihrem spitzen Gesicht und ihrer schlechten Haltung ihren Eltern keine Ehre macht: »Du bist aufgeschossen wie Unkraut!«, sagt man ihr ständig … Wenn das so weitergeht, wird sie noch krank werden: Das hat man ihr oft genug prophezeit! Resigniert gewöhnt sie sich an den Gedanken, ja fast hat sie Freude daran. Sterben? – Das wäre eigentlich gar kein so großes Unglück. Wer hat sie denn lieb? Niemand. – Doch! Tante Sylvia.

Und in den Osterferien ist Monique nach einer schweren Bronchitis, die sie drei Wochen ans

Bett fesselte, so schwach, dass sie sich kaum auf den Beinen halten kann. »Die Tante ist da!« Und als der Arzt erklärt: »Das Kind müsste aufs Land … für längere Zeit … womöglich in den Süden, ans Meer … Das Pariser Klima und das Großstadtleben bekommt ihr nicht …«, ruft Tante Sylvia aus: »Ich nehme sie mit! Ich entführe sie euch. Hyères ist ausgezeichnet – nicht wahr, Herr Doktor? …«

»Ausgezeichnet! Der ideale Ort …«

Man wird sofort einig. Und Monique ist so froh bei dem Gedanken, dass sie in der Sonne, bei ihrer wahren Mutter leben darf, dass sie nicht einmal traurig darüber ist, dass Mama und Papa gar kein Bedauern über ihr Weggehen zeigen.

Monique ist zwölf Jahre alt. Sie trägt einen geflochtenen Zopf und ein kariertes Schulkleid. Sie ist Klassenerste im Pensionat ihrer Tante. Anstelle der nebligen grauen Straßen dehnt sich am Hügelabhang der große Garten vor ihr aus. Die Sonne hüllt alles in einen leichten Glanz. Der leuchtet um die Palmen, die wie riesige Farne aussehen, um die stachligen Platten der Feigenkakteen und auf den bläulichen oder gelb geäderten Aloestauden, die dastehen wie große Sträuße aus Blech. Das Meer ist ebenso tiefblau wie der Himmel, und in der Ferne verschwimmen beide miteinander …

Ostern ist wieder da, alles grünt und blüht! Jesus reitet auf seinem kleinen Esel einher unter grünen, sich wiegenden Zweigen. Die Erde ist ein einziger, leuchtender, bunter Teppich, bedeckt mit Rosen, Narzissen, Nelken und Anemonen.

Morgen wird Monique ganz weiß gekleidet sein, wie eine kleine Braut. Morgen! Da feiert sie ihre geistige Hochzeit. Der gute Pfarrer Macahire – sie kann den Namen nicht aussprechen, ohne zu lachen – wird sie und ihre Gefährtinnen aus dem Katechismusunterricht zum Tische des Herrn zulassen.

Sie hat versucht, sich in die schönen Bibelgeschichten zu vertiefen; und das ist ihr umso besser gelungen, als sie ihre Aufgaben mit ihrer großen Freundin Elisabeth Meere wiederholt. Zabeth ist Protestantin; sie hat schon vor vier Jahren ihre erste Konfirmation erhalten, und ihre eifernde Strenge verleiht dem mystischen Fieber, das in Monique brennt, eine seltsame Übersteigerung. Alle beide entdecken sie in Anbetung des Erlösers dunkel die Liebe.

Moniques Anbetung ist ganz Vertrauen, Hingabe, Reinheit. Sie schwebt in unschuldiger Trunkenheit auf den ausgebreiteten Schwingen ihres Traumes dahin. Sie hat nur eine einzige kindliche Furcht: Sie könnte den unsichtbar anwesenden Körper des geistigen Gatten entweihen, indem sie etwa auf die weiße Hostie beißt, während sie sie hinunterschluckt.

Auch soll sie, das hat Abbé Macahire ihr besonders ans Herz gelegt, vorher alle ihre sündigen Gedanken beichten. Und da sind zwei, die sie vergebens zu verjagen sucht. Immer wieder setzen sie sich wie hässliche Fliegen auf ihre Erwartung … Ihr hübsches Kleid! Koketterie. Und die Eier, die Ostereier! Naschhaftigkeit! – Vor allem das große Schokoladenei, das sie aus Paris bekommen wird, und dann die mittelgroßen und kleinen aus Zucker in allen Farben – und sogar die richtigen, in rotem Wasser gekochte Eier, die sich in den Büschen und Wegeinfassungen des Gartens so lustig suchen lassen!

Das ist das große Geheimnis von Tante Sylvia, die schon seit Wochen für das ganze Pensionat diese Freuden und

Überraschungen vorbereitet. Dies ist nämlich ihre Art von Kommunion. Wenigstens beklagt sich Abbé Macahire darüber und meint: »Wie schade, dass diese anständige Frau eine Ungläubige ist!«

Es scheint aber keine sehr schlimme Sünde zu sein, da der Herr Pfarrer sie ihr offenbar verzeiht. Es wäre Monique doch sehr unangenehm, wenn sie etwa in den Himmel käme und Tante Sylvia in die Hölle! … Aber all diese Gedanken machen ihr den Kopf ganz wirr … Sie ist glücklich und das Wetter ist schön.

Monique ist 14. Sie erinnert sich nicht mehr daran, dass sie einmal ein kränkliches Kind war. In ihr steckt die robuste Kraft einer jungen Pflanze, die das rechte Erdreich gefunden hat und gesund in die Höhe gewachsen ist.

Sie ist jetzt in dem schönen Alter, in dem man viel liest, wo eine Welt der Fantasie sich auftut und die Jugend die wirkliche Welt in einen magischen Schleier hüllt. – Sie hat keine Ahnung vom Bösen, so sorgsam hat die Wachsamkeit ihrer Erzieherin all seine Keime in dieser natürlichen, gesunden Seele ausgemerzt. Dafür hat sie Verständnis und Verlangen nach dem Guten.

Elisabeth Meere ist noch immer ihre beste Freundin. Seit drei Jahren ist sie nun schon in Monique verliebt. Umso verliebter, als sie sie hoffnungslos begehrt. Nun wird sie das Pensionat bald verlassen, und da sie nicht aufrichtig ist, empfindet sie eine Scheu vor der offenkundigen Reinheit der Jüngeren. Sie möchte sie gern heißer küssen, aber sie wagt es nicht.

Monique, die für den Zeichenlehrer schwärmt, hat keine Ahnung von der Neigung Zabeths.

Ein Juniabend. Es dunkelt schon. Im Garten ist es noch so heiß, dass die Haut unter den Kleidern ganz feucht ist.

Zabeth und Monique gehen nach dem Abendbrot den Lavendelweg entlang, der bis zu den großen rötlichen Felsen führt, von wo man über die Dünen hinab aufs Meer sehen kann. Auf der anderen Seite sieht man die Berge, die sich blau vom rötlichen Himmel abheben. Weit draußen auf dem Meer schwebt ein kleines orangerotes Segel, und am Himmel ballen sich schwere kupferfarbene Wolken … »Man erstickt!«, sagt Zabeth.

Nervös reißt sie ein duftendes Blatt von einer Orange und knabbert daran. Man atmet den Duft der hohen Eukalyptusbäume; er mischt sich wellenweise in den der anderen Blüten. Der ganze Rausch provenzalischer Erde.

Monique knöpft ihr Kleid auf und hebt die nackten Arme empor, vergebens nach ein wenig Kühle suchend … »Da! Jetzt ist mein Achselband gerissen!« Das Hemd gleitet herab und lässt den Busen sehen. Seine kleinen, aber vollendeten Rundungen. Auf ihrer blonden, blaugeäderten Haut sprießen die beiden Rosenknospen.

Zabeth seufzt: »Wieder mal eine Nacht, in der man nicht wird schlafen können, selbst wenn man sich ganz nackt ins Bett legt. Weißt du übrigens, dass deine Brust bald so groß ist wie meine?« … »Wirklich?«, fragt Monique entzückt. »Ja doch! Sieh nur … Aber deine sind wie Äpfel, meine mehr wie Birnen …« Zabeth entblößt rasch ihre goldfarbene Brust. Sie vergleicht die längliche Form ihrer braunen, festen Brüste mit der atlassenen Glätte von Moniques Busen. Ihre Hand umfasst ihn und streichelt ihn sanft …

Bei diesem angenehmen Gefühl lächelt Monique, ohne darüber nachzudenken, ohne zu verstehen … Aber als Zabeths Finger plötzlich drängender werden, sagt sie: »Schluss! Was fällt dir denn ein?« Zabeth wird rot und stottert: »Ich weiß nicht … es muss das Gewitter sein!«

Zum ersten Mal empfindet Monique seltsame Verwirrung. Rasch schließt sie ihr Kleid. Gleichzeitig ertönt eine ferne Stimme. Es ist Tante Sylvia, die »Monique! Zabeth!« ruft. Zabeth knöpft sich verlegen das Kleid zu … Monique antwortet: »Hallo! …« Die näherkommende Stimme bildet das Echo …

Das Gewitter ist vorübergezogen.

Monique ist 17. Sie rechnet nach: ein, zwei, drei Jahre schon ist Krieg … Ist das wirklich möglich? Schon die dritten großen Ferien, seitdem aus Hyères ein großes Lazarett geworden ist, wo die Verwundeten genesen.

Sie fühlt sich wie verfolgt von diesen erschreckten Augen, die in die Sonne blinzeln, wenn sie aus der Nacht endlosen Entsetzens auftauchen. Sie kann nicht begreifen, wie die Frontsoldaten sich an den grauenvollen Tod gewöhnen können, der sie jetzt ständig umgibt. Sie kann auch nicht verstehen, wie jene, die nur so tun, als gehörten sie zu den Kämpfenden – und jene, die überhaupt nicht an der Front sind –, dieses Leiden und Hinschlachten der anderen mit ansehen können.

Der Gedanke, dass die Hälfte der Menschheit verblutet, während die andere sich amüsiert und bereichert, verwirrt sie vollkommen. Die großen Worte, die man wie Fahnen schwenkt: Ordnung, Recht, Gerechtigkeit! stärken in ihr vollends die aufkeimende Empörung gegen die soziale Lüge.

Sie hat ihr Abschlussexamen mit Auszeichnung bestanden, denn sie hat ihre Studien auch während ihrer unaufhörlichen, geschickt erdachten Versuche, sich hilfreich zu erweisen, eifrig fortgesetzt. Nicht nur hilfreich den Rekonvaleszenten von Hyères gegenüber, sondern auch gegenüber der unbekannten Menge, die in den schmutzigen Höhlen der Schützengräben leidet …

Aber jetzt beginnt ein neues Leben: Paris, die Vorlesungen an der Sorbonne … Monique ist zu ihren Eltern zurückgekehrt. Sie hat von Tante Sylvia, dem Pensionat, dem Garten Abschied genommen, von allem, was aus ihr das fröhliche junge Mädchen mit dem reinen freien Blick und den frischen Wangen gemacht hat … Abschied genommen von der schönen Vergangenheit, die ihr einen gesunden Körper und eine gesunde Seele geschenkt hat.

In der Avenue Henry-Martin macht ihr das hübsch eingerichtete Jungmädchenzimmer große Freude. Der Empfang durch Vater und Mutter hat sie gerührt. Sie fühlt, nun gilt sie in den Augen der Ihrigen etwas: sie macht ihnen Ehre … Tante Sylvia hat gesät – sie ernten. Sie ist selbst glücklich und zürnt ihnen nicht wegen ihrer früherer Lieblosigkeit und ihres Egoismus' … Sie liebt sie grundsätzlich …

Zum ersten Male seit 1914 ist man wieder nach Trouville gefahren. Monique widmet ihre Ferien der freiwilligen Krankenpflege im Reservelazarett Nr. 37. Tagsüber ist sie von ihrer Arbeit, abends von ihren Büchern so in Anspruch genommen, dass sie sich um die anderen gar nicht kümmert … Und am wenigsten beobachtet sie jene, die ihr am nächsten stehen: ihre immer noch vergnügungssüchtige Mutter, ihren stets abwesenden Vater … Lerbiers Fabrik hat Kriegslieferungen und verdient offenbar Millionen an der Herstellung von Sprengstoff … Und ist es zu glauben, dass in einer solchen Zeit die Drückeberger, die Untauglichen und die Zuschauer in aller Ruhe und mit Feuereifer ein fideles Leben führen? Man paart sich und man tanzt, man tanzt und paart sich in Deauville.

Monique ist 19. Der Alptraum des Kriegs ist zu Ende. Ein solches Bedürfnis, sich zu entfalten, beherrscht sie seit dem Waffenstillstand, dass sie ihn schon beinahe vergessen hat. Die Wogen des Alltags haben den Krieg fortgespült.

Mehr denn je auf sich selbst gestellt, immer weniger am Leben ihrer Eltern beteiligt, hört sie Vorlesungen über Literatur und Philosophie und übt sich eifrig in allerlei Sportarten: Tennis und Golf ... In der übrigen Zeit macht es ihr Freude, Kunstblumen zu entwerfen ... Nach einem eigenen Verfahren.

Die eleganten Kreise, in denen sie widerwillig verkehrt, nennen sie ein Original, ja sogar eine Wichtigtuerin, weil sie weder Vergnügen am Tanzen noch am Flirten hat. Monique wiederum hält ihre Freundinnen mehr oder weniger für Närrinnen und für innerlich tief verdorben ... Wenn man, wie Michelle Jacquet, in den Hosentaschen ihrer Freunde herumstöbert? ... Oder wie Ginette Morin sich mit ihren älteren Freundinnen in dunklen Ecken herumdrückt? ... Danke bestens!

Wenn Monique einmal lieben sollte, so würde das die große Liebe sein und sie würde sich ihr restlos hingeben. Noch ist sie ihr nicht begegnet. Bloß ein Name unter all den Männern, über die ihre Mutter – die es sich in den Kopf gesetzt hat, sie so bald wie möglich zu verheiraten – mit ihr spricht: Lucien Vigneret, der Großindustrielle. Aber wenn sie ihn auch wiederholt gesehen und gern gesehen hat – er hat von ihr nicht einmal Notiz genommen ...

So träumt Monique, auf den Diwan hingestreckt. Ihr Leben zieht wie ein Film auf einer geheimnisvollen Leinwand an ihr vorüber. Gestochen scharfe Bilder, in denen sich die Erinnerung aus dem Abgrund des Vergessens löst und wieder Gestalt annimmt ... Sie denkt an all die

Facetten ihrer selbst, die längst vergangen sind. Jetzt ist sie 20 Jahre alt, und sie liebt.

Sie liebt und wird sich bald verheiraten. In vierzehn Tagen wird sie Madame Vigneret heißen. Der Traum ist Wirklichkeit geworden. Lächelnd schließt sie die Augen. Bewegt, verwirrt noch, denkt sie daran, dass das Standesamt mit seiner offiziellen Feier und das schauderhafte Trara des nachfolgenden Dîners, wo eine Menge Menschen ihr mit schlüpfrigen Hintergedanken gratulieren werden, ihr wahres Glück nicht mehr steigern kann.

Ohne viel Aufhebens hat sie sich nehmen lassen, hat sich vor zwei Tagen ganz dem hingegeben, der ihr alles bedeutet … Eine rasche, schmerzhafte Umarmung, die sie dennoch mit stolzer Freude erfüllt … Ihr Lucien, ihr Glaube, ihr Leben! … Gleich wird sie ihn wiedersehen, auf dem Basar. Ihre ganze Seele fliegt ihm und diesem süßen Augenblick entgegen.

Sie liebt ihn und hat getan, was er wollte. Sie ist stolz und glücklich, schon jetzt »seine Frau« zu sein, ihm mit dieser restlosen Hingabe ihr Vertrauen bewiesen zu haben … Warten? Sich ihm bis zu dem festgesetzten Tag der offiziellen Feier versagen? Warum? … Nicht der gesetzliche Stempel, sondern die freie Wahl verleiht doch einer Ehe ihren Wert. Schicklichkeitsgründe? … Ob nun acht Tage früher oder später …!

Die Schicklichkeit! … Sie lächelt boshaft und errötend bei dem Gedanken an die aufklärenden Worte, die ihre Mutter an sie richten wird. Wenn die wüsste! … Monique zuckte zusammen, die Tür öffnete sich. Madame Lerbier trat ein, den Hut auf dem Kopf.

»Noch nicht fertig? Bist du toll? Das Auto ist unten. Du hast wohl ganz vergessen, dass ich dich um halb drei im Auswärtigen Amt absetzen soll?«

»Sofort, Mama! Ich muss nur noch meinen Mantel anziehen!«

Madame Lerbier hob die Augen gen Himmel und stöhnte: »Ich werde all meine Verabredungen versäumen!«

II.

»Ginette!«, rief Monique.

»Was denn?«

»Dein Flirt!«

»Leo? Wo denn? Man sieht ja gar nichts in diesem Gedränge!«

»Am Tisch von Hélène Suze. Er sucht sich eben eine Zigarre aus …«

»Ich hör's bis hierher, was sie sich für Ferkeleien erzählen! Sieh nur, wie sie lächeln!«

»Das scheint dich nicht weiter zu stören?«

»Mich? Ich amüsiere mich drüber!«

»Versteh' ich nicht!«

Ginette Morin platzt los.

»Monique, du bist wirklich süß! Du verstehst überhaupt niemals etwas! Eigentlich bist du wahnsinnig naiv trotz deiner selbstständigen Art!«

Schon hatte Ginette ihr den Rücken gekehrt, spielte die liebenswürdige Verkäuferin und lächelte einem kleinen, dicken Mann mit üppigem Haar zu, Jean Piombino, dem Schieberkönig …

»Eine Krawatte gefällig? … Nein, Sie sollen sich nicht dran aufhängen! … Nein … für einstweilen, bis Sie das Band der Ehrenlegion haben. Oder vielleicht die hübschen Taschentücher hier? … Nein? Dann die Schachtel Handschuhe? …«

Zu den riesigen, mehrarmigen Kronleuchtern, deren Kristallketten funkelten, stieg unaufhörlicher Lärm aus den weißgoldenen Sälen empor. Die mythologischen Gestalten der hohen Gobelins, die sich vom stachelbeerfarbenen Damast der Tapeten abhoben, schienen überrascht die Menge zu mustern, die sich da unten bewegte, im Stimmengewirr, in elegantem Durcheinander die ungeheure Zimmerflucht füllte und für einen Tag das Erdgeschoss des Ministeriums in ein Warenhaus verwandelte. *Tout Paris* war da und summte wie ein riesiger Hornissenschwarm.

Jean Piombino, päpstlicher Baron, hörte Mademoiselle Morin zerstreut zu. Er fühlte Moniques Blicke auf sich ruhen; er verneigte sich sehr tief, seine Mähne fiel ihm in die Stirn. Er war der Witwer einer sizilianischen Orangenverkäuferin und suchte für sein einziges Töchterchen eine Erzieherin, die seines neuen Reichtums würdig wäre. Der »Baron«, ein im Kriege aufgeschossener Giftpilz, fest im Boden der Familie verhaftet, hatte sich bei seinem Faible für Werte auch den für die ehelichen Tugenden bewahrt.

Unter ihrem beherzten Auftreten hatte er die Ehrlichkeit und Anständigkeit Moniques erkannt. Eigenschaften, die in seinen Augen umso größeren Wert besaßen, als er selbst sie nie besessen hatte und wusste, wie selten sie in dem Kreise junger Mädchen waren, die sich ihm überall zur Ehe, oder, wenn das nicht glücken wollte, zur Geliebten anboten. Er brauchte nur die Hand auszustrecken! Feste Preise und freie Wahl!

Eins nur war störend bei der »kleinen« Lerbier, deren strahlende Blondheit ihn bezauberte: ihre dicht bevorstehende Heirat mit Vigneret, dem Automobilfabrikanten. Freilich eine gute Marke! Aber was für ein Schürzenjäger der Kerl war! Man musste also abwarten: konnte man denn wissen? Vielleicht ließen sie sich in ein paar Jahren scheiden? … Und wenn sie nicht seine Frau werden konnte, was für eine entzückende Geliebte sie abgäbe! … Seine Millionen ließen Piombino, diesen schwitzenden Dickhäuter, die eigene Hässlichkeit vergessen: ein Mann mit 120.000 Francs Zinseinküften wurde überall gut aufgenommen …

Beleidigt durch den kühlen Gruß, mit der seine demonstrative Verbeugung aufgenommen wurde, warf er Ginette Morin doppelt feurige Blicke zu. Eine kleine pikante Brünette, die man nicht von der Bettkante stoßen würde … Freilich nur zum Zeitvertreib. So begehrenswert ihm Monique als Gattin erschien, so wenig Vertrauen flößte ihm Ginette ein. Aber als flüchtige Affäre, das wäre etwas anderes! Seine Hängelippe triefte bei dem Gedanken. Angeregt stimmte er zu:

»Eine Schachtel Handschuhe? … Warum nicht? … Besonders, wenn Sie sie mir anprobieren!«

»Sechs Paar? Das dürfte ein bisschen zu lange dauern!«

»Da bin ich anderer Ansicht!«

Er lachte laut.

Sie machte erstaunte Augen:

»Was ist daran komisch? Glacé, Nr. 7¼ …«

»Das ist nicht meine Größe.«

»Allerdings!«

Nun lachte sie unverschämt beim Anblick der dicken Pranke, die er ihr reichte.

Jean Piombino – der ehemals mehr als einen Sack auf die Schulter gehoben hatte, als er noch Lastträger im Hafen von Genua gewesen war und drei Francs am Tag verdiente – hatte wenigstens so viel Geist, sich seines Plebejertums nicht zu schämen. Die niedere Abstammung würzte die Selbstachtung seines jetzigen Reichtums mit einer gehörigen Prise Stolz; er kicherte: »Nicht jeder kann Ihre Feenhände haben – selbst wenn er sie gut bezahlen wollte!«

Ginette war sprachlos; was wollte er damit sagen? Und was bedeutete, von ihm ausgesprochen, diese Andeutung, kaufwillig zu sein? – Sollte er ehrliche Absichten haben? … Baronin Piombino? … Das könnte man sich überlegen, so widerwärtig der Kerl auch war … Aber der Baron fuhr fort:

»Ach, da kommt ja gerade Leo, der Schiedsrichter der Eleganz … Guten Tag, Monsieur Leonidas Mercœur … Mademoiselle Morin wartet schon auf Sie.«

»Daran ist Hélène Suze schuld«, sagte der Ankömmling entschuldigend und mit einem Zwinkern des Einverständnisses … »Ich habe Ihre Bestellung ausgerichtet, Mademoiselle.«

»Na, und?«

»Einverstanden.«

Sie dachte: ›Fein!‹ Ihr Blick war undurchdringlich, aber hinter ihrer Stirn spiegelte sich schon die Vorfreude auf den kommenden Abend: Opiumrauchen zu viert bei Anika Gobrony, und zum ersten Mal Kokain und alles, was darauf folgen wird! … Mit verwirrender Genauigkeit malte sich die von ungesunder Neugier getriebene Vierteljungfrau, die für alle Laster offen war, diesen Abend aus. Der »Baron« fühlte sich überflüssig. Er zog einen großen blauen Schein aus seiner Brieftasche:

»Für Ihr gutes Werk, Mademoiselle, und meine besten Empfehlungen an Ihre Frau Mutter …«

»Nehmen Sie doch wenigstens irgendetwas. … Hier das Riechkissen! Nelken, mein Parfüm!«

»Gut denn, als Andenken! … Die Handschuhe …«

Er zeigte auf Mercœur:

»Die kann der nehmen! Ich wette, ihm passt Ihre Größe!«

Vergnügt scharwenzelte er zum nächsten Stand, von dem aus Madame Bardinot und Michelle Jacquet ihm freundlich zuwinkten.

»Es gibt keine Aristokratie mehr! Das ist die moderne Fellachisierung der Menschheit!«, urteilte Leo mondän und mit elegischer Bitterkeit. »Das Geld hat alles nivelliert. Flegeltum regiert die Welt!«

Leonidas Mercœur, kurz Leo genannt, schwebte sozusagen über diesen Miseren. Seit er in das Alter gekommen war, den Frauen zu gefallen, hatten ihn seine Mätressen ausgehalten – dann bewahrten ihn 1915 erfolgreiche Spekulationen gleichzeitig vor Not und Schützengraben, und der ehemalige Friseurgehilfe, der zum gesellschaftlichen Chronist avancierte, lebte von seinen Zinsen: 30.000 Francs in Staatspapieren. Sein Kriegsgewinn. Und da er einmal am Aushilfsdienst Gefallen gefunden hatte, setzte er ihn im Zivilleben fort. Als Nutznießer von Madame Bardinot verwendete er für seine kleinen Ausgaben (sie betrugen das Doppelte seines Einkommens) einen Teil dessen, was sie aus ihrem Geliebten, dem Bankier Ransom, herausholte. Das hinderte übrigens den schönen Leo, den Vertrauten der Alten und Ratgeber der Jungen, nicht, bei jeder sich bietenden Gelegenheit im trüben Wasser zu fischen.

Käufer unterbrachen jetzt ihre Privatunterhaltung. Stolz darauf, mehr Kundschaft zu haben als ihre beste Freundin, die kleine Jacquet, deren Profil einer Straßengöre sie am Nebenstand sehen konnte, spielte Ginette mit leuchtenden Augen und vorgeneigtem Oberkörper die Liebenswürdige. Mit bloßem Hals und Brüsten, die sich unter ihrer leichten Kreppbluse abzeichneten, schien sie bei jedem Gegenstand, den sie verkaufte, dem Kunden auch ein wenig von sich selbst feilzubieten. Eitle Befriedigung mischte sich in ihre sinnliche Erregung: sie würde heute Abend die größten Einnahmen abliefern können!

»Warten Sie doch, Leo! Sie haben mir ja noch gar nichts weiter gesagt!«

Er flüsterte ihr rasch leise zu – denn er sah, dass Max de Laume und Sascha Volant sich ihnen näherten:

»Morgen um sechs bei Anika. Wir haben reichlich Zeit, da Ihre Eltern ja im Elysée speisen.«

»Treffpunkt?«

»Mit Hélène Suze im Teesalon der Place Vendôme.«

Er verbeugte sich formvollendet und verabschiedete sich, als ein neues Aufflackern der Erregung, ein anschwellendes Gemurmel sie die Köpfe wenden ließ. Wie ein hochbordiges Schiff erschien die knochige Gestalt John Whites, des amerikanischen Milliardärs, in Begleitung einer Schaluppe: der Generalin Merlin in Person, der Vorsitzenden des Hilfswerks für französische Kriegsversehrte, die die Honneurs machte; den beiden folgte ein lärmender Schwarm alter Herren und schöner Damen.

Leo scherzte:

»Jetzt kommt seriöse Kundschaft; da verdrück' ich mich lieber!«

*

Monique, die Ginette den Rücken zugewandt hatte und sich um ihre Heldentaten nicht kümmerte, war vollkommen überrascht, als die Welle der Prominenten in ihre Richtung brandete. Auf wen hatten sie es abgesehen? Wahrscheinlich auf die Leiterin der Abteilung, Madame Hutier, die Vizepräsidentin des Hilfswerks! … Nein! … Vor ihrer Auslage mit Kunstblumen machte der Zug halt.

Blass vor Neid eilte Ginette zur Hilfe herbei, auch Madame Hutier näherte sich mit kokettem Lächeln.

»Hier stelle ich Ihnen«, sagte die Generalin, zu John White gewandt, »unsere liebe Vizepräsidentin vor, Madame Hutier, die Gattin des ehemaligen Ministers.«

Das knochige Gesicht des Milliardärs war unbewegt. Nur ein mechanisches Zucken des Halses zu Ehren dieses unbekannten Politikers.

»Mademoiselle Morin, die Tochter des berühmten Bildhauers.«

Trotz ihrer liebenswürdigen Verbeugung sah Ginette ihren Namen mit demselben gleichgültigen Zucken bedacht.

»Mademoiselle Lerbier.«

Ein Ausdruck des Interesses belebte plötzlich die kantigen Züge.

»Ah, oh! ›Lerbier, Chemische Erzeugnisse‹? Kenne ich … Und diese kleinen Sachen hier …«

Er beugte seinen langen Oberkörper über die kleinen Wunderwerke, Narzissen, Rosen, Anemonen, blühende Juwelen aus einem Zwergengarten.

»Mademoiselle Lerbier vergnügt sich damit, diese Dinge herzustellen. Eine echte Künstlerin …«

Die Generalin war überrascht, dass der Automat, den sie seit 20 Minuten spazierenführte, ohne etwas anderes aus ihm herausholen zu können als ein gelegentliches Ah, Oh! und seine Verbeugungen, plötzlich lebendig wurde, und nutzte die bisher vergeblich gesuchte Gelegenheit, die Aufmerksamkeit ihres Besuchers auf das Hilfswerk zu lenken.

»Eine unserer aufopferndsten Mitarbeiterinnen. Unsere Kriegsversehrten beten sie geradezu an!«

›Also wirklich!‹, dachte Monique, die nur ein einziges Mal in dem großen Hospital Boisfleury gewesen und so erschüttert heimgekommen war, dass sie seither nicht wieder den Mut gefunden hatte, hinzugehen, ›die legt sich ja ordentlich ins Zeug!‹

Doch ein strenger Blick der Generalin befahl ihr, mitzuspielen. Gleichzeitig betrachtete John White sie voller Wohlwollen. Er hatte einen Weißdornzweig in seine große Pranke genommen und prüfte ihn neugierig.

»Sind die weißen Blättchen nicht entzückend?«, lobte die Präsidentin.

»Sehen Sie nur, wie fein im Ton! Man weiß gar nicht, ob das Elfenbein ist oder Jade.«

Monique berichtigte:

»Es ist nur Salzteig, getrocknet und bemalt.«

»Ah, oh!«, machte John White. »Wirklich? … Ich behalte …«

Und während er der dicken Madame Merlin das zarte Kunstwerk übergab, zog er ein Scheckbuch und eine Füllfeder aus seiner inneren Westentasche, unterschrieb unbewegt zwei Schecks und überreichte sie den Damen: einen über 5.000 Francs der überraschten Monique: »Für den Weißdorn« … den anderen über 10.000 Francs der Präsidentin, deren rundes Gesicht wie ein Vollmond strahlte: »Für die Versehrten.«

Und nachdem er Monique wortlos zugelächelt hatte, verteilte er an die übrigen Verkaufsbuden ein dreifaches Kopfnicken und ging weiter seines Weges, ohne den leisesten Wunsch zu bezeigen, am benachbarten Stand haltzumachen, aller Verbeugungen von Madame Badinot zum Trotz.

Aber nun verlangte es der Anstand, dass man dem Stifter schleunigst ein Glas Champagner anbot. Die Präsidentin war zufrieden und verzichtete auf überflüssige Demonstrationen. Und hinter der hoch aufragenden amerikanischen Takelage und seiner Schaluppe wälzte sich der ganze Zug dem Büfett zu.

»Sie hatten mir ja gar nicht gesagt, mein Liebes, dass Sie Beziehungen zu Amerika haben?«, meinte Madame Hutier vorwurfsvoll.

»Ich? Ich habe noch nie von John White gehört.«

»Das stimmt!«, bestätigte ein Neuankömmling.

Rasch fuhr Monique herum, als sie die Stimme hörte, die plötzlich alle anderen für sie auslöschte. Lucien Vigneret fuhr fort:

»Aber John White hat vielleicht von der Erfindung des Monsieur Lerbier gehört!«

Monique strahlte plötzlich. Die zarte Blässe ihrer Haut färbte sich rosig. Sie schwenkte den Scheck.

»Was? Du weißt es schon?«

»Es ist das Ereignis des Tages!«

»Ich kann's noch gar nicht fassen …«

›Red' du nur‹, dachte Ginette bei sich und kehrte zu ihren Geschäften zurück; sie war überzeugt, die Sache sei eine abgekartete Geschichte gewesen. Madame Hutier, dem Erfolg und der geheiligten Liebe gegenüber nachsichtig, beeilte sich, die Liebenden ihrem vertraulichen Gespräch zu überlassen … Was für ein hübsches Paar, und wie gut sie zueinander passten!

Monique und Lucien deuteten mit den Lippen einen Kuss an. Unter der Alltäglichkeit der Worte hörte sie nur das Jubellied ihres Glücks.

»Zerbrich dir nicht lange den Kopf«, fuhr Lucien fort. »John White hat sich nicht um deines Lächelns willen so ins Zeug gelegt, auch wenn das den Scheck wert ist. Die Bemühung galt deinem Vater. Der Schlingel glaubt wohl, dass der Zusatz von Stickstoff bei den Düngemitteln auch für die amerikanische Landwirtschaft von Nutzen sein könnte. Und da der franzosenfreundliche John White lieber mit Aubervilliers als mit Ludwigshafen in Geschäftsverbindung steht … Verstehst du?«

»*Well*. Die Dollars sollen uns willkommen sein.«

Er bemerkte mit einer Bitterkeit, die sie überrascht:

»Gewiss! Gold ist immer willkommen! Besonders, wenn unter der Flagge der Dollars die Louisdors wieder zurückfließen.«

»Sie zahlen uns für industrielle Erzeugnisse zurück, was sie uns für Kriegsmaterial abgenommen haben … Ist das vielleicht ein Unglück? New York kann doch schließlich nichts dafür, wenn Paris und Berlin miteinander Krieg führen!«

Er stimmte zu:

»Du hast recht, Minerva!«

Er neckte sie mit diesem Spitznamen, den er ihr ebenso sehr ihrer Logik, deren kategorische Aussprüche er zwar achtete, aber fürchtete, als ihrer Schönheit wegen gegeben hatte … »Minerva«! Sie hasste diesen Vergleich, bei dem sie einen Hintergedanken spürte. Der einzige Punkt, in dem ihre Charaktere nicht übereinstimmen. Der einzige Schatten auf ihrer Liebe! Sie sah ihn an: Er lächelte.

»Es ist sehr schlecht von dir«, flüsterte sie, »dass du mich jedes Mal neckst, wenn ich etwas Ernstes sage! Im Grunde ist mir ja alles gleichgültig, was nicht uns beide betrifft!«

Er betrachtete sie geschmeichelt. Und sie fuhr fort:

»Du bist meine Gegenwart und meine Zukunft, mein Leib und meine Seele … Es ist so schön, einander rückhaltlos zu vertrauen! … Du wirst mich nie betrügen, nicht wahr, Lucien? Aber Augen wie die deinen können ja einfach nicht lügen! … Sag mir alles, was du denkst! … Lucien? … Lucien! Wo bist du?«

Er ergriff ihre Hand, drückte einen langen Kuss auf

das Handgelenk und flüsterte: »Ich bin ja da!« Und dann wie ein Hauch: »Ich liebe dich!« Aber gleichzeitig dachte er: ›Sie ist einfach fürchterlich mit ihrer Aufrichtigkeitsmanie! Schöne Aussichten für die Zukunft! … Es war vielleicht Unrecht, dass ich nicht ehrlicher zu ihr gewesen bin … Ich hätte ihr die Sache mit Cleo gestehen sollen! Oder doch wenigstens ihren Vater bitten, ihr einen Teil der Wahrheit zu sagen … Jetzt ist's zu spät …‹

»Ich liebe dich!« Beim Zauberklang dieser magischen Worte durchlebte Monique von Neuem die unvergessliche Stunde: Sie beide zufällig allein in dem Apartement, das sie bald bewohnen würden und das einzurichten ihr so viel Freude machte … Und sie hatte nur den einen Wunsch, den sie nicht auszudenken wagte: dass diese Gelegenheit sich wiederholen möge! … Mit kurzen Sätzen und ohne eine Ahnung von den völlig entgegengesetzten Wegen, die seine Gedanken gingen, wiederholte sie sich's, ging innerlich all dem nach, was sie Tag um Tag näher zusammenbrachte, ihre gemeinsamen Einkäufe, ihre Stelldicheins … sein allabendlicher Besuch … Morgen um fünf beim Pelzhändler; dann einen Augenblick die Empiremöbel ansehen, auf die Pierre de Souzaies sie aufmerksam gemacht hatte; und dann der Tee im Ritz … Sie verzog schmollend den Mund:

»Wie schade, dass du heute Abend nicht mit mir zusammen sein kannst! Es wäre doch so nett gewesen, wenn du bei uns gegessen und wir nach dem Theater gemeinsam Heiligabend gefeiert hätten. Ich werde dir aber trotzdem deinen Platz freihalten … Du weißt ja, Loge 24 im Cosmo-Theater.«

»Ich werde mein Möglichstes tun, um mich freizumachen. Aber ich kann nur wiederholen, dass das Geschäft höchst wichtig ist.«

… Ja. Das Patent für seinen neuen Wagen, das er an die Belgier, die eigens deswegen aus Brüssel herübergekommen waren, verkaufen wollte … Sie würden sich in der heiteren Atmosphäre eines Soupers leichter zum Ankauf entschließen … Das alles hatte er ihr gesagt, und sie sah auch vollkommen ein, dass es sich dabei um eine unangenehme geschäftliche Verpflichtung handelte.

»Aber im nächsten Jahr«, meinte sie mit drohend erhobenem Finger, »da bleiben wir zusammen!«

Sie sah sich schon nach dem Rausch der Flitterwochen alles mit ihm teilen, auch die tägliche Arbeit. Alles würden sie gemeinsam haben, die Sorgen wie das Vergnügen.

»Schwörst du?«

»Ich schwöre!«

Lucien Vigneret trat mit seinen 35 Jahren in die Ehe, wie man nach stürmischer Überfahrt in den Hafen einläuft. Er war sicher, dass er geliebt wurde, und er genoss schon im Voraus die Gemütsruhe, die mit den Sinnesfreuden einher gehen würde. Diese Aussichten erschienen ihm so behaglich wie ein Paar warme Pantoffeln. Er dachte nur an sein eigenes Glück.

Moniques Glück? Er war vollkommen davon überzeugt, dass es ihm eine Kleinigkeit sein würde, sie glücklich zu machen. Zärtlichkeit, Zuvorkommenheit und bald die fesselnde Gegenwart von Kindern … Die Mutter fesselnd! Denn ihm selbst waren Kinder ziemlich gleichgültig: Irgendwo auf der Welt hatte er schon ein kleines Töchterchen, um das er sich nicht kümmerte … Diese Verantwortung bedrückte sein Gewissen nicht mehr als der Gedanke an den letzten Hund, den er überfahren hatte. Augenblicklich galt seine größte Sorge dem unvermeidlichen, wenigstens offiziellen Bruch mit seiner Geliebten Cleo, der Modistin …

Eine junge Frau, die er als Mädchen verführt und der er dann ein Geschäft eingerichtet hatte, und die offenbar damit rechnete, er werde sie eines Tages heiraten. Ein heftiges, eifersüchtiges Naturell – genau der gleiche Charakter wie Monique! Aber mehr noch als deren Offenheit und Spontaneität – die recht lästig werden konnten, besonders, seitdem sie sich ihm ganz hingegeben hatte – fürchtete er seitens der anderen einen Skandal auf dem Standesamt. Wie konnte man den vermeiden? Nur, indem er ihren Verdacht bis zum letzten Augenblick zerstreute … Inzwischen wäre er Herr der Lerbier'schen Fabrik und hätte das Patent in der Tasche. Das Weitere fand sich dann schon! Schließlich konnte er ja für den Anfang geschickt zweigleisig fahren, wenn's durchaus sein musste …

Lucien Vigneret war ein guter Kaufmann und sah in dem kommerziellen Zusammenschluss mit seinem zukünftigen Schwiegervater ein lohnendes Geschäft. Um diesen Vertrag war es ihm in allererster Linie zu tun. Monique war, ohne dass sie es ahnte, nur die Zugabe.

Die allgemeine Wirtschaftskrise hatte auch die Lerbier'sche Fabrik getroffen und sie war unter ihrer glänzenden Fassade ins Wanken geraten. Der Rest der Kriegsgewinne ging für die Versuche mit der neuen Erfindung drauf; aber trotzdem war Lucien der Ansicht, dass er ein ausgezeichnetes Geschäft machte, wenn er bei der Unterzeichnung des Ehevertrags über die nicht ausgezahlten 500.000 Francs von Moniques Mitgift quittierte und selbst in die Gesellschaft Lerbier-Vigneret nur 500.000 Francs frisches Geld einzubringen brauchte. Wenn man den Stickstoffdünger geschickt ausbeutete, würde er eine reine Goldgrube werden.

Daher fiel es ihm auch so schwer, seine Missstimmung über die beunruhigende Freigebigkeit John Whites, eines möglichen Teilhabers, zu verbergen.

Nach der Hochzeit, so viel er nur wollte! … Aber bis dahin stellte das Mädchen in Vignerets Augen den vollen Wert des Patents dar – und nur diesen. Wenn er so dachte, war er nicht besser und nicht schlimmer als die meisten anderen Männer.

Er wollte sich von Monique verabschieden, aber sie hielt ihn spontan zurück.

»Mama muss gleich kommen. Bleib' doch noch so lange! … Wir gehen dann zusammen.«

In ihrer harmlosen Verliebtheit genoss sie den flüchtigen Augenblick, wie eine Nonne die Aussicht auf die Ewigkeit. Sah Lucien, schlank und muskulös, mit seinem energischen Gesicht, seinen tiefschwarzen Augen, nicht besser aus als alle anderen? Selbst die Schönsten stellte er in den Schatten! … Sogar Sascha Volant, der ehemalige Flieger, der inzwischen ein meisterhafter Rennfahrer war, selbst Antinous, alias Max de Laume, der Literaturkritiker der *Nouvelle Anthologie Française*, verblassten neben ihm.

Eben sah er den beiden zu, wie sie sich um Ginette bemühten. Mademoiselle Morin prüfte verächtlich Moniques Auslage. Der Basar war bald zu Ende und ihr Verkaufstisch noch halb voll! … Sie deutete auf den leeren Tisch vor sich:

»Da bist du geschlagen, was? Ich habe nichts mehr zu verkaufen!«

»Doch!«, protestierte Sascha Volant.

»Nein! Was denn?«

»Das da!«

Er zeigte auf die welke Rose in ihrem Gürtel. Und Max de Laume betonte mit zweideutigem Lächeln:

»Ihre Blume!«

Ginette entgegnete:

»Viel zu kostspielig für euch, meine Lieben!«,

Sie protestierten:

»Das wird sich ja zeigen! Wie viel? … Nennen Sie einen Preis!«

»Ich weiß nicht! 25 Louis? … Ist das zu viel?«

»Das ist fast geschenkt«, meinte Sascha Volant galant. »Ich biete 30! … Bietet jemand mehr?«

»40!«, rief Max de Laume.

»50!«

Ginette Morin fand, dass die Versteigerung, oder vielleicht die Zweideutigkeit, weit genug gegangen sei, nestelte ihre Rose los, nach der Sascha Volant schon griff, und hielt sie Mercœur hin, der eben wieder erschien. »Schon zugeschlagen, meine Herren!«, meinte sie mit höhnischem Grinsen. »Ich verkaufe sie nicht. Ich verschenke sie.«

In den großen Sälen, wo das Gedränge und der Lärm schon nachgelassen hatten, löste sich der Wohltätigkeitsbasar in Privatempfänge auf. Die beliebte Jazzband Tom Fricks hatte die Kapelle der republikanischen Garde abgelöst. Man tanzte zwischen den Tischen des großen Erfrischungsraumes.

Von den einzelnen Ständen her, wo sich, ihren Sympathien folgend, Gruppen gebildet hatten, tönte Gelächter und die Stimmen erschollen lauter. Man hätte meinen können, nach dem Gedränge des Nachmittags finde jetzt ein heiteres erlesenes Fest statt, indem die gesellschaftliche Elite ihre Reihen schloss. Die 400 oder 500 Figurantinnen, denen man auf allen Messen und bei allen Premieren begegnete, waren vollzählig versammelt. Man war wieder unter sich.

»Deine Mutter scheint nicht zu kommen«, meinte Vigneret. »Schon sechs! Ich muss unbedingt gehen. Ein Geschäft, das keinen Aufschub duldet.«

Das Rendezvous mit Cleo in ihrer Wohnung um Viertel nach sechs! Er käme gerade noch rechtzeitig.

»Also«, sagte Monique seufzend, »bis heute Abend. Komm' nicht gar so spät.«

»Um halb zehn, wie immer …«

Er entfernte sich; sie sah ihm zärtlich nach. Als er verschwunden war, kam Monique sich plötzlich verlassen vor. Was tat sie hier auf diesem Jahrmarkt voller Eitelkeiten und Laster?

Der Luxus und die Dummheit, die sich hier unter den ministeriellen Wandbehängen breitmachten – während man laut die Einnahmen zuammenrechnete und eine jede die ihrigen mit schallender Stimme ausposaunte –, verursachten ihr körperliche Übelkeit. Das vergoldete Etikett »Zum Besten der französischen Kriegsversehrten« konnte in ihren Gedanken und Empfindungen nicht das entsetzliche Bild des großen Hospitals in Boisfleury zudecken …

So vertraut sie ehemals mit dem Leiden und den Hospitälern war, dieser Anblick, diese menschlichen Wracks, die sich an Krücken dahinschleppten oder einherhüpfen, diese Rümpfe, die sich auf kleinen Wägelchen vorwärts bewegen, diese bis zur Unkenntlichkeit entstellten Gesichter, all diese Krüppel, die einmal voller Intelligenz, Hoffnung, Liebe waren, und die nur noch formlose Masse, zerhackte Gesichter, blinde Augen und verzerrte Münder waren – eine unerträgliche Erinnerung! Sie hing ihr mit unsäglichem Entsetzen nach. Ein Verbrechen war der Krieg, ein Eitergeschwür, das alles Gold der Welt und alles Mitleid der Erde niemals mehr von der blutigen Stirn der Menschheit würde tilgen können! …

Das schrille Lachen Ginette Morins ertönte von Neuem. Gleichzeitig bemerkte Monique ihre Mutter. Sie eilte ihr rasch entgegen.

Madame Lerbier spazierte, in ihren Pelz gehüllt, mit strahlendem Lächeln heran.

»Lass uns rasch gehen!«
»Was hast du?«
»Übel ist mir!«
Madame Lerbier meinte bedauernd:
»Kein Wunder, bei dieser Hitze … Aber so lange wirst du doch noch warten können, bis ich rasch einmal durchgegangen bin?«
Es war sehr heiß, sie schob ihren Zobelkragen beiseite. Man sah das Perlenkollier, das sie um den feisten Hals trug.

III.

»Wie rücksichtslos!«, meinte Madame Lerbier, als sie die breite Freitreppe des Ministeriums herunterstieg. »Dein Vater hat das Auto dabehalten. Wenn Lucien uns schon nicht nach Hause bringen kann, hätte er wirklich daran denken dürfen, dir seinen Wagen zurückzuschicken.«
»Ach, wir werden schon ein Taxi finden!«
»Diese Karren kann ich nicht ausstehen! Erstens sind sie schmutzig, und zweitens ist man alle paar Minuten in Lebensgefahr …«
»Vielleicht gehen wir zu Fuß?«
Sie lachte. Ihre Mutter sah sie missvergnügt an.
»Wenn du kein Taxi magst, Mama, drüben auf der anderen Seite der Brücke ist die Tram …«
»Wie geistreich.«
Monique kannte doch ihren Abscheu gegen alle öffentlichen Transportmittel: dieses Gedränge und die Langsamkeit … es stank darin und es dauerte endlos! Sie zuckte die Achseln:
»Du musst doch zugeben, dass eine gute Limousine …«
»Selbstverständlich! 100.000 Francs Zinsen sind besser

als 50.000, 50.000 besser als 25.000 und so weiter … Aber ein Auto … Ich würde Lucien ebensogern heiraten, wenn er keines hätte.«

Madame Lerbier höhnte:

»Ein Herz und eine Hütte! Du bist idealistisch und noch jung. Ich möchte dich mal hören, wenn du erst eine heiratsfähige Tochter hast …«

Sie seufzte:

»Ruf den da … Ruf ihn doch! … He! Chauffeur …«

Verächtlich fuhr der Mann vorbei, ohne zu antworten.

»So ein Rüpel! … Bolschewist!«

Sie rief ihre Tochter als Zeugin an:

»Da siehst du, wohin uns dein Sozialismus führt!«

Verzweifelt sah sie die Straße entlang, durch die ein scharfer Wind fegte, als auf einen Ruf des Portiers ein elegantes Coupé gerade neben ihnen am Bürgersteig vorfuhr. Gleichzeitig rief Michelle Jacquet, die hinter ihnen aus der Tür trat, sie an:

»Madame! Madame! Soll ich Sie nach Hause bringen?«

»Wie?«, staunte Madame Lerbier. »Sie sind allein?«

»Madame Bardinot, der meine biedere Mutter mich anvertraut hatte, hat sich von Leo entführen lassen.«

Madame Lerbier platzte heraus:

»Natürlich!«

»Oh!«, bemerkte Michelle, während sie sich auf den Rücksitz setzte, »ich glaube, das dauert nicht mehr lange; Leo macht Ginette schöne Augen … Leicht möglich, dass man ihn zur Strafe auswechselt … Was, Monique?«

»Ich habe nichts bemerkt!«

»Die hat nur Augen für ihren Lucien. Mich hindert mein Verlobter nicht daran, die Augen offenzuhalten! Das Marquisat von Entraygues blendet nur Mutter Jacquet!

Für meine Mitgift hätte sie schließlich auch einen Herzog haben können! …«

Madame Lerbier girrte schockiert:

»Aber Michelle! Wenn Ihre verehrte Mutter hören könnte, wie Sie von ihr und ihrem Schwiegersohn sprechen …«

»Dann würden ihr die Ohren abfallen!«

»Die jungen Mädchen von heute haben vor gar nichts mehr Respekt! Übrigens, warum haben wir eigentlich nicht das Vergnügen gehabt, Ihren Bräutigam zu sehen?«

»Mama hat doch heute ihren Donnerstag!«

Von dieser Feierlichkeit pflegte sich Michelle, wenn es irgend anging, zu drücken. Eine Vereinigung alter und junger Herren, die sich Geld pumpen oder aufspielen wollten … Man traf dort auch Blaustrümpfe verschiedenster Schattierung – Madame Jacquet, Verfasserin eines kleinen Bändchens mit Sinnsprüchen, gehörte der George-Sand-Gesellschaft an.

Madame Lerbier wiederholte reuevoll:

»Ach ja, ihr Donnerstag.«

So wenig sie Madame Bardinot mochte, obwohl sie ihr schmeichelte – so sehr verehrte Madame Lerbier die schwerreiche Madame Jacquet. Diese war eine in die Jahre gekommene Tänzerin, die sich schließlich durch ihre legendären Perlencolliers und ihre Villa in der Avenue du Bois einen Botschafter als Gatten aus den Bordellen gefischt hatte. Während des Kriegs war er dement verstorben, und majestätisch trug sie immer noch Halbtrauer um ihn, als den offiziellen Vater Michelles, die sie mit allem Übrigen in die Ehe gebracht hatte. Durch ihren hochanständigen Salon, in dem sowohl der Nuntius als auch der Senatspräsident verkehrte, war Madame Jacquet zu einer Instanz geworden. Sie schuf *Académiciens* und löste Ministerien auf.

Während die ganz in ihre Träumereien versunkene Monique die Klatschereien, mit denen Michelle ihre Freundinnen schlecht machte, nur einsilbig beantwortete, ließ Madame Lerbier sich behaglich wiegen. Ein ausgezeichneter Wagen, nach dem anstrengenden Nachmittag … Ausstellung englischer Porträts – dieses Gedränge! Man konnte überhaupt nichts sehen! … Dann der neue Tanztee in der Rue Daunou … kein Tisch frei! … Und schließlich hatte die Stunde von fünf bis sechs auf Rogers Diwan sie gänzlich geschafft …

Ein Schauer lief ihr von den Haarwurzeln den Rücken hinab. Geheimnisvoll lächelte sie dem schmalen Spiegel zu, der ihr über dem Necessaire aus Gold und Kristall ihr volles Gesicht zeigte. Die Falten waren dank des geschickt aufgetragenen Make-ups und der intensiven Massagen nicht sichtbarer als die Spuren der Küsse, die vorhin …

Madame Lerbier, die sich ausschließlich mit ihrer eigenen Person beschäftigte, hatte mit ihren 50 Jahren nur den einen Lebenszweck: auszusehen wie 30. Sie war eine nachlässige Hausfrau und ließ ihr Hauswesen unbekümmert laufen, wie es wollte, wenn nur jeden Monat das nötige Geld da war. Was ihr Mann dachte oder tat? Das kümmerte sie so wenig wie das Gefühlsleben ihrer Tochter. Trotz – oder wegen – ihres offensichtlichen Egoismus hieß sie aber allgemein die schöne, die gute Madame Lerbier. Sogar die bösen Mäuler verschonten sie, dank ihrer aufrechten Haltung, ihrer Geschicklichkeit, sich den Anschein zu geben, nur für andere zu leben.

»Auf Wiedersehen, mein Schätzchen, bis morgen!«, sagte Michelle und küsste Monique. »Wir treffen uns doch im Theater? Auf Wiedersehen, Madame.«

»Meine besten Grüße an Ihre Mutter.«

»Sie können ganz beruhigt sein. Sie wird strahlen, wenn sie hört, dass wir zusammen nach Hause gefahren sind. Sie ist völlig vernarrt in Sie.«

Madame Lerbier schwelgte noch in diesem Lob, als sie an ihrem livrierten Portier vorüberschritt, der sich tief verbeugte. Diese Bekundungen gesellschaftlicher Hochachtung, die sie auf der höchsten wie auf der niedrigsten Stufe genoss, benötigte sie ebenso dringend wie die Luft zum Atmen. Sie hatte keine Ahnung, dass es auch eine andere Atmosphäre geben könnte als die jener Vorurteile, in der und für die sie lebte …

Der Aufzug hielt ratternd. Gleichzeitig öffnete sich die Wohnungstür. Es war Tante Sylvia, die eben vorsichtig zu Fuß die Treppe heraufgestiegen war und ihr Kommen gehört hatte.

»Siehst du«, scherzte Madame Lerbier, als sie ihrer Schwester ansichtig wurde, »wir leben noch!«

Die alte Jungfer hatte von ihrer ländlichen Einsamkeit her vor zweierlei Angst: vor diesen hängenden Käfigen mit ihren vielen Druckknöpfen und ihrem Auf und Ab der Seile – und davor, mitten zwischen Autos und Omnibussen die Straßen überqueren zu müssen.

»Euer Paris«, erklärte sie, »ist die reinste Schreckenskammer!«

Monique tätschelte ihr die Hand, umarmte sie und fragte dann:

»Hast du dich wenigstens im Théâtre-Français gut unterhalten?«

Tante Sylvia leistete sich jedes Mal, wenn sie zu Besuch kam, eine Klassikervorstellung.

»Das ist das Einzige, was du in Hyères entbehrst … Sonst wäre es der Himmel auf Erden. Gesteh es!«

»Ich gestehe!«

Monique küsste nochmals das alte verrunzelte Gesicht. Sie fühlte sich viel mehr als Tochter dieser liebenswürdigen Frau als die ihrer Mutter. Hyères! … Ja … die friedliche Vergangenheit stieg in ihrem dankbaren Geist wieder auf. Ihr Schulmädchenzimmer, die Klasse mit dem Blick ins Blaue … Und der Garten und der große Felsen! Ein Aussichtspunkt, von dem aus sie die Welt zu entdecken geglaubt hatte.

»Schau, mein Häschen«, sagte Tante Sylvia, »wie viel Post du hast … sieh nur …«

Monique nahm einen ganzen Packen Briefumschläge von einem Lacktablett und warf einen Blick darauf.

»Nichts! Lauter Kataloge!«

Sie amüsierte sich über die Adresse, dort stand schon »Madame Vigneret« – neben ihrem seltsam verstümmelten Mädchennamen. Offerten aller Art, von der Visitenkarte der Detekteien (schnell, diskret) bis zu den Gratulationen der Gemüsefrauen und den Büstenhalterreklamen …

»Findest du diese Art von Reklame nicht unanständig, Tante? Ich finde, man sollte junge Eheleute in Ruhe lassen. Diese Zeremonie geht doch schließlich nur sie allein an. – Komm! Wir unterhalten uns noch ein bisschen, während ich mich umziehe. Es tut mir so wohl, offen mit jemand reden zu können … Das kommt mir gerade so vor, als würde ich mir das Gesicht waschen! …«

Sie streifte ein Abendkleid über … eines jener weiten Gewänder, die sich von selbst in weichen Falten dem Körper anschmiegten. »Das habe ich gern!«, sagte sie. »Es ist so bequem. Man fühlt sich nackt und dabei ist es so keusch wie ein griechisches Gewand. Erinnerst du dich noch an die antike Diana-Statue aus dem Marseiller Museum?«

»Mit der Stola, die ihr bis zu den Füßen fällt? Ja.«

In einem plötzlichen Bedürfnis nach Ausgelassenheit fasste Monique ihre verblüffte Tante um die Taille, begann mit ihr zu tanzen und sang dazu.

Dann brach sie in Lachen aus und küsste die Tante, die sie mit liebevollem Blick gewähren ließ, immer wieder auf die Nasenspitze und das Kinn …

»Uff!«, sagte Tante Sylvia und setzte sich wieder.

Nun richtete Monique mit erhobenen Armen ihre Frisur, wobei die langen Ärmel ganz zurückglitten und die hellen Achselhöhlen sehen ließen. Mit ihrer jungen, geschwellten Brust glich sie einer Statuette der Victoria am Bug ihres Schicksalschiffes.

»Hast du gesehen, dass ein Brief unter den Drucksachen war?«, fragte Tante Sylvia.

Sie drehte ihn in der Hand.

»Er sieht eigentümlich aus.«

»Nein! Zeig mal! …«

Der dicke luftgepolsterte Umschlag, die offenbar verstellte Handschrift … Das sah nach einem anonymen Brief aus … Monique öffnete ihn mit angewidertem Gesicht.

»Na?«, rief Tante Sylvia beim Ausdruck des Staunens und dann der erregten Röte auf Moniques Wangen.

»Da! Lies selbst!«

»Ich habe meine Brille nicht zur Hand. Lies vor, ich höre.«

Mit verächtlichem Ton, durch den aber nach und nach unwillkürliche Besorgnis klang, las Monique:

»Mademoiselle!

Es ist traurig zu denken, dass man ein junges Mädchen wie Sie derartig betrügen will. Der Mann, den Sie heiraten, liebt Sie nicht, er macht nur ein gutes Geschäft … Sie sind nicht die Erste. Er hat schon andere auf dem Gewissen! Wenn Sie mir nicht glauben wollen, erkundigen Sie sich bei Madame Lureau, Rue Vaugirard 192. Das ist die Mutter von einem Mädchen, das er verführt und dann verlassen hat, nachdem sie ihm ein Töchterchen geboren hatte … Jetzt hat er auch noch eine Mätresse, Cleo heißt sie. Er besucht sie alle Tage. Sie weiß von nichts und sie lieben sich sehr. Ich hielt es für meine Pflicht, Sie aufzuklären.

Eine Frau, die Sie bedauert …«

Mit einer heftigen Bewegung zerriss sie das denunzierende Schreiben in kleine Fetzen.

»Ins Feuer damit! Mehr ist das nicht wert!«

»Es gibt doch zu gemeine Menschen!«, flüsterte Tante Sylvia. »Was die menschliche Bosheit nicht alles ausheckt!«

Trotzdem machte sie die Genauigkeit der ersten Angaben – Name, Adresse – stutzig. Vielleicht war es doch der Mühe wert, der Geschichte nachzugehen? … Sie nahm sich vor, das zu tun, ohne Monique vorher zu beunruhigen.

Aber diese erriet ihren Plan und wurde böse:

»Nein! Nein! … Wir dürfen Lucien nicht durch einen solchen Verdacht zu nahe treten! Er hat mir gesagt, er hätte in seinem Junggesellenleben nichts Ernsthaftes gehabt … Wenn ich ihm auch nur einen Augenblick lang eine derartige Handungsweise zutrauen wollte, müsste ich mich vor mir selber schämen! … Und was die sogenannte Cleo betrifft …«

Sie lächelte. Hatte der Vater ihr nicht genau wie Lucien versichert, das sei eine alte, abgetane Geschichte? Eine Laune, die längst vorüber war, ehe ihre Liebe begann? …

Das Abendessen verlief sehr heiter. In die Scherze der

Tante stimmte Monique so übertrieben lustig ein, dass ihre Mutter sie manchmal verstohlen beobachtete. Die Nervosität ihrer Tochter schien ihr heute Abend ungewöhnlich groß.

»Monique!«, ermahnte sie und wies auf den Rücken des Zimmermädchens, der vor unterdrücktem Lachen bebte. Die Schüssel mit Gänseleber auf der Anrichte klirrte.

Aber Monique war ausgelassen:

»Hör mal, Papa, weißt du schon, wie Pony den Leo getauft hat? Louis der Große!«

Monsieur Lerbier hob seinen kleinen Kopf:

»Ach nein!«

»Michelle hat es selbst gehört!«

Tante Sylvia erkundigte sich:

»Wer ist denn das, Pony?«

»Madame Bardinot.«

»Und warum Pony?«

»Eigentlich heißt sie Paulette ... Pony, weil sie sich so leicht besteigen lässt.«

Diesmal hielt es Madame Lerbier der Dienstboten wegen für angezeigt, böse zu werden.

»Einfach entsetzlich, wie schlecht erzogen du bist!«

»Hättest du mir nur nicht beigebracht, die Wahrheit zu sagen, Tante Sylvia!«

»Entschuldige, aber deine Mutter hat ganz recht. Auch die Wahrheit kann man mit Manier sagen.«

Madame Lerbier trumpfte auf:

»Ganz besonders die Wahrheit. Und überhaupt, die Wahrheit – was ist das eigentlich?«

»Das, was ich dafür halte«, entschied Monique.

»Sie hat also ein Monopol darauf! ... Was sagst du dazu, Frau Schulmeisterin?«

Tante Sylvia stimmte ihrer Schwester bei.

»Das kommt nämlich daher«, gab Monique zu, weniger zur Entschuldigung als zur Erklärung, »dass dieses Milieu mich anekelt! Glücklicherweise gleicht Lucien diesen Hampelmännern ebensowenig wie ich diesen Puppen.«

Sie suchte mit ihren Blicken die Zustimmung der Tante.

»Du solltest aber doch wissen«, sagte Madame Lerbier, die das letzte Wort behalten wollte, »dass du mit deiner Art, nur nach deinem Kopf zu reden und zu handeln, wie eine Verrückte wirkst. Du wärst wirklich besser ein Junge geworden! Sieh dir doch deine Freundinnen an. Ginette oder Michelle. Das sind junge Mädchen, wie es sich gehört! Besonders Michelle!«

Monique stellte ihr Glas wieder hin. Sie hätte sich beinahe verschluckt. Sie nutzte den Moment, als das Zimmermädchen hinausging:

»Bei denen werden ihre Ehemänner aber nicht die Einweihung feiern!«

Madame Lerbier schluckte schockiert. Sie hätte sich gewünscht, dass Monique, ohne gerade ein dummes Gänschen zu sein, doch bis zur Hochzeit eine dezente Unwissenheit bewahrt hätte, die die Mutter am Vorabend des großen Tages diskret aufklärt … Aber unter dem Vorwand einer wissenschaftlichen Erziehung scheute diese moderne Offenheit vor nichts zurück, nicht einmal davor, nötigenfalls die geheimsten Organe bei ihren rechten Namen zu nennen … Nein! … Tante Sylvia mochte darüber denken wie sie wollte, aber gewisse Kapitel der Naturgeschichte hatten sich für die jungen Mädchen aufs Pflanzenreich zu beschränken. Der anatomischen Genauigkeit zog Madame Lerbier, »trotz der sogenannten Gefahren«, das geheimnisvolle Dunkel, die Scham – jawohl, die Scham – vor! Als sie dieses große Wort losgelassen hatte, meinte sie, damit sei alles gesagt.

»Du machst mir sehr viel Kummer!«, flüsterte sie.

»Damit musst du dich abfinden, Mama. Seit dem Krieg sind wir alle mehr oder weniger zur Garçonne geworden.«

In derartige Dinge pflegte sich Monsieur Lerbier nicht einzumischen. Er hatte das sexuelle und gefühlsmäßige Familienproblem in der Weise gelöst, dass er seiner eigenen Wege ging. Und außerdem hatte der Erfinder augenblicklich nur den einen Gedanken: die drohenden Klippen des Bankrotts zu umschiffen und deshalb die Heirat ohne Zögern vollziehen zu lassen.

Vorher aber musste er seiner Tochter wohl das Abkommen beibringen, das auf ihre Kosten getroffen worden war. Wie würde sie das aufnehmen? Sie rechnete auf die versprochene Mitgift, um zu den Haushaltskosten beizusteuern, oder doch wenigstens für ihre eigenen Bedürfnisse aufzukommen … Bei dem Gedanken senkte Monsieur Lerbier den Kopf. Aber als man in den Salon hinüberging, begann er ihn wieder höher zu tragen. Seine Frau erzählte von der Freigebigkeit John Whites … Er verlangte alle Einzelheiten zu wissen.

»Sieh einer an«, meinte er. »Ich werde dem Mäzen mal schreiben, mich bedanken und ihn einladen, die Fabrik zu besichtigen! Dann könnte man ihn eigentlich auch gleich zum Essen bitten?«

Eine goldene Perspektive eröffnete sich ihm: Könnte er nicht vielleicht mehr aus Vigneret herausholen, wenn er White gegen ihn ausspielte, und umgekehrt? Ganz abgesehen davon, dass, wenn er sich dann noch mit Ransom und Piombino zusammentat … Er rieb sich die Hände. Darüber musste man jedenfalls noch nachdenken! Er vergaß ganz, dass er schon eine Trumpfkarte ausgespielt hatte, dass Moniques Liebe bereits im Spiel war. Aber hätte er auch daran gedacht, so hätte ihn das nicht weiter bekümmert. In geschäftlichen Dingen schlug seine Gutmütigkeit in Grausamkeit um.

»Dienstag, was meinst du dazu, meine Liebe? Man könnte eigentlich auch Piombino und Ransom einladen und den Landwirtschaftsminister …«

»Und Lucien?«, rief Monique. »Was machst du mit dem? Wenn es sich um deine Erfindung handelt …«

»Natürlich, Lucien auch!«

Sie nutzte die Gelegenheit, während er sich eine Zigarre anzündete und die Damen sich zu ihrem Kartenspiel setzten, um, widerwillig, endlich über die Sorge, die sie quälte, mit ihm zu reden:

»Hör mal, Papa! Ich habe heute Abend einen seltsamen Brief über Lucien bekommen … Einen anonymen Brief.«

Madame Lerbier wandte sich um:

»Das ist ja klassisch! Und was stand drin?«

Monique berichtete, ohne ihren Vater aus den Augen zu lassen. Beim Sprechen schnürte sich ihr die Kehle zusammen. Monsieur Lerbier erhob wortlos die Arme gen Himmel.

»Aber Papa, wenn die Beschuldigung nun wahr ist, wenn tatsächlich in der Rue Vaugirard eine Mademoiselle Lureau wohnt?«

Er erklärte mit einer Überzeugung, die nur zur Hälfte ehrlich war:

»Das müsste ich doch wissen! Man gibt doch niemandem seine Tochter, über den man sich vorher nicht gründlich erkundigt hat …«

Sie atmete auf.

»Das wusste ich ja! Das ist dasselbe wie mit dieser Cleo, nicht wahr?«

Monsieur Lerbier wagte sich nur vorsichtig vorwärts, denn er fühlte sich auf unsicherem Terrain. Er bestätigte:

»Du kannst dir doch wohl denken, dass ein Mann von 35 Jahren nicht gelebt hat wie ein Mönch! … Ich will gar nicht behaupten, dass dein Bräutigam nicht wie jedermann ein paar kleine Abenteuer gehabt hat … Nichts von Belang! Aber das ist jetzt alles aus – begraben – zusammen mit seinem Junggesellenleben …«

»Mich quält nur noch eins. Im Brief wird behauptet, Lucien mache durch seine Heirat mit mir ein gutes Geschäft … Ich verstehe nicht, wieso.«

Monsieur Lerbier kratzte sich am Kopf. Jetzt wurde es brenzlig …

»Ein gutes Geschäft? … Mein Gott … nein … Ich kann dir versichern, dass er sich gerade in diesem Punkt sehr vornehm benommen hat. Ich möchte fast sagen, völlig uneigennützig. Hör mal, mein Liebling, ich muss dir was gestehen. Ich wollte dir das übrigens sowieso dieser Tage sagen, weil wir uns darüber vor der Unterzeichnung deines Ehevertrages einig sein müssen. Du gibst mir jetzt die Gelegenheit … Die Sache liegt so: Du weißt, dass Lucien zuerst mein Teilhaber und dann erst dein Ehemann wird. Ferner kennst du den Wert meiner Erfindung … Ich will gar nicht davon sprechen, dass ich mein ganzes Leben diesen Forschungen geweiht habe, nicht von all den Mühen, die diese Erfindung gekostet hat … Mühen, und leider auch Opfer! … Um mein Ziel zu erreichen, musste ich sehr viel Geld in meine Versuche stecken, mehr als die Hälfte unseres ganzen Vermögens. Und wenn ich jetzt gezwungen wäre, das Geld für deine Mitgift flüssig zu machen, was ich hoffte, tun zu können … dann käme ich arg in Verlegenheit … sogar sehr arg …«

»Aber Vater! Warum hast du mir das nicht gesagt?«

»Es fiel mir zu schwer. Da hat nun dein Bräutigam, dem meine Verlegenheit bekannt war, mir ganz von sich aus angeboten, dass er seinerseits trotz der schweren industriellen Krise, die wir jetzt alle durchmachen, auf die Auszahlung dieser 500.000 Francs verzichten wolle … vorausgesetzt natürlich, dass du einverstanden bist …«

»Aber selbstverständlich, Vater!«

»… und mir die Verfügung darüber überlässt.«

Sie küsste ihn.

»Das ist mehr als recht! … Warum hat er mir nichts davon gesagt?«

»Es war ihm lieber, dass ich das täte. Du begreifst: Damit wäre ich gerettet! Wir wären dann imstande, die anderen Angebote, die ausstehen: White, Ransom, Piombino … in aller Ruhe auf uns zukommen zu lassen. Wohlverstanden, du gewährst mir damit nur ein Darlehen! Und nicht umsonst! Da sei nur ganz sicher! Die Zukunftsaussichten sind glänzend … glänzend! … Siehst du, Kleine, indem er einwilligt, dich zu nehmen, wie du gehst und stehst, das heißt, ohne einen Heller, beträgt sich Lucien so, wie ich sicher war, dass du es tun würdest … Er handelt mir gegenüber wie ein Sohn. Und an dir … Bist du dir jetzt klar darüber? Keine einzige Frau kann sich eher als du rühmen, nur aus Liebe geheiratet worden zu sein!«

Nach der ersten Gefühlsaufwallung überlegte Monique. War sie enttäuscht darüber, dass ihre finanzielle Unabhängigkeit durch Luciens Vorschlag in Rauch aufging? War sie betroffen, bedauerte sie in ihrem angeborenen Stolz, dass er sie heiratete, ohne dass sie etwas anderes mit in die Ehe brachte als ihren guten Willen und ihren heißen Arbeitseifer? Besonders rührte sie sein Zartgefühl … und seine diskrete Handlungsweise …

»Das ist doch nett von ihm, was, Mama?«, sagte sie.

Tante Sylvia, die aufmerksam zugehört hatte, fragte:

»Darf ich auch mal ein Wörtchen sagen? Ich bin zwar

sicher, dass ihr alle über mich herfallen werdet! Aber das macht nichts! Deshalb werde ich doch meine Meinung sagen. Sollte Monsieur Vigneret nicht eine Million in eure neu zu gründende Aktiengesellschaft einzahlen?«

Monsieur Lerbier runzelte die Stirn.

»Ja. Warum?«

»Wenn er nun auf die 500.000 Francs verzichtet, die ihm nicht gehören, da sich Monique ja in Gütertrennung verheiratet, braucht er persönlich umso viel weniger einzuzahlen?«

»Selbstverständlich!«

»Das wollte ich bloß wissen …«

»Was willst du damit sagen?«, rief Madame Lerbier.

»Nichts. Gar nichts … Ich konstatiere bloß, dass das Geschäft in dieser Krisenzeit für alle Teile gut ist!«

»Wieso denn?«, fragte Monique.

»Für deinen Vater, dem das sehr gelegen kommt … für deinen Verlobten, der die Teilhaberschaft um den halben Betrag erwirbt und obendrein auf deine Kosten den Großmütigen spielt … und endlich auch für dich, da du dich willig scheren lässt und Ja und Amen dazu sagst …«

Monique musste lachen.

»Tante Sylvia hat gar nicht so unrecht! Denn eigentlich habt ihr euch bei eurem ganzen Geschäft alle beide so wenig um mich bekümmert, als wäre ich eine Null! Das ist doch kränkend! Ich bin erwachsen!«

Aber sie war so glücklich darüber, den Menschen, die sie liebte, ein Opfer bringen zu können – dem einen ein Geldopfer, dem anderen das Opfer der Eigenliebe –, dass alle egoistischen Bedenken verstummten. Die Freude, geben zu können, berauschte sie ebenso sehr wie die, zu empfangen. Sie wünschte, Lucien möge recht bald kommen, damit sie ihm neckend danken könne. Er ließ lange auf sich warten!

Die Uhr schlug zehn.

»Er verspätet sich!«

Im gleichen Moment fuhr sie zusammen:

»Da ist er!«

Ehe jemand etwas gehört hatte, fühlte sie die unwiderstehliche Anziehungskraft seiner Gegenwart. Fühlte innerlich sein Kommen … Endlich, die Klingel der Entreetür …

»Hab ich's nicht gesagt?«

Sie öffnete die Tür des Salons und fasste ihren Verlobten bei der Hand:

»Herein, mein Herr! Von Ihnen hört man ja feine Dinge …«

Etwas beunruhigt sah er sich um.

»Keine Ausreden! Erstens einmal kommen Sie zu spät. Und zweitens gestattet sich mein Herr Gemahl, über mich zu verfügen wie über eine Ware! Komme ich schon gar nicht mehr in Betracht, Monsieur? Und wenn ich nun meine Mitgift haben will?«

Unter den scherzenden Vorwürfen fühlte er das Glück der Unterwerfung. Sofort strahlte er wieder. Alles ging glatt! … Blieb nur diese verdammte Cleo … Das war eine ganz andere Nummer! … Er verbarg seine Unruhe unter Zärtlichkeitsbekundungen.

Monique gab sich rückhaltlos der Wonne hin, ihn zu lieben und zu bewundern. Lucien besaß in ihren Augen jegliche Schönheit und jegliche Tugend. Sie kleidete ihn in die Regenbogenfarben ihrer Träume. Ihre vertrauensselige, impulsive Natur ging gerne über das alltägliche Maß hinaus, wobei sie sich allerdings ebenso heftig wieder in Abwehrstellung zurückziehen konnte, wie sie sich hingegeben hatte …

Während Monsieur Lerbier sich zwischen seine Frau und Tante Sylvia setzte und Interesse an ihrem Kartenspiel heuchelte, zogen sich Lucien und Monique wie gewöhnlich in den kleinen Salon zurück, in dem sie jeden Abend allein waren.

Monique ergriff Luciens Hände und sah ihm tief in die Augen.

»Ich habe eine große Bitte an dich.«

»Im Voraus gewährt!«

»Lach bitte nicht, es ist mir ernst.«

»Also los!«

»Mich niemals, niemals zu belügen!«

Er witterte die Gefahr und ergriff die Offensive:

»Immer wieder dieses Steckenpferd! Weißt du, dass das allmählich beleidigend wird?«

»Verzeih mir, Lucien. Ich habe all meinen Glauben und meine ganze Hoffnung in dich gesetzt. Ich würde zu sehr leiden, wenn ich enttäuscht würde … Für mich, das habe ich dir ja schon gesagt, gibt es nur eins, was zwischen einem Mann und einer Frau, die einander lieben, unverzeihlich ist: die Lüge … der Betrug! … Und wenn ich sage ›Betrug‹, so musst du mich recht verstehen: Einen Fehltritt, einen Irrtum, den man gesteht und bereut, den kann man vergeben! … Die Lüge aber lässt sich nicht verzeihen! Das … das ist der wahre Betrug. Das ist entwürdigend, gemein …«

Er stimmte mit einem Kopfnicken zu. Er musste auf der Hut sein.

»Verzeih, wenn ich heute etwas nervös bin … Als ich nach Hause kam, fand ich einen anonymen Brief vor, von dem ich dir nur das Eine sagen will: Ich habe ihn sofort verbrannt und glaube kein Wort von dem, was darin stand.«

Er runzelte die Stirn. Und sagte dann sehr ruhig:

»Es war nicht richtig, dass du die Schmiererei ins Feuer geworfen hast! Man hätte vielleicht interessante Spuren darin entdecken können, die es ermöglicht hätten, den Urheber Lügen zu strafen …«

Sie schlug sich vor die Stirn:

»Du meinst, es könnte ein Mann sein? Dass ich daran gar nicht gedacht habe!«

Sie machte sich Vorwürfe, dass sie an eine weibliche Rache geglaubt hatte, sah in seiner Haltung ebenso sehr wie in der unerwarteten Andeutung einen Beweis seiner Unschuld, an der sie übrigens in ihrer Gläubigkeit nie wirklich gezweifelt hatte.

Er fuhr fort:

»Was man dir auch immer geschrieben haben mag, ich brauche dir wohl nicht erst zu schwören, dass es nicht stimmt?«

Sie legte ihm die Hand auf den Mund:

»Ich habe keinen Augenblick daran geglaubt.«

Er küsste ihre zitternden Finger, einen nach dem anderen. Beruhigt versicherte er:

»Das wusste ich. Denn ich hatte dir ja mein Wort gegeben.«

Dann senkte sich seine Stimme:

»Und seit vorgestern, Liebling …«

Er betrachtete sie mit glänzenden Augen. Sie errötete und neigte ihren Kopf gegen seine Schulter. Die Erinnerung ließ sie erbeben. Dann sah sie verzückt zu ihm empor. Schleier der Begierde umhüllten sie beide …

Ohne Bedenken, ohne einen Gewissensbiss neigte sich Lucien über den Mund, der sich ihm geöffnet darbot, und besiegelte den falschen Schwur mit einem langen, tiefen Kuss.

Monique gab sich mit geschlossenen Augen diesem Schwur hin.

IV.

Tante Sylvia, die den Pariser Trubel nicht gewöhnt war, beobachtete besorgt die Schnelligkeit des wendigen Autos, das sich zwischen den Trams, Lastwagen und Taxis hindurchwand. Man streifte einen Autobus, was ihr ein »Um Gottes willen!« entlockte. Monique ergriff ihre Hand und drückte sie.

»Hab' keine Angst! Marius fährt sehr sicher!«

Seit der Auseinandersetzung vom vergangenen Abend lächelte sie bei jedem Anlass. Während Lucien die Nacht bei seiner Geliebten verbracht hatte, schlief sie ihren ruhigen Kinderschlaf. Den ganzen Vormittag hatte sie gesungen. Jetzt freute sie sich schon im Voraus auf den Besuch, den sie Professor Vignabos abstatten wollten.

Bequem in den von Lucien geliehenen Wagen zurückgelehnt – ihren Vigneret –, empfand Monique eine gewisse Befriedigung darüber, dass sie jetzt ihrerseits die gute Tante bemuttern konnte, die sie erzogen hatte und die das Alter und ihr Provinzleben nach und nach ins Abseits verbannt hatten …

»Erinnerst du dich noch an Elisabeth Meere«, fragte Monique. »An Zabeth? Ich habe sie letzten Monat wiedergesehen. Lady Springfield; zwei reizende Kinder hat sie, und ihr Mann ist hoher Staatsbeamter. Sie ist jetzt Theosophin und Spiritistin.«

Tante Sylvia zuckte die Achseln.

»Wenn man sich Gott nähert, so bedeutet das, dass man von den Menschen abrückt. Zabeth hat sie allerdings nie sehr geliebt!«

Monique lächelte bei dieser Definition von Elisabeth Springfields neuem Mystizismus und bei dem Gedanken an ihren Bruder, der im völligen Gegensatz dazu stand, denn der hübsche Cecil Meere war »Philanthrop« und obendrein Maler aus Liebhaberei.

»Cecil ist gerade … andersherum!«

Tante Sylvia war entrüstet:

»Da hat man's! Das ist krankhaft, das ist pervers! … Kommt das nun davon, dass ich alt werde? Oder weil jetzt hier alles andersherum geht? Jedenfalls fürchte ich mich vor eurem Paris und lobe mir meinen stillen Winkel! Gott sei Dank, da ist ja die Rue Medicis … 23 … 29 … wir sind da.«

Monique freute sich fast ebenso sehr wie ihre Tante darauf, Professor Vignabos wiederzusehen. Der alte Junggeselle, der berühmte Historiker, der Stolz des Collège de France und die bescheidene Direktorin des Mädchenpensionats waren alte Freunde, noch aus Zeiten ihrer Studienjahre im Quartier Latin. Mademoiselle Sylvia liebte es, so oft sie konnte, in dieses Milieu des gesunden Idealismus und der freien Forschung einzutauchen.

Vergnügt stiegen beide zum fünften Stockwerk empor, das auf den Jardin du Luxembourg hinausging.

Die alte Treppe, die schmale Eingangstür, das Vorzimmer, in dem schon einige Hüte und Mäntel hingen und die Anwesenheit von Schülern ankündigten, alles zeugte von Bescheidenheit. Monique und ihre Tante lächelten sich verständnisvoll an. Sie liebten diese würdevolle Armut mehr als den Prunk der Luxuswohnungen.

»Ach, meine gute Sylvia!«, rief Monsieur Vignabos und schob vor Überraschung sein Hauskäppchen ganz schief nach hinten auf seinen sokratischen Schädel. »Wie ich mich freue, Sie wiederzusehen! Und auch Sie, Mademoiselle …

Gestatten Sie, dass ich Sie bekannt mache … Monsieur Régis Boisselot, Schriftsteller … Monsieur Georges Blanchet, Professor der Philosophie, mein Schüler …«

Mit der ihm eigentümlichen mechanischen Bewegung zupfte er an seinem Bärtchen, als spänne er aus ihm den Faden seiner Rede, und fuhr fort, wo er stehen geblieben war, nachdem die Begrüßungsförmlichkeiten erledigt waren.

»Ich bewies gerade, dass die Ehe, so wie sie in unserer bürgerlichen Gesellschaft gang und gäbe ist, einen widernatürlichen Zustand bedeutet. Sie verzeihen doch, meine Damen? Schuld an dem Thema trägt Monsieur Blanchet, der mich um Rat fragte wegen einer Streitschrift, die er vorbereitet: über Ehe und Polygamie … Er weiß, dass ich gerade dabei bin, das Schlusskapitel meiner *Geschichte der Sitten vor 1914* zu schreiben … über die Entwicklung des Familiengedankens. Wir diskutierten den Essay …«

Er deutete auf einen gelben Band, der oben auf einem Stapel von Büchern lag, deren einzelne Titel Monique flüchtig las: *Die Frau und die sexuelle Frage* von Dr. Toulouse, *Über Liebe und Ehe* von Ellen Key usw. …

»*Über die Ehe* von Léon Blum.«

»Das habe ich gelesen«, sagte Monique. »Es stehen eine Menge guter und geistvoller, sogar tiefsinniger Dinge darin. Aber …«

Sie fühlte, wie die drei Männer ihre Blicke auf sie richteten: Monsieur Vignabos lächelnd, der Schriftsteller feindselig, der dritte Besucher endlich höflich und ironisch.

»Bitte, fahren Sie fort!«, meinte Vignabos gütig und nobel, und zu Georges Blanchet gewandt:

»Da bekommen Sie ganz unerwartet Material! Benutzen Sie es, junger Freund.«

Sie wurde sich der Lächerlichkeit ihrer Rolle diesen Gelehrten gegenüber bewusst, die sie nicht kannten und sich instinktiv gegen ihr mondänes Geschwätz mit dem männlichen Vorurteil wappneten, das noch durch das Gefühl ihrer Überlegenheit verstärkt wurde. Darum schwieg sie verstockt, trotz der Ermunterung der beiden Professoren. Georges Blanchet bemerkte ihre Verlegenheit und ergriff höflich das Wort:

»Das *Aber* von Mademoiselle deutet die Empfindungen an, die man ihrem Zögern entnehmen kann, ohne ein großer Schriftgelehrter zu sein. Ich behaupte mit Léon Blum, dass die Menschheit ihrem Wesen nach polygam veranlagt ist. Unter polygam ist im weitesten Wortsinn der Instinkt zu verstehen, der den Mann dazu treibt, sich gleichzeitig oder nacheinander mehreren Frauen zu nähern, und ebenso die Frau mehreren Männern, ehe jeder das Wesen seiner endgültigen Wahl findet.«

Monique fühlte einen heftigen inneren Protest. Mochte jener Mann immerhin für sich sprechen und – mit Ausnahme von Lucien – für die meisten seinesgleichen! ... Aber behaupten zu wollen, dass die Frau ... Sie fühlte sich gedemütigt, für irgendeine Ginette oder Michelle gehalten zu werden! Sie war keusch geblieben bis zu jener Umarmung, die sie zur Frau gemacht hatte, ehe sie noch Gattin war. Georges Blanchet merkte, dass seine Worte ihr missfielen, und sagte galant:

»Ich möchte gleich hinzufügen, Mademoiselle, dass die meisten Frauen und alle jungen Mädchen, sofern sie nicht schon verdorben sind, ehe sie noch das heiratsfähige Alter erreicht haben, im Gegenteil das entgegengesetzte Gefühl, die entgegengesetzte Tendenz haben: die Neigung zur Monogamie. Sie würden sich nichts Besseres wünschen, als die Frau eines einzigen Mannes zu werden und zu bleiben, vorausgesetzt, dass sie geliebt werden.«

Sie nickte zustimmend.

»Gerade dieser uralte Zwiespalt zwischen dem weiblichen Idealismus und der männlichen Triebhaftigkeit brachte zugleich mit der sexuellen Anarchie jene Tendenz zur Vielweiberei hervor, um genauer zu sein, zur Vielmännerei, zu der sich die Frau nun ihrerseits entwickelt … Eine zweifellos bedauerliche, aber zwangsläufige Anarchie. Ihre Schlüsse beweisen das, lieber Meister.«

»Ich fürchte!«, seufzte Monsieur Vignabos. »Solange wenigstens nicht eine neue Erziehung …«

Boisselot zog eine Rauchwolke aus seiner kurzen Bruyèrepfeife, die er mit Moniques Erlaubnis hatte brennen lassen.

Er höhnte:

»Ein Pflaster auf ein Holzbein! Ausgerechnet die Erziehung! Meinen Sie das im Ernst? … Davon konnte doch nur vor dem Kriege die Rede sein … Seither …«

Blanchet fuhr fort:

»Mademoiselle hat recht. Vom Standpunkt der Frau aus ist die Polygamie weniger ein Instinkt als ein Reflex, weniger Ursache als Wirkung. Ein zerstörerischer Reflex, eine peinliche Wirkung, aber von der Warte der strengen Gerechtigkeit aus dürfen wir uns nicht gestatten, die Frau deswegen zu tadeln. Umso weniger, als man anerkennen muss, dass die Ehe und Liebe, das heißt der sexuelle Instinkt, zwei ganz verschiedene Dinge sind … Aber ich weiß nicht, ob ich …«

»Nur weiter!«, meinte Monique. »Wenn mir auch manche Gedankengänge nicht gefallen, so habe ich doch keine Angst vor deutlichen Worten.«

Er verbeugte sich.

»Liebe und Ehe zum gleichen Begriff vereinigen wollen, hieße Feuer und Wasser vermählen, sturmbewegtes Meer und Hafen für eines halten! Es kann vorkommen, dass

Ehe und Liebe einmal zusammentreffen! Aber das ist ein seltener Fall, und er ist meist von kurzer Dauer.«

»Danke bestens! Wo ich in vierzehn Tagen den Mann heiraten werde, den ich liebe!«

»Dann werden Mademoiselle also die Ausnahme bilden, die die Regel bestätigt.«

»Worauf wollen Sie eigentlich hinaus?«

»Auf Folgendes: dass es nur gerecht und klug wäre, wenn man auch den jungen Mädchen gestattete, vor der Ehe ein Junggesellinnenleben zu führen. Sie werden umso bessere Ehefrauen werden, wenn sie sich die Hörner erst abgestoßen haben.«

Sie lachte laut:

»Zum Glück denken nicht alle Männer wie Sie. Sonst würde ich sicher sitzenbleiben!«

»Und doch wird sich auf diesem Wege die Entwicklung zu einer gerechteren Gesellschaftsordnung vollziehen. Ganz abgesehen davon, dass sich unterwegs beide Teile von der furchtbaren Fessel der Eifersucht freigemacht haben werden … Wäre es nicht schließlich schon Gewinn genug, wenn man die Liebe von ihrer Manie für den gegenseitigen Alleinbesitz, ihrem vorgeblichen Recht auf ewigen Besitz befreite? Man wird sich dann verheiraten, um sein Leben glücklich miteinander zu beschließen. Und um Kinder zu zeugen. Das ist besser, als um Dummheiten zu machen.«

Boisselot knurrte:

»Liebe ohne Eifersucht! Warum nicht gleich ein Körper ohne Seele? Das wäre das Gleiche, wie Ihre Ehe ohne Liebe … Eine Kombination von zwei Giftgasen: gemeinsame Interessen, gemeinsames Schuften! Das wird die künftige Gesellschaft nicht gerade verschönern. Sehr lobenswert, dass man beieinander bleibt, wenn man keine Beine mehr hat!«

Monique stimmte heftig zu:

»Monsieur Blanchets Ehe ist ein Altersheim für Krüppel!«

»Verzeihung, Mademoiselle«, erwiderte rasch der Professor und wurde rot, »ich für mein Teil bin der Meinung, dass es eine wahre Ehe oder besser ein Zusammenleben nur gibt, wenn man einander liebt und solange man einander liebt. Ich behaupte nur das eine, dass ein solches Zusammenleben mehr Aussicht auf Dauer hat, wenn Mann und Frau es mit vollem Bewusstsein eingehen. Für mich kommt nicht die Formel in Betracht, sondern die Sache. Ein freies Zusammenleben wäre mir gerade so recht wie eine gesetzliche Ehe, wenn unsere Gesetze dort ebenso wie hier die Rechte der Kinder schützten.«

Monsieur Vignabos erhob seine Stimme:

»Die freie Ehe ist theoretisch tatsächlich das Schönste aller Bündnisse. Aber Blanchet hat recht: die Rücksicht auf die Kinder. Die gesetzliche Ehe schützt diese wenigstens. Die freie Ehe jedoch gibt sie augenblicklich noch preis.«

Boisselot wetterte mit gesenktem Kopf los:

»Dann ändert doch eure Gesetze, wenn das, was für das Individuum heilsam ist, im Gegensatz zum Heil des Staates steht. Selbstverständlich so viele Kinder als irgend möglich!«

Er zwinkerte:

»Für den nächsten Krieg!«

»Sie wissen ganz genau«, warf Blanchet ein, »dass eine Änderung der Gesetze in Frankreich immer erst erfolgt, nachdem die Sitten sich entsprechend geändert haben.«

»Also können wir nicht eher damit rechnen, als bis wir sämtlich krepiert sind!«

Monsieur Vignabos zupfte an seinem Bärtchen:

»Und was hat Renan gesagt, mein Junge? Die Lebenden schreiten stets über eine Brücke von Toten in die Zukunft.«

Kurzes Schweigen … Dann schlug Tante Sylvia als Erste den Ball zurück:

»Was sich gegen Monsieur Blanchets System einwenden ließe, ist, dass es die Lösung des ungemein schwierigen Problems der Kinderfrage nicht erleichtert, sondern im Gegenteil erschwert, wenigstens solange der Staat seine Gesetze nicht umgestaltet. Mit einer derartigen Freiheit für die jungen Mädchen kämen wir zu einem Zustand, wie er unter Hunden herrscht.«

»Verzeihung«, entgegnete Monsieur Vignabos, »es ist ja gerade die heutige Moral oder vielmehr Unmoral, die direkt auf diesen Zustand zutreibt! Wenn in der Frau nicht so viele, seit Jahrhunderten unterdrückte Begierden steckten, hätte die Welt ein besseres sexuelles Gleichgewicht …«

»Zunächst einmal gäbe es noch mehr uneheliche Kinder und damit noch verwickeltere Zustände! Finden Sie denn nicht, dass sowieso schon zu viel ›abgetrieben‹ wird? Uneheliche Kinder und Kinder aus Ehebrüchen gibt es jedenfalls reichlich genug.«

Georges Blanchet lächelte:

»Das ist richtig. Aber sie dürfen versichert sein, dass die … wie wollen wir die Emanzipierte gleich nennen? … die … Garçonne von morgen …«

»Aber nein!«, erklärte Monique. »Ein kleines bisschen Garçonne bin ich auch. Aber ich schwöre Ihnen, ich habe niemals derartige Anwandlungen wie die, von denen Sie sprechen!«

»Mademoiselle, die Garçonne von morgen wird der heutigen so wenig gleichen, wie Sie Ihren Schwestern von vor 20 Jahren. Bedenken Sie: Wie viele Revolutionen aller Art umfasst der Zeitraum einer Generation! … Also! Diese Garçonne wird es ebenso machen wie der Junggeselle. Nur wird sie sich vielleicht noch etwas mehr in Acht nehmen. Und da hat sie kaum mehr viel zu erlernen! ... Die Geburtenziffer sinkt! Mit gutem Grund! Bald werden nur noch Idioten Kinder bekommen, obwohl sie keine haben wollten. Und die Verführer werden sofort weniger unvorsichtig und weniger flegelhaft werden.«

»Aber das bedeutet ja das Weltende!«, wehrte sich die staunende Tante Sylvia.

»Nein, durchaus nicht. Nur das Ende einer gewissen Welt. Das Ende der Verbrechen aus Liebe, das Ende der Heuchelei und der Vorurteile. Die Rückkehr zur Natur, deren Ordnung unsere heutige Ehe verkennt und entstellt.«

Während der alte Meister seine Mütze wieder in die Stirn schob und sich anschickte zu antworten, betrachtete Monique die drei Männer, die so ganz anders waren als diejenigen, die sie in ihrer täglichen Umgebung zu treffen pflegte.

Der Sympathischste der drei war zweifellos Monsieur Vignabos, trotz seines ein wenig gebeugten Rückens, der mageren Beine in zu kurzen Korkzieherhosen und eines Gesichts wie eine verrunzelte alte Kastanie. Aus seinen Augen leuchtete so viel heller Verstand und klare Vernunft, und um die Mundwinkel saß so viel gütige Klugheit, dass sein ganzes Wesen davon durchdrungen schien.

Und die beiden anderen! Von diesem Boisselot, fiel ihr ein, hatte sie einen merkwürdig herben und doch ergreifenden Roman gelesen: *Ehrliche Herzen.* Er hatte zwar über Liebe und Eifersucht in der Ehe verschiedene kluge Dinge gesagt (wenigstens schienen sie ihr klug, da sie mit ihren eigenen Empfindungen übereinstimmten), aber sie würde sich niemals mit seinem völligen Mangel an Eleganz anfreunden können. Muskulös, langbeinig, mit derben Händen und verstörendem Blick, Lederhaut und einem brandroten struppigen Bart, wirkte Boisselot wie ein Raubein, das an einem zu weichen Herzen litt. Ein merkwürdiger Mensch, aber in gewisser Hinsicht sympathisch.

Und der zweite, dieser Schönredner! Schlank, klein, distinguiert, mit dem Gesicht eines Bischofs. Monique gefielen seine professorale Art und die skeptische Heiterkeit, die er zur Schau trug, gar nicht. Eine furchtbar langweilige Nervensäge, dieser Blanchet! Edel? In der Theorie vielleicht. Aber der abgründigste Egoismus schaute ihm ja aus allen Taschen. Trotz der Ideen, mit denen er jonglierte und die, ungeachtet ihres Widerspruchs, oft mit den ihrigen übereinstimmten, empfand sie seine Ansichten über die Ehe im Allgemeinen und über die ihre im Besonderen als eine persönliche Beleidigung und Ungehörigkeit. Ja, sie würde eine Ausnahme bilden, mochte dieser Schönling denken, was er wollte! Aus seinen Konzessionen ging klar hervor, dass er sie absolut nicht verstanden hatte. Nicht ahnte, mit welch ernstem, unerschütterlichem Willen sie sich ihr Glück aufbauen und erhalten würde! …

»Na, was sagst du?«, fragte Tante Sylvia auf der Treppe.

»Monsieur Vignabos ist reizend. Aber die anderen …«

»Du bist schwer zu befriedigen«, tadelte sie und vergaß dabei ganz, dass sie mit der Erfahrung des Alters die Dinge nicht mit dem gleichen Blick betrachtete wie die Jugend. »Georges Blanchet ist sehr nett. Régis Boisselot ist mehr ein Original. Aber du musst doch wenigstens zugeben, dass du eine anregende Stunde hinter dir hast!«

V.

Der Vorhang fiel nach dem ersten Akt von *Menelaus*.

»Amüsant!«, erklärte Madame Lerbier, zu ihrer Tochter gewandt.

»Ach, was!«

»Du bist wirklich ein entsetzlicher Widerspruchsgeist!«

Sie schob das Achselband ihrer Robe hoch, das hinuntergerutscht war und die Rundung der Schulter enthüllte.

»Viel Eleganz im Zuschauerraum«, meinte Monsieur Lerbier, der durch sein Opernglas schaute. »Man merkt, dass Heiligabend ist.«

Das erst vor Kurzem eingeweihte Cosmo-Theater mit seinem ansteigenden Parkett und den offenen Balkonlogen, das hauptsächlich der Aufführung von internationalen Operetten diente, erstrahlte in vollem Glanz. Weihnachtsgalavorstellung und zugleich Premiere mit Alex Marly als Menelaus. Die Herren im Frack, die Damen in tief ausgeschnittenen Roben. Und auf dem blühenden Teint der Jugend wie auf der überreifen Haut der Älteren – Perlenregen und Diamantentau. Die reizlosesten Körper wie die bestgebauten präsentierten sich von der Achsel bis zur Hüftlinie in tief ausgeschnittenen duftigen Kleidern. Man hätte glauben können, auf einem Sklavenmarkt böten sich all diese Reize den erfahrenen Blicken der Liebhaber und Händler feil. Sie prüften abschätzig die Rundungen der Körper, die freudig entblößten Arme, die Brüste, die unverhohlen dargeboten wurden. Die festlichen Frisuren von Blauschwarz bis Weißblond, die stark geschminkten und zurechtgemachten Gesichter, die aussahen wie bemalte Masken. Und all das bewegte sich, blitzte, plapperte, und in der schwülen Hitze entströmte der illustren Gesellschaft zugleich mit dem starken Duft der verschiedenen Parfums ein durchdringender Geruch nach menschlichen Ausdünstungen.

Man tauschte verstohlene Winke, machte Verbeugungen. Madame Lerbier machte ihre Tochter auf Piombino aufmerksam, der im Parkett stand – mit wallender Mähne –, auf die Generalin Merlin und ihren Gatten, der ohne seine Uniform wie ein kleiner Beamter aussah, auf Madame Hutier mit dem etwas zu unbekannten ehemaligen Minister. Auf Loth, Vater und Tochter, deren Name Anlass zu – zweifellos verleumderischen – Anspielungen gab … Cecil Meere war ganz in seine Depression versunken, geruhte aber aus ihr aufzutauchen, um Monique mit abwesendem Blick zu grüßen.

»Sieh mal!« sagte Madame Lerbier, »da, die verdeckte Loge neben der Säule. Madame Bardinot und Madame Jacquet. Michelle nickt dir zu … wer ist denn bei ihnen?«

Der Mann wandte sich um.

»Max de Laume«, lächelte Monique.

»Antinous? … Was tut denn der da? Macht er etwa Michelle den Hof? … Nein, die heiratet doch d'Entraygues … Oder vielleicht ihrer Mutter, wegen des George-Sand-Preises? Nein, den bekommt er ja sowieso … Dann also Pony! Ei! Ei! Dort sehe ich Ransom … da in der Loge Abraham von Rothschilds. Aber wo ist Leo? Hat sie wirklich vor, den Ritter zu wechseln? …«

Sie lächelte über ihre eigene Bosheit. Sie liebte »die große Jüdin« nicht, wenn sie ihr auch den Hof machte … Sah freilich gut aus mit ihren Gazellenaugen und dem leicht geneigten Kopf … Diese Angewohnheit, sich zu ducken! … Madame Lerbier fand die Plattheit und Geschicklichkeit widerwärtig, die *die* Bardinot beständig anwandte, um ihren Mann mit allen Mitteln voranzubringen. Der kleine Finanzbeamte war mit geradezu unanständiger Geschwindigkeit zum Kabinettsbeamten und vom Kabinettsbeamten zum stellvertretenden Direktor aufgestiegen. Von da ohne Weiteres zum Privatsekretär des Ministers, dann zum Personalchef, dann zum Generalinspektor. Jetzt hieß es, er werde die Politik verlassen, um in eine große Bank einzutreten, deren Präsidium demnächst frei werde, und dass er mit Ransoms Unterstützung …

»Es ist geradezu erstaunlich«, höhnte Madame Lerbier, wenn man unter Freundinnen von »dem lieben Pony« sprach, »wie weit sie ihren Mann vorwärtsgebracht hat, nur indem sie sich niederkniet! Oder auch: Sie hat eine Art, die Hand auszustrecken, der die Männer nicht widerstehen können …«

Bardinot hatte eben Karriere gemacht. Ein Ergebnis, das natürlich die übelste Nachrede hervorrief.

Madame Lerbier erinnerte sich an einen Ausspruch, den man von Pony kolportiert hatte, als sie zum ersten Male von Antinous hörte: Was kann er?

»Jetzt wird sie wohl Bescheid wissen.«

»Bist du aber klatschsüchtig, Mama!«, sagte Monique. »Na, ich werde mal Michelle besuchen.«

»Erinnere sie daran, dass ich sie morgen mit Hélène Suze zum Tee im Claridge erwarte.«

Monique ging raschen Schrittes durch die Gänge, unbekümmert um die Blicke, die sie auszogen. Sie hatte einen Widerwillen gegen diese »typisch pariserischen« Gesellschaften, deren glänzende Oberfläche nicht die Kloake verdeckte … Körper zu verkaufen … Gewissen zu kaufen! … Zum Glück gab es – wie Georges Blanchet heute Nachmittag gesagt hatte – noch Ausnahmen! Sie, einen Lucien, einen Vignabos, eine Tante Sylvia … man konnte sie an einer Hand abzählen!

Monique lachte bei dem Gedanken an das Gesicht, das die Tante über dieses doppelte Schauspiel auf der Bühne und im Zuschauerraum gezogen hätte, wenn sie ihrer Schwester nachgegeben hätte, die sie unbedingt zu *Menelaus* hatte mitschleppen wollen! … Wie schlau war die gute Tante doch gewesen, den Heiligen Abend und den ersten Feiertag ruhig draußen in Vaucresson bei Madame Ambrat zu verbringen …

Auch eine Freundin von der Art Vignabos! Eine aktive Frauenrechtlerin. Madame Ambrat, Lehrerin an einem Versailler Lyzeum, fand nebenbei noch Zeit, das von ihr gegründete Hilfswerk für verwaiste Kinder zu leiten, und außerdem ihrem Gatten, dem Ingenieur, eine ausgezeichnete Gefährtin zu sein … Monique malte sich aus, wie sie wohl alle drei unter der Lampe saßen, auf Mitternacht warteten und die gefüllte Gans und die Blutwürste mit einem Glas Vouvray begossen (Monsieur Ambrat war aus Tourange). Sie beneidete sie um ihr Leben voll geistiger Arbeit und schlichter Freuden. Sie hätte – da sie Lucien heute doch nicht mehr sehen würde – Tante Sylvia begleiten und mit ihr den Tag beschließen sollen, der so schön gewesen war.

Sie rekapitulierte: der Besuch in der Rue Medicis; der Fehmantel und die Nerzstola, die sie beim Pelzhändler bestellt hatte; das Zusammentreffen mit Lucien am Boulevard Suchet, um die von Pierre Souzaies empfohlenen Möbel anzuschauen (gar nicht übel, der Schreibtisch und der Bücherschrank!) … und dann, unter den liebevollen Blicken der guten Tante, der Tee im Ritz.

Beim Abschied hatte ihr Lucien so nett sein Bedauern darüber ausgesprochen, dass er sie nicht ins Theater begleiten könne und ohne sie zu Abend essen müsse … Aber es war leider vollkommen ausgeschlossen, die Belgier hatten ihn noch am Morgen angerufen. Darauf hatte sie ihm versprochen, wenn er nicht doch noch vor Schluss der Vorstellung käme, nach dem Theater sofort nach Hause zu gehen. Wenn ihre Eltern noch mit Madame Bardinot und, wie sie glaubte, Ransom und Piombino zusammen weiterfeiern wollten, dann sollten sie das ganz einfach ohne sie tun.

»Darf man eintreten?«

»Komm rasch!«, rief Michelle, als sie sie erkannte.

Michelle, klein, rundlich und so blond, dass man ihr Haar für gebleicht hätte halten können, war gerade dabei, im Hintergrund der Loge Max de Laume eine wilde Geschichte zu erzählen, wenigstens ihren leuchtenden Augen nach zu urteilen.

»Warte«, meinte Monique, »ich muss erst die Dame des Hauses begrüßen.«

Madame Jacquet legte ihr zu Ehren das Opernglas nieder, durch das sie das Publikum Revue passieren ließ, wie eine Herrscherin ihre Truppen, und neigte graziös ihre weiße Perücke. Madame Bardinot entzog sich für einen Augenblick den Redensarten, mit denen die zahnlose Galanterie Ransoms sie ausdauernd beglückte.

›Die schuldige Gegenleistung‹, sagte sich Monique, ›an den Bankier und seinen Goldsegen …‹ Ransom war neben Bardinot der einzige Mann, der in Ponys Umgebung ausharrte. Ihre Geliebten wechselte sie jedes halbe Jahr. Ihre sonstigen Launen, die Tag für Tag oder wochenweise wechselten, dauerten nur so lange, bis sie alle Vorteile aus ihnen gezogen hatte, die sie jeweils zu bieten hatten.

»Ich frage Sie nicht nach Monsieur Bardinot. Ich weiß ja, er hat Sitzung.«

Pony hatte beim Ministerpräsidenten – dessen Sympathien sie sich durch Piombinos Vermittlung erworben hatte – durchgesetzt, dass ihr Mann als Finanzsachverständiger an der französischen Delegation beim Völkerbund teilnahm …

»Also«, sagte Monique, die in den Hintergrund der Loge zurückkehrte, »ihr scheint euch ja nicht gerade zu langweilen! Man braucht nur de Laume anzusehen.«

»Stimmt!«, gestand er.

Er wies auf Cecil Meere, der im Parkett seinen dunklen Frack und eine ungewöhnlich große Portion Schwermut zur Schau stellte:

»Wir könnten uns totlachen über seine Leichenbittermiene!«

»So fertig war er noch nie!«, stellte Monique fest.

Sie grinsten. Michelle triumphierte:

»Das kann man wohl sagen!«

Und da Monique fragte, wiederholte sie ihre Erzählung, ohne sich lange bitten zu lassen:

»Also denk' dir, ich war heute Nachmittag zum Tee bei Loths Tochter. Wir waren zu fünft oder sechst – außer den üblichen jungen Leuten –, na, eben die ganze Clique, mit Ausnahme von Ginette … Die war, scheint's, mit Hélène Suze zu einem Konzert bei Anika Gobrony eingeladen. Kammermusik … kann mir's schon denken! … Wir hatten Cecil hinbestellt und ihm eingeredet, er würde Sascha Volant treffen. Das ist seine neueste Flamme … Natürlich kam er. Damit er nicht die Geduld verlor, haben wir Gesellschaftsspiele gespielt … das lieb' ich zu sehr, diese harmlosen Spielchen!«

»Kann man wohl sagen!«, warf Max de Laume ein.

»Sie finden auch überall etwas dabei! Was ist denn Schlimmes dabei, mit verbundenen Augen, die Hände auf den Rücken gebunden, auf dem Mockierstühlchen zu sitzen? Man muss erraten, wer sich einem auf den Schoß setzt und einen küsst. Das ist alles. Irrt man sich, geht's weiter.«

»Und?«

»Wir haben's so eingerichtet, dass Cecil auf dem Stühlchen sitzen musste. Als wir ihm die Augen verbunden hatten, haben wir den Jungs einen Wink gegeben, sie sollten nicht mittun; das hätte ihm zu viel Spaß gemacht! Und dann haben wir ihn abgeküsst, eine nach der anderen, so toll wir nur konnten. Simone hat sich Putzwolle unter die Nase geklebt, um einen Schnurrbart zu markieren. Wenn er zufällig richtig riet, schrien wir: Falsch! Falsch! … Und dann ging's von Neuem los … auf den Hals, auf den Mund … Schließlich war er halb verrückt. Da haben wir ihn losgelassen!«

Die Klingel kündigte den Schluss der Pause an.

»Pfui, seid ihr ekelhaft!«, sagte Monique kopfschüttelnd. »Adieu!«

Angewidert verließ sie die Loge. Was musste ein intelligenter Mann wie Max de Laume, der den Krieg mitgemacht hatte und dessen Beruf es war, die Sitten zu beobachten, von dieser kleinen Pute und von ihr wohl denken? Monique war sicher, dass er sie beide gleich einschätzte und verachtete.

Kaum hatte sie den Rücken gekehrt, als Michelle liebenswürdig meinte:

»Geh' nur, du Zimperliese! Die Sorte hat's immer am dicksten hinter den Ohren! … Weil sie sich verheiratet?! … Was das schon ist! … Ich verheirate mich doch auch.«

»Gestatten Sie, liebes Kind!«, entschuldigte sich Ransom, der, seinen Bauch vor sich herschiebend, zur Tür strebte … »Bis nachher, im Rignon.«

»Das hängt von Mama ab.«

Sie lächelte unschuldig und streckte hinter dem Dicken die Zunge heraus.

»Natürlich geh' ich hin! ... Ein Glück, dass Sie auch angenommen haben!«, sagte sie und warf ihrem Gefährten einen bewundernden Blick zu, während dieser sich vorsichtig die Stirn abtupfte ... »Wahrhaftig, man erstickt hier fast. Was für ein hübsches Taschentuch! Zeigen Sie her ...«

Sie roch daran:

»Donnerwetter!«

Das Taschentuch enthielt eine kleine Puderquaste, mit der sie sich die Wangen puderte, ehe sie ihm das Tuch wieder hinhielt:

»Da, Sie koketter Kerl!«

Aber mit einer so heftigen Bewegung, dass er ganz verdutzt war, änderte sie ihre Absicht. Unter dem Vorwand, ihm das Taschentuch zurückzugeben, langte sie tief in seine Hosentasche, bis sie die gewünschte Stelle erreicht hatte. Er konnte sich nicht enthalten, diese Hand zu ergreifen.

»Was fällt Ihnen denn ein?«, fragte sie in einem so naiven Ton, dass er die List verstehen musste.

»Nichts!«, murmelte er.

Angeheizt setzte er sich neben sie. Der Vorhang hob sich, und Alex Marly machte der halb nackten Helena eine Szene, die, um ihn umzustimmen, sich noch mehr entblößte. Max de Laume warf einen Blick auf den feisten Rücken von Madame Jacquet und den lockenderen von Pony. Sollte man's glauben, dass er ihretwegen gekommen war? ... Dann stellte er mit einem Blick auf die rätselhafte Michelle, die rechts neben ihm saß, fest, dass sie die Beine so übereinandergeschlagen hatte, dass sich ihm die seidenbestrumpften Waden und das eine Knie darboten.

Er schob seinen Stuhl zwischen Madame Jacquets und Ponys, die auf diese Art blockiert waren, und tat, als hörte er mit gespanntester Aufmerksamkeit auf Alex Marly, der umhertanzte und näselnd seinen Text aufsagte.

Gleichzeitig umfasste er einen der zarten Knöchel, glitt zu der runden Wade empor, dann zum Knie … Er hielt unsicher inne, ging dann mit leichtem Druck über das Strumpfband hinaus. Seine Finger streiften nach der aufreizenden Seide eine so weiche Haut, dass er ihre Wärme hätte küssen mögen …

Als endlich die nun vollkommen nackte (mit Ausnahme eines Schamhöschens und einer Draperie, die eine Brust und den Leib verhüllte) Helena unter überbordendem Applaus ihren Menelaus zurückerobert hatte, entschloss sich Max de Laume, den Augen seiner Partnerin zu begegnen. Er las in ihnen nichts als unschuldigste Kameradschaft. Als ob nichts geschehen wäre. Er besaß Geschmack genug, sich damit zu begnügen, und fragte sich nur bescheiden: »An was oder an wen, zum Teufel, hat sie wohl eben gedacht? … Vielleicht an Entraygues? … Wohl bekomm' es ihm! … Der wird mit dem kleinen, lasterhaften Kätzchen ja noch nette Dinge erleben!«

Und ohne Gewissensbisse neigte er sich über Ponys Nacken, auf dem die leichten seidenen Löckchen unter seinem Hauch bebten. Sie erschauerte: Hatte er mehr zu bieten als Leo? … Sie suchte mit unermüdlicher und immer wieder enttäuschter Hoffnung eine Umarmung, die ihre blasierten Sinne wirklich zu erschüttern vermochte.

»Kommen Sie«, sagte sie nach dem zweiten Akt. »Ich muss den Lerbiers eine Bestellung von Ransom ausrichten. Piombino und er wollen durchaus, dass sie mit uns soupieren … Sie verzeihen doch, liebe Freundin?«

Madame Jacquet grinste gnädig, während Michelle

Sascha Volant, den sie im Parkett entdeckt hatte, ihr liebenswürdigstes Lächeln schenkte. Draußen vertraute Madame Bardinot, die unfähig war, ein Geheimnis für sich zu behalten, dem schönen Max an:

»Ich glaube, die beiden und John White haben was vor, sie wollen Lerbiers Patent kaufen.«

»Und Vigneret?«

»Der ist selbstverständlich auch dabei! Wie wär's denn mit Ihnen? Haben Sie nicht auch Lust, sich an dem Geschäft zu beteiligen?«

»Halten Sie mich für einen Trittbrettfahrer?«

Sie lächelte. Was fand er nur dabei?

»Für gute Freunde fällt immer was ab …«

Er empörte sich:

»Hören Sie mal, solche Krumen ess' ich nicht! Ich bin nicht Leo!«

Pony hasste die Peitsche nicht. Diese Grobheit gefiel ihr. Max de Laume verdiente seinen Unterhalt durch sein Talent. Darin war er Leo überlegen! Und wenn sie schon beide das Kriegskreuz trugen, so hatte Max seins doch wenigstens nicht gestohlen … Vor der Loge der Lerbiers, deren Tür er gerade öffnen wollte, fasste sie ihn bei der Hand:

»Sie gefallen mir!«

Er nahm dieses Entgegenkommen auf wie einer, der an dergleichen gewöhnt ist. Seine Neugier auf Michelle, die durch den ersten Erfolg angestachelt war, hinderte ihn nicht daran, empfänglich zu sein für die Avancen von Madame Bardinot, die als Geliebte begehrenswert erschien. D'Entraygues im Voraus gründlich zu hörnen, hatte seinen Reiz. Seinen Freund Leo auszustechen nicht minder. Er erkundigte sich:

»Und Mercœur?«

»Was ist mit Mercœur?«

»Verschwunden? Was machen Sie mit dem?«

»Ich glaube, er hat mich heute Abend mit Hélène Suze betrogen … oder mit Ginette Morin …«

»Und das lässt Sie ganz kalt?«

Sie sah ihm mit zärtlicher Unterwürfigkeit gerade in die Augen:

»Dummer Kerl! … Freuen tue ich mich darüber!«

Er antwortete mit einem Augenzwinkern. Das Bündnis war geschlossen.

*

Eine Stunde später hielt das Auto der Lerbiers vor Rignon … Trotz ihres Versprechens und ihres Widerwillens hatte Monique den Bitten ihrer Eltern nachgeben müssen, und vor allem dem Flehen Michelles. Madame Jacquet hatte deren Teilnahme an dem Dîner, zu dem Ransom eingeladen hatte, nur unter der Bedingung gestattet, dass auch die Freundin ihrer Tochter dabei wäre … sie selbst sei zu alt für derartige Vergnügungen … Madame Lerbier würde ihr auf dem Heimweg die Kleine wiederbringen, wie sie so liebenswürdig angeboten hatte.

Max de Laume und Madame Bardinot waren schon mit Ransom und Piombino angekommen, dessen zwölfzylindriger Voisin gerade unter der Markise davonfuhr, um Platz zu machen.

»Du weißt wohl«, sagte Monique zu Michelle, »dass ich nur deinetwegen mitkomme!«

Sie war ärgerlich über sich selbst, dass sie hier war, trotz des Versprechens, das sie Lucien gegeben hatte. Nie hätte sie ihr Wort gebrochen, hätte sie nicht gefürchtet, ihrem Vater Kummer zu machen, wenn sie auf ihrem Willen beharrte. Sie hörte noch die Bitterkeit in seinem Ton: »Tu's mir zuliebe! Nein? Dann geh' zu Bett, wenn du absolut keinen Familiensinn hast! …«

Der arme Vater! Waren seine Geldsorgen wirklich so groß?

*

Michelle hatte den Arm ihrer Freundin ergriffen:

»Lass nur! Wir werden uns schon amüsieren. Ich jedenfalls werde feste tanzen!«

Sie wiegte schon ihren Körper hin und her und summte die Tangomelodie mit, die zuweilen durch die gläserne Drehtür drang.

Monique warf im Eintreten einen feindseligen Blick auf die Menge der ankommenden Gäste. Die Türen klappten, sie stiegen aus den Autos. Die Männer mit dem Zylinder im Nacken, die seidenen Kragenschoner lose über den offenen Pelzen … Die Frauen in Chinchilla und Hermelin gehüllt, mit funkelnden Agraffen und blitzenden Turbanen.

Sie wollte sich gerade dem Strom anschließen, als sie Luciens Auto zu erkennen meinte. Aber statt unter die Markise zu fahren, bog der Wagen um die Ecke und hielt 20 Meter weiter beim Eingang zu den Séparées.

»Geh' voraus«, sagte sie zu Michelle. »Ich muss etwas prüfen.«

Sie dachte: ›Vielleicht hat er seinen Wagen einem Freund geliehen, so wie er ihn heute Nachmittag mir geschickt hat …‹

Versteinert stand sie still. Lucien öffnete die Wagentür, stieg aus und streckte einer jungen Frau die Hand entgegen, die in die gleiche Nerzstola gehüllt war, wie sie selbst eine bei dem Pelzhändler bestellt hatte! … Rasch, wie ein glückliches Liebespaar, das nicht gesehen werden will, verschwanden sie durch die Tür.

Sie wollte Gewissheit haben. Von einem Essen her, das sie neulich mit Lady Springfield hier eingenommen hatte, erinnerte sie sich, dass vom Restaurant aus eine Treppe in den ersten Stock hinaufführte. Rasch holte sie Michelle wieder ein. Vor ihnen eilten Monsieur und Madame Lerbier an den katzbuckelnden Kellnern vorbei auf den großen ovalen Tisch zu, an dem die Bankiers schon standen und ihnen winkten. Max de Laume und Pony saßen bereits flirtend nebeneinander …

Monique hörte mit halbem Ohr, wie Ransom erklärte: »Hier sitzen wir besser als in einem Privatsalon, hier ist's amüsanter.« Und wie ihre Mutter sie fragte: »Was hast du? Warum legst du deinen Mantel nicht ab?«

Sie flüsterte: »Ich komme gleich wieder.«

Rasch lief sie davon und stieg die Treppe hinauf. Sie kam gerade noch rechtzeitig, um vom Treppenabsatz aus Lucien vor einer offenen Tür stehen zu sehen, die ein Kellner ihm bezeichnete. Er nahm seiner Begleiterin, die ein rückenfreies, bis zur Taille ausgeschnittenes Kleid trug, die Stola ab … Eine bösartig aussehende Brünette mit katzenhaftem Lächeln … Offenbar Cleo!

Monique klammerte sich an das Treppengeländer. Ihr zitterten die Knie. Ein Trugbild? Nein, Wirklichkeit, die sie mit Entsetzen erfüllte. Der Kellner, der die Salontür hinter der Schreckensvision geschlossen hatte, näherte sich zuvorkommend: »Mademoiselle wünschen?«

Sie stotterte: »Der Tisch von Monsieur Piombino …« Und sie dachte: ›Also doch … der anonyme Brief …‹

Bei dem Namen verbeugte sich der Kellner tief:

»Unten, Mademoiselle. Soll ich Mademoiselle führen?«

»Nein, danke!«

Wie eine Wahnsinnige wandte sie ihm den Rücken zu, und um ihren ganzen Schmerz auszukosten, lief sie so rasch die Treppe hinunter, die Lucien heraufgekommen war, dass der Kellner ihr nur noch nachrufen konnte:

»Nicht da hinunter, Mademoiselle! Nicht da hinunter!«

Sie war schon auf der Straße und ging an der Reihe der Autos entlang. Die Chauffeure plauderten miteinander. Sie kam vor dem Vignerets vorbei. Marius erkannte sie und nahm, überrascht, mechanisch die Mütze ab:

»Mademoiselle! …«

Erst jetzt, als hätte es dieses Beweises noch bedurft, empfand sie plötzlich ihren ganzen Jammer und ihre ganze Empörung. Sie kehrte um, ging nochmals an Marius vorbei. Diesmal war er geschickter und tat, als sähe er sie nicht. Sie stieg die Treppe zu den Salons wieder hinauf, hatte noch die Geistesgegenwart, dem Kellner, der etwas Ungewöhnliches witterte und sie anstarrte, zu sagen:

»Ich hatte etwas im Auto liegenlassen!«

Dann stieg sie wie eine Schlafwandlerin ins Restaurant hinunter. Die Tafelrunde empfing sie mit einem begeisterten »Ah!« Piombino wies auf den für sie bestimmten Platz: »Neben mir!« Aber ohne sich niederzusetzen beugte sie sich über ihre Mutter und flüsterte ihr ins Ohr:

»Mir ist gar nicht wohl. Ich gehe nach Hause.«

Ein deutliches Frösteln überlief sie, und ihr Gesicht sah so verändert aus, dass Madame Lerbier besorgt fragte:

»Was fehlt dir? Soll ich nicht mitkommen?«

»Nein, nein! Bleib' nur!«, sagte sie nervös. »Ich schicke das Auto wieder her. Bring nach dem Abendessen Michelle nach Hause. Ich leg' mich gleich ins Bett.«

Sie fügte noch hinzu:

»Es ist nichts von Bedeutung, bestimmt nicht! Ein bisschen Fieber! Kümmert euch nicht um mich!«

Und ohne ein weiteres Wort, ohne einen Blick schloss sie ihren Mantel wieder und ging erhobenen Hauptes hinaus.

VI.

Draußen lief sie geradewegs in die Nacht hinein.

Frost härtete den Asphalt. Hie und da wurde der Sternenhimmel sichtbar. Der leuchtende Dunstkreis der Stadt, die hellen Straßenzüge schienen einen Schattenkatafalk hoch in den Himmel hineinzuheben. Eine müßige Menschenmenge bummelte noch die Boulevards entlang, die belebt waren wie am Mittag. Die Theatervorstellungen waren zu Ende, und die Weihnachtsfeiern begannen. Die Menschenmengen prallten aufeinander und kreuzten ihre Strömung … In dieser Wüste ging sie ohne zu hören und zu sehen mit mechanischen Schritten vollkommen einsam dahin. Der innere Aufruhr, der sie erfasst hatte, war so stark, dass nichts anderes für sie existierte. Sie hielt sich für den Mittelpunkt der Welt.

Hin und wieder versuchte sie nachzudenken, sich zu fassen. Aber sofort stieg unerbittlich die Vision wieder vor ihr auf, und sie empfand nur blinden Schmerz und taube Fassungslosigkeit. Alles in ihr war ins Wanken geraten und brach zusammen. Ihr zerschmetterter Liebestraum hatte auch ihren Glauben unter seinen Trümmern begraben. Ihr Stolz litt noch nicht, so sehr beherrschte ihr Entsetzen sie zunächst. Ihr Inneres war eine einzige Wunde. Sie hätte gern laut geschluchzt und geschrien.

Dann, als sie langsam wieder zu sich kam, empfand sie zuerst ein übermächtiges Staunen wie ein Kind, das man grundlos geschlagen hat und das sich gegen die unverdiente Züchtigung aufbäumt. War so etwas möglich? Warum? Wie? … Sie hörte noch den Tonfall der Worte, die Lucien im Ritz zu ihr gesprochen hatte. Er drückte sein Bedauern aus und fluchte auf die Belgier und ihren Anruf vom Morgen. Er lächelte, als er sich von ihr verabschiedete, weil er sich so sicher fühlte durch ihr Versprechen, gleich nach dem Theater nach Hause zu gehen und nicht auswärts zu Abend zu essen!

Und ihre Unschuld klagte und konnte eines nicht begreifen: nachdem er mich genommen hat! … Warum hat er mich verlassen? Warum? … Ein unerklärlicher Verrat, eine unverständliche Lüge, die sie erst vernichtet hatte und nun wilde Wut in ihr auslöste. Vielleicht war der Zorn über diese Falschheit und die Empörung über die ihr angetane Kränkung noch tiefer als der Schmerz um ihre gemordete Liebe.

Wohl blutete ihr das Herz. Denn ein Gefühl, in dem sie ihr ganzes Leben zu beschließen glaubte, war plötzlich mit der Wurzel ausgerissen und zertreten worden. Aber in ihrem Hang zum Endgültigen wollte sie eine sofortige und unwiderrufliche Trennung von allem, was noch vor einer Stunde ihr ganzer Daseinszweck gewesen war. Ein Teil ihrer selbst musste amputiert werden. Eine gestorbene Illusion – ein totes Glied.

Lucien lieben? Sie? Nein! Sie hasste und verachtete ihn. Ein Urteil, das zwar der Enttäuschung entsprang, das aber unwiderruflich war, weil es von einem unbeugsamen Geist gefällt wurde. Denn da sie eben noch Jungfrau gewesen war und noch nicht die ganze körperliche Trunkenheit der Liebe gekostet hatte, kannte Monique das mächtigste Band noch nicht. Den gordischen Knoten der Lust … Nur der Geist urteilte und entschied in ihr zu dieser Stunde. Schon lange ging sie so dahin, unempfänglich für geflüsterte Aufforderungen, scherzhafte Zurufe, ja sogar Gesten. Wenn sie ein wenig ruhiger wurde, wenn sich einen Augenblick lang die doppelte Qual verringerte: die niederträchtige Kränkung, die ihrer Liebe und gleichzeitig ihrem fast männlichen Ehrgefühl angetan worden war, sah sie Lucien wieder vor sich, wie er sich wohl am Tisch – oder hatten sie den vielleicht schon verlassen? – um seine Begleiterin bemühte.

Er hatte sie also nie geliebt! Er hatte sie im Vorübergehen genommen wie eine Dirne … wie diese Dirne! Die er ihr vorzog! … Unter dieser Vorstellung litt sie weniger als unter der Demütigung und dem Zorn darüber, nur sein Spielzeug gewesen zu sein. Schlimmer noch! Ein Sprungbrett für seine Geschäfte! … Wie schmutzig musste eine solche Seele doch sein! Und wie hatte sie selbst derartig blind sein können!

Morgen würde sie ihn wiedersehen, wieder seine Lügen anhören müssen … Denn natürlich würde er lügen! Nicht um die Tatsachen zu leugnen – die waren nun einmal vorhanden –, sondern um sie irgendwie durch eine Entschuldigung umzufärben … Aber für derartige Taten gab es keine Entschuldigung! Und wenn es in den Augen Luciens und denen anderer Männer doch eine gab für eine solche Gemeinheit, dann existierte überhaupt weder Ehre noch Liebe mehr! Dann konnte man einfach hinleben wie ein Tier. Gewissenlos! Ungestraft …

Morgen! Und die unvermeidliche Aussprache, die Rechtfertigungen, die er versuchen würde, die neuen Lügen, die er sich vielleicht eben jetzt, den Kopf am Busen jener Dirne, ausdachte und über die sie sich gemeinsam amüsierten, ehe sie ihre Schweinereien begannen! … Bei diesem Gedanken brach Monique in so lautes nervöses Lachen aus, dass ein Gendarm sich ihr neugierig näherte.

Sie erschrak, überquerte die Straße und ging auf ein Taxi zu. Als sie eben die Wagentür öffnen wollte, streckte sich eine weiß behandschuhte Hand ebenfalls nach dem Türgriff aus.

»O Verzeihung, Mademoiselle!«

Der elegante Herr mit dem feinen Gesicht, dessen Umriss sie flüchtig bemerkte, betrachtete sie mit heiterer Überraschung … Eine kleine Dirne? … Eine Dame? … Jedenfalls sehr hübsch! … Was hatte sie an einem solchen Tage und um diese Stunde hier allein zu suchen?

Sie zögerte noch, ihre Adresse anzugeben und einzusteigen. Er bemerkte ihre Verwirrung, ahnte ein wundervolles Zufallsabenteuer und stieg sogleich mit der größten Selbstverständlichkeit neben ihr in den Wagen.

Sie sagte:

»Sind Sie verrückt? Sie steigen sofort aus oder ich schreie …«

Ein fast unmerklicher Beiklang, dessen Bedeutung der männliche Jagdinstinkt des Unbekannten sofort aufgriff, ließ hinter der Entschiedenheit der Worte die innere Verwirrung ahnen. Er antwortete:

»Aber Mademoiselle! Ich bitte Sie … Gestatten Sie mir doch wenigstens, Sie vor Ihrer Tür abzusetzen, da wir den gleichen Weg haben … Ich wäre untröstlich, im gleichen glücklichen Augenblick, da ich Sie gefunden habe, eine Gesellschaft wie die Ihre wieder zu verlieren …«

Sie hatte sich in die gegenüberliegende Ecke gedrückt. Eigensinnig schwieg sie. Was konnte ihr schließlich geschehen? Nichts, was sie nicht selbst gewollt hätte … Er redete … gar nicht dumm … stellte sich schließlich vor, wurde galant, dann zudringlich … Sie hörte nicht zu. Die Sätze brandeten vor ihren Füßen wie murmelnde Wellen. Sie schwebte seelenlos auf einem geheimnisvollen Meer dahin.

Er ergriff ihre Hand, sie entzog sie ihm nicht. Er wollte sie küssen und bekam eine Ohrfeige.

»Na, aber!«, rief er.

Er packte ihre Handgelenke, riss sie gewaltsam an sich und zwang ihr einen brutalen Kuss auf. Völlig überrascht konnte sie sich nicht wehren. Ein beinahe süßer Ekel durchschauerte sie unter dieser Gewaltsamkeit: Ein noch ungewisses Licht ging im Dunkel ihres Körpers auf, das mit der plötzlichen unwiderstehlichen Forderung ihres Stolzes übereinstimmte.

Der Mann, den sie liebte, hatte sie betrogen. Jetzt rächte sie sich an ihm.

Ihre Freiheit rächte sich und vor allem ihre Ehrlichkeit. Wenn sie morgen Lucien wiedersah, wollte sie ihm all das ins Gesicht schleudern. Auch sie hätte dann etwas Unwiderrufliches zwischen sie beide gelegt. Und er würde nichts, rein gar nichts dagegen einwenden können! Hatte er ihr nicht durch seinen Verrat die Freiheit wiedergegeben?

Das Weitere spielte sich ab wie ein Alptraum. Die geänderte Adresse für den Chauffeur, die Flasche Sekt im betäubenden Lärm eines kleinen Montmartrelokals, das mechanische Eintreten in ein Hotelzimmer …

Sie empfand weder Scham noch Reue. Was sie tat, war logisch, war berechtigt. Sie empfand ihrem Zufallsgefährten gegenüber weder Zuneigung noch Abneigung … Er war ein Durchreisender, ein Offizier auf Urlaub … eine unbekannte Gestalt, die der Zufall angenommen hatte. Sie kam nicht einmal auf den Gedanken, durch das Lesen der Adresse auf seinem Handkoffer seine Identität festzustellen, und ließ sich entkleiden, ohne auf die Fragen zu antworten, mit denen er sie bestürmte.

Aus ihrem verzerrten Gesicht, das nur der Widerstreit zwischen völliger Geistesabwesenheit und höchster

Willensanstrengung belebte, schloss er auf irgendein Herzensdrama. Falls es sich nicht um eine plötzliche lasterhafte Laune handelte? Aber – ob nun Rache einer Betrogenen oder Perversität einer Neugierigen – was ging ihn das an? Sie war mitgekommen, ohne sich lange bitten zu lassen. Er wäre ja schön dumm gewesen, solch einen Glücksfall nicht auszunutzen.

Er betrachtete, trunken vor erschreckter Freude, ihren prachtvollen Körper … Die langen Beine, die runden Hüften unter dem durchsichtigen Hemd … die über der nackten Brust gekreuzten Arme … Dieses Teufelsweib vereinigte frauliche Fülle mit der Frische und Zartheit eines jungen Mädchens! Was mochte diese Passantin, deren Gedanken ihm ebenso unbekannt waren wie ihr Name und die sich widerstandslos ins Bett ziehen ließ, wohl im täglichen Leben sein?

Mit ausgestreckten Armen lag Monique da und ließ alles mit sich geschehen wie ein lebloses Tier. Sie hatte die Augen geschlossen und die Fäuste so fest geballt, dass ihr die Nägel in die Handflächen drangen. Unter den Liebkosungen, die über sie hinglitten, erbebte sie mitunter in nervösen Reflexen. Dann biss sie die Zähne zusammen, um nichts von sich auszuliefern als ihren Körper. Die bittere Lust der Rache erfüllte sie, und dieses Gefühl war so stark, dass es alle Scham in ihr tötete. Nur vor dem Nahen der peinlichen Berührung empfand sie Angst.

Die Küsse des Mannes, die erst sanft und erfahren gewesen waren, wurden heftiger. Und als sie ihm in widerstrebender Scheu die Lippen entzog, verlor er die Beherrschung. Der Instinkt peitschte ihn. Den Kopf in ihr Haar gewühlt, sah er nicht die schweren Tränen, die über das gemarterte Gesicht strömten. Plötzlich stieß sie ihn mit einem so heftigen Ruck zurück, dass er sie losließ.

Er stand neben dem Bett und wusste nicht recht, wie er sich verhalten sollte. Seine Eitelkeit, seine zugleich befriedigte und enttäuschte Begierde machten einer unwillkürlichen Besorgnis Platz. Monique hatte sich mit energischer Bewegung erhoben. Er konnte beim Anblick ihres verstörten Gesichts nur zusammenhanglose Sätze stammeln.

Sie zog sich in mechanischer Hast wieder an. Tragisches Schweigen lastete auf beiden, seine Versuche, eine Unterhaltung zu beginnen, wie auch sein Anerbieten, sie nach Hause zu bringen, blieben erfolglos. Heftig, wie ein ausbrechendes Gewitter, begann sie zu schluchzen. Ihre Tränen erschreckten den Mann und rührten ihn zugleich. Sie flossen unaufhaltsam unter stoßweisem Schluchzen. Und auch, als sie ein wenig stiller geworden war, floss der Tränenstrom noch immer über das stumme Antlitz.

Er bemühte sich erschrocken um sie, konnte aber nur ein »Lassen Sie mich!« und ein »Adieu!« aus ihr herauslocken. Mit eisiger Miene, mit so energischer Entschlossenheit hatte sie die Tür hinter sich zugezogen, dass er nicht wagte, ihr zu folgen. Ärgerlich stieß er ein »Na, dann nicht!« hervor, zündete sich gedankenverloren eine Zigarette an und blies versonnen ihren Rauch von sich … Eine Erinnerung mehr!

*

Als Monique heimkam, fand sie das Vorzimmer erleuchtet. Ihre Mutter war eben zurückgekehrt, und da die Wohnung leer war, machte sie sich Sorgen. Beim Geräusch der zuschlagenden Tür eilte sie herbei.

»Wie? Jetzt kommst du? Wo hast du gesteckt? … Ich dachte, du lägest längst im Bett! … Du hast mir ja einen netten Schrecken eingejagt! … Eben habe ich Michelle nach Hause gebracht. Dein Vater ist mit den Herren noch im Restaurant geblieben. Sie sprechen über Geschäfte … Aber was hast du denn? … Du machst mir ja Angst mit deinem irren Blick …«

Madame Lerbier ergriff Moniques Hände. Sie war ehrlich entsetzt:

»Wo kommst du her? Deine Hände glühen ja!«

Was hatte das Mädchen nur seit zwei Stunden getrieben?

»Wirst du mir endlich sagen, wo du warst?«

Monique berichtete in abgehackten Sätzen über ihre Begegnung vor dem Eingang des Rignon …

»Das ist doch ganz unmöglich! Du musst dich geirrt haben!«

Sie machte genaue Angaben … das Auto … Lucien, der jener Frau die Nerzstola abnahm – genau die gleiche, die er ihr selbst zu kaufen geraten hatte! … Der verlegene Gruß von Marius …

»Jetzt verstehe ich! … Mein armes Kleines …«

Sie stellte sich vor, wie Monique verzweifelt durch die Straßen irrte … Was für ein albernes Abenteuer! Was waren die Männer doch für Narren! Dumm und ungeschickt!

Sie umarmte Monique und strich ihr über den Kopf:

»Mein armer Schatz, komm in meine Arme. Hast du großen Kummer?«

Sie hätte sie gern getröstet und fand keine Worte. Einerseits war sie wütend auf ihren zukünftigen Schwiegersohn, und andererseits hätte sie gerne eine Versöhnung herbeigeführt. Was hatte man davon, wenn man die Sache tragisch nahm? Nichts! Sie versicherte:

»Dein Kummer und deine Überraschung sind nur allzu begreiflich … Aber vielleicht handelt es sich doch nur um ein Missverständnis … Das kann man ja nie wissen! Warte seine Erklärungen ab und mach' dir nicht von vornherein eine allzu schlimme Vorstellung … An deiner Stelle würde ich mir nicht so große Sorgen machen!«

Monique sah sie in ratlosem Erstaunen an. Erst hatte sie Lust, herauszuschreien, was sie nach diesem Erlebnis getan hatte. Ihre Verzweiflung und ihr Ekel waren dem mütterlichen Verständnis entgegengeflogen in dem Verlangen, Gehör zu finden … bemitleidet zu werden …

Aber diesem banalen Bedauern gegenüber, das sie in den geliebten Augen las, bei dem fast entschuldigenden Ton der Stimme, von der sie Empörung und Unterstützung erwartet hatte, schnürte sich ihr das Herz ebenso heftig zusammen wie in dem Augenblick, als sie das Hotelzimmer verlassen hatte …

Das Gefühl von Verlassenheit und völliger Hilflosigkeit, das sie bisher niedergedrückt hatte, verstärkte sich jetzt durch einen neuen Schmerz. Sie fühlte sich dieser Person, die ihr zärtlich zulächelte und die ihre Mutter war, so unglaublich fern, und eben noch hatte sie ihre Vertraute und Trösterin in ihr gesehen …

»Natürlich«, fuhr Madame Lerbier fort, erstaunt über das Schweigen ihrer Tochter, »was Lucien getan hat, ist sehr schlimm … Vor allem ist es unsinnig! Unmittelbar vor der Hochzeit seiner Braut zusammen mit seiner Geliebten unter die Augen zu kommen! Das ist unpassend … geschmacklos … alles, was du willst … Aber sich deswegen krank zu machen, wie du das tust? Sei doch ein bisschen vernünftig! … Der Junge liebt dich doch zweifellos. Dieses Souper bedeutet sicher einen Bruch mit seiner Vergangenheit. Einen endgültigen Bruch! Wenn ihr erst verheiratet seid, wird er dir absolut treu sein. Selbstverständlich musst du ihn zu nehmen wissen …«

Monique schüttelte den Kopf:

»Nein. Es ist aus.«

»Na! Na! Na! Vor der Hochzeit kann man nach Belieben exaltiert sein. Nachher muss jeder etwas guten Willen haben. Verheiratet sein, ohne dass man aneinander leidet, das ist nicht leicht. Das wäre sogar das Höchste, was im Leben erreicht werden kann. Man kommt nur durch gegenseitige Zugeständnisse dahin …«

Monique fühlte jeden dieser Sätze wie glühendes Eisen in ihren Schmerz und ihre Empörung eindringen. War ein Graben zwischen ihren Seelen? … Nein … ein Abgrund. Unter dem Strauchwerk der Alltagsliebe erkannte sie die tiefe Kluft … Und gleichzeitig verkroch sie sich in ihr Schweigen wie in eine Zuflucht. Sie bot ihr die Stirn:

»Morgen reden wir weiter darüber. Ich kann nicht mehr.«

»Versuch zu schlafen!«

Als sie allein war, stürzte sie zur Badewanne und blieb so lange in dem heißen Wasser liegen, dass sie allmählich schlapp wurde. Der plötzliche Strahl der kalten Brause entspannte ihre Nerven vollends. Wenn sie sich auch körperlich zerrissen fühlte, so spürte sie doch über ihre Tat selbst keinerlei Reue. Ihr erstes Empfinden einer Beschmutzung hatte sich bei der wohltätigen Berührung mit dem reinigenden Wasser verloren. Neben einem unbestimmten Entsetzen über die Brutalität des Mannes empfand sie einen Hass gegen alles, Menschen, Sitten und Gesetze, die sie so grausam marterten. Lucien, ihre Liebe, ihre völlig ungewisse Zukunft sanken zu Nebensächlichkeiten herab. Eine Art moralischer Zerschlagenheit warf sie nieder. Endlich schlief sie ein.

Beim Erwachen wirbelte von Neuem alles in ihrem Hirn durcheinander. Wenn sie doch, um laut denken zu können, ihre gute Tante mit ihrem Mitleid und ihrer wohltuenden Zärtlichkeit da gehabt hätte! Sie hätte sich dann wenigstens einen Teil von all dem, was sie bedrückte, vom Herzen reden können, denn sie war entschlossen, ihrer Mutter nichts von dem weiteren Verlauf des Abends zu erzählen, ehe sie sich mit Lucien ausgesprochen hatte …

»Er ist ganz niedergeschmettert, er kommt gleich her«, war Madame Lerbiers erster Satz, als sie in Moniques Zimmer trat und sie küsste.

Sobald es Tag geworden war, hatte sie mit Vigneret telefoniert, um ihm die Folgen seiner Heldentat mitzuteilen. Auch ihren Mann hatte sie in seiner Fabrik benachrichtigt, wohin Monsieur Lerbier – der dort ein Zimmer hatte – gleich nach dem Souper gefahren war. Er hatte erschreckt aufgeschrien! Vor allem solle Monique nicht vorschnell alles verderben! Sie solle warten, bis er mit ihr gesprochen hätte!

Madame Lerbier war sehr um die materielle Zukunft ihrer Tochter besorgt und dachte mehr an diese als an ihren Kummer.

»Warum quälst du dich so, Liebling? Es war schlecht von ihm, freilich! Aber diese Frau hat offenbar einen hundsgemeinen Charakter! Sie verlangte eine ungeheure Summe, wenn sie sich ruhig verhalten solle. Die reine Erpressung! Daher dieses Souper! Das hat mir wenigstens Lucien in kurzen Worten am Telefon gesagt. Er musste verhandeln, sie überreden …«

Monique schüttelte den Kopf.

»Nein. Er hätte den Mut haben müssen, mir alles offen zu gestehen, ehe …«

Sie stockte. Wozu sollte sie ihrer Mutter den Grund ihrer Empörung völlig enthüllen? Sie würde ja doch nie verstehen, welch ergreifenden Beweggründen sie nachgegeben hatte, als sie sich Lucien hingab, ehe der amtliche

Stempel … Eine Unvorsichtigkeit, ja, von der aber nur sie zu wissen brauchte, da nur sie allein den Schaden trug.

»Vor allen Dingen musst du nicht glauben, ich wäre vielleicht eifersüchtig. Ich bin nicht eifersüchtig, denn ich liebe ihn nicht mehr.«

»Dann hast du ihn auch nie geliebt!«

Madame Lerbier sah ihre Tochter mit schulmeisterlicher Überlegenheit an und hoffte im Stillen, dass unter diesen Umständen noch nicht alles verloren sei. Wenn die Liebe schlechthin nicht im Spiel war, löste man schon aus Eitelkeit keine offizielle Verlobung!

»Man kann nicht wirklich geliebt haben, wenn man glaubt, beim ersten kleinen Betrug könne ein wahrhaftiges Gefühl erlöschen wie ein Streichholz.«

»Du irrst, Mama. Das ist gerade mein Schmerz, dass ich Lucien so vertrauensvoll, so innig liebte, wie du es dir nicht einmal vorstellen kannst …«

»Wenn das der Fall ist, hoffe ich, nachdem das Missverständnis aufgeklärt ist …«

»Nein, Mama. Es ist aus. Es lässt sich nicht wiedergutmachen.«

»Warum denn? Weil dein Verlobter dich belogen hat? Aber wenn er es doch nur getan hat, um dir unnützen Kummer zu ersparen? … Einen Kummer, den du ohne diesen unseligen Zufall nicht erlitten hättest? Du machst ihm einen Vorwurf wegen etwas, das vielleicht feinfühlig und aufmerksam war … ein Taktgefühl, das beweist, wie viel mehr Rücksicht er auf deine Ruhe nimmt als auf seine eigene …«

»Du verstehst mich nicht!«, seufzte Monique traurig und voller Bitterkeit. »Für dich sind Luciens Lügen gar nichts! Doch, eine gute, wenn nicht gar eine edle Tat! … Für mich bedeuten sie ein unverzeihliches Vergehen … Schlimmeres als Diebstahl. Einen Mord! … Der Mord an meiner Liebe, an allem, was in mir rein, gut und stark war! Du wunderst dich über mich! Ja? … Weil sich zwischen der Art, wie du die Dinge siehst, und der, wie ich sie betrachte, eine chinesische Mauer auftürmt! Wir lebten Seite an Seite … und ich erwache plötzlich und bin 1.000 Meilen von dir entfernt … Das musst du wissen, denn es geht hier um mein Leben und nicht um deines! …«

»Du leidest … und übertreibst infolgedessen …«

»Ich habe dir noch nicht einmal alles gesagt, was ich denke!«

»Auf jeden Fall übertreibst du die Bedeutung von Luciens Fehltritt. Glaube mir, wenn alle Frauen mit einer solchen Unduldsamkeit, wie du sie hier zur Schau trägst, in die Ehe treten wollten, würde es wohl bald keine Aufgebote mehr geben! Und nicht Gerichte genug, um die Scheidungen auszusprechen. Glaub' mir, Kleines, da hielte keine Ehe stand. Sei doch vernünftig und lass mit dir reden … Ja, die Romantik, die Lustspiele von Musset *Wovon die jungen Mädchen träumen!* … Du meinst, du wärest erwacht? Gut, dann mach auch die Augen auf, sieh dich um, sei modern!«

»Ginette und Michelle träumen von anderen Dingen als ich.«

»Alle jungen Mädchen träumen von der Ehe. Eine Verbindung, die nicht unbedingt etwas mit Liebe zu schaffen haben muss. Die Ehe ist … was sie eben ist … Willst du mit einem Male die Welt umgestalten?«

»Gewiss nicht! Ebenso wenig wie du verlangen kannst, dass ich in der Ehe etwas anderes zu sehen vermag als das Bedürfnis nach absoluter Verschmelzung, eine Gemeinsamkeit des ganzen Seins ohne irgendwelche Schranken! Die Ehe ohne Liebe ist in meinen Augen nur eine Art Prostitution. Ich liebe Lucien nicht mehr und werde mich nie verheiraten.«

Madame Lerbier machte große Augen.

»Da hört doch alles auf!«

»Sobald sich Berechnung einmischt, ist die Ehe nur noch eine Interessengemeinschaft, ein gegenseitiger Kauf- und Verkaufsvertrag! Prostitution, hörst du, Prostitution!«

Sie dachte plötzlich an den Unbekannten, sah das Hotelzimmer wieder vor sich, die Stunde des Wahnwitzes, und errötete bis zum Hals. Aber eine stolze Sicherheit ließ sie jegliche Verwandtschaft zwischen ihrer Tat und den Dingen von sich weisen, die sie soeben wie einen Schandfleck gebrandmarkt hatte. Fieberhaft fuhr sie fort:

»Weder der Segen des Papstes noch des Nuntius kann es verhindern, dass der Marquis d'Entraygues, wenn er Michelles Millionen heiratete, das wird, was Pony von Mercœur gesagt hat und was wir von Bardinot denken … Und Ginette erscheint mir trotz all ihrer Geschicklichkeit nicht besser in ihrer Jagd nach dem Mann als die niedrigste Dirne, die sich einen aus dem Rinnstein zu fischen trachtet!«

Madame Lerbier hörte mit verhaltenem Atem diesem Donnergrollen zu. Sie fasste sich und sagte:

»Das ist ja überhaupt nicht auszudenken! Du siehst deiner Tante wahrhaftig ähnlich! Ganz deutlich erkenn' ich all den Unsinn wieder, den sie dir in den Kopf gesetzt hat …«

»Hättest du mich selbst erzogen …«

»Ich habe immer bedauert, dass ich das nicht konnte! Deine Gesundheit …«

»Oder vielmehr deine Bequemlichkeit …«

»Das habe ich nun davon! … Eine Tochter, die mit ihren revolutionären Ideen reif ist fürs Irrenhaus! Bist du dir darüber klar, dass du alle gesellschaftlichen Konventionen mit Füßen trittst? Mit deiner Wahrheit – eine andere als die deine willst du ja nicht anerkennen – wird nicht nur die Ehe, sondern das ganze Leben zur Unmöglichkeit … Also hör' mal! Nimm doch die Dinge, wie sie wirklich sind. Ein bisschen Duldsamkeit … Ein bisschen Überlegenheit …«

Monique betrachtete ihre Mutter. Der sichere, gewohnte Boden unter ihr wurde zum schlammigen Morast. Sie suchte Fuß zu fassen und versank immer tiefer. Sie wollte sich an den Schein halten, sich an das Bild klammern, das sie sich in der Ferne und noch seit ihrer Rückkehr aus Hyères, trotz gelegentlicher Unstimmigkeiten, von der Frau gemacht hatte, die sie geboren und trotz der langen Trennung auf ihre Art verwöhnt hatte. Sie schrie, und es klang wie ein Hilferuf:

»Aber du, Mama, du hast Papa doch geliebt! Ihr wart doch arm, als ihr heiratetet, ehe die Erfindungen das aus der Fabrik gemacht hatten, was sie jetzt ist? Du kannst doch nicht anders empfinden als ich? Du verachtest doch Pony! Und trotz ihres Geldes und ihres Salons bewunderst du doch Madame Jacquet nicht im Ernst? Du achtest doch Hélène Suze nicht etwa, die sich dem alten schmutzigen Gauner, ihrem früheren Mann, nur deswegen hingegeben hat, um bei der Scheidung den Titel Mademoiselle gegen den einer Madame einzutauschen? Die fallen mir gerade ein. Aber solche gibt's doch zu Hunderten? Du hast es doch anders gemacht als sie und kannst ihnen unmöglich recht geben!«

Madame Lerbier wich aus:

»Du fällst immer gleich von einem Extrem ins andere! Natürlich halte ich unsere Freundinnen nicht für Heilige! Aber was soll man machen? Wenn man einmal in der Gesellschaft lebt … und wir leben nicht nur in ihr, sondern auch von ihr –, muss man sich wohl oder übel mit ihr abfinden. Nicht mit ihren Lastern selbstverständlich, das nicht, aber mit gewissen Bräuchen, gewissen Notwendigkeiten. Das hilft nun mal nichts … Daran werden wir nichts ändern. Wenn du meine Erfahrung besäßest, würdest du einsehen, dass es Taten geben kann, die dir heute unverständlich, ja sogar empörend vorkommen, und die doch mildernde Umstände, Entschuldigungen, Zwangsmäßigkeit haben. Also, sei vernünftig! Zwischen dir und Lucien kann noch alles wieder in Ordnung kommen.«

»Auf diese Hoffnung musst du schon verzichten! Denn Eines werde ich niemals dulden: Lüge zwischen zwei Menschen, die sich lieben. Ich habe Lucien nie belogen. Ich hatte das Recht auf Gegenseitigkeit.«

Madame Lerbier lächelte überlegen:

»Das Recht! Das Recht der Frauen! Das alte Lied … Tante Sylvia, Madame Ambrat! … Aber liebes Kind, es gibt Fälle, in denen die Lüge sogar zur Pflicht werden kann. Sieh mich doch nicht so an! Du machst wieder Augen wie gestern Abend, du erschreckst mich ja!«

»Die Lüge eine Pflicht?!«

»Beruhige dich doch!«

»Nein, und abermals nein! Unsere Pflicht ist, Mama, die Wahrheit zu sagen. Und da ich sie Lucien gleich sagen werde, so kannst du sie ebensogut auch wissen! … Und sofort! … Es kann nichts mehr gut werden, weil ich gestern Abend, nachdem ich von dir fortgegangen bin, bei jemandem geschlafen habe … geschlafen, hörst du?«

Nun hatte der Blitz eingeschlagen. Madame Lerbier starrte ihre Tochter niedergeschmettert und zitternd an. Dann rief sie plötzlich drohend und außer sich:

»Das hast du getan?! … Das hast du getan?! …«

»Ja, und ich würde es wieder tun, wenn es sein müsste!«

»Albernes Geschöpf! … Das ist doch zu dumm! … Und mit wem, wenn man fragen darf?«

»Man darf nicht fragen.«

»Und warum nicht?«

»Weil ich es selbst nicht weiß.«

»Du weißt es nicht? Machst du dich etwa über mich lustig? Antworte … Einer unserer Freunde? … Nein? … Also irgendein Unbekannter, der erste Beste?«

»Ja.«

»Das ist ja nicht wahr! Oder du bist verrückt!«

»Es ist wahr, und ich bin nicht verrückt!«

Madame Lerbier brach vernichtet zusammen. Das war die Katastrophe! Ihr Gesicht verfärbte sich. Mehr noch aus Wut als aus Empörung. Der Zorn verschlug ihr die Sprache und sie stotterte:

»Un… Unselige! Und wenn du nun ein Kind bekommst?«

Monique wurde blass. Ein Kind … Wer war sein Vater? Sie wünschte, wenn es wirklich so sein sollte, dass es nicht der Schuft sein möge, an den sie geglaubt hatte … Ein Kind … Sie dachte laut:

»Nun, dann werde ich es eben aufziehen!«

»Dein Leichtsinn übersteigt wirklich alle Grenzen! Du bist ja einfach idiotisch … einfach …«

Sie schwieg plötzlich. Ein Ausweg aus der Sackgasse schien sich aufzutun. Sie sah einen Lichtstrahl … eine Wendung … Es war ja schließlich nichts nachzuweisen! Noch kein Anzeichen zu befürchten für die nächste Zeit … Wenn Monique zu bewegen war, ihren Wahnsinn nicht in die Welt hinauszuschreien, dann wäre es, als sei nichts geschehen. Und außerdem würde Autorität bei einer Natur wie der ihrigen zu nichts führen. Sie versuchte es also mit Sanftmut und sagte voller Überredungskunst:

»Ich will mich nicht mit unnützen Vorwürfen aufhalten, denn du würdest mir ja doch nur antworten, dein Gewissen sei deine Angelegenheit! … Das Unglück ist nun einmal geschehen. Wir müssen also sehen, wie wir es wiedergutmachen. Du meinst, du hättest recht getan? Gut. Du urteilst nach deiner Moral? Schön. Soll dir jetzt deine alte Mama, die dich lieb hat, trotz all des Kummers, den du ihr machst, einen guten Rat geben? Behalte deinen Streich für dich. Als ich dir sagte, dass die Lüge mitunter zur Pflicht werden kann, hatte ich nicht geglaubt, dass du mir so rasch und so rückhaltlos recht geben würdest! Wenn du sprichst, wie du dir das vorgenommen hast, dann bist du entehrt, geächtet, und wir mit dir … Ganz abgesehen von der Lächerlichkeit! Schweigst du dagegen, so ist das Unglück so gut wie nicht geschehen, und alles kann noch gut werden!«

»Aber Mama! …«

»Was denn? Gewissensbisse Lucien gegenüber? Da er dich doch zuerst betrogen hat? Du hast dich eben gerächt … Ist dir das keine Befriedigung? Sag' dir vor allen Dingen Eins, meine Kleine: In der Gesellschaft und infolgedessen im Leben kommt es nicht darauf an, was man tut, sondern darauf, was man sagt, und besonders, was die Leute sagen!«

»Mama! … Mama! …«

»Wie man sich bettet, so liegt man! … Du hast eine Dummheit gemacht. Das ist deine Sache … Aber an dem Tag, an dem ich nicht mehr die Einzige bin, die davon weiß, wird dein guter Ruf und der unsere den Lästermäulern zum Fraß hingeworfen. Willst du das? Doch gewiss nicht! … Übrigens kannst du dein zartes Gewissen beruhigen! Wenn man einander sogar in der Ehe von jedem Messerstich Kenntnis geben wollte, den man sich gegenseitig versetzt, dann wären alle Ehen ein einziger wüster Kriegsschauplatz … Alle! Zum Kuckuck, du bist doch wohl nicht blind? Glaubst du vielleicht, dein Vater und ich würden so harmonisch miteinander leben, wenn wir jedes Missverständnis gleich über alle Dächer schreien wollten? Ich bin auch betrogen worden, ich bin sogar in einem Ausmaß betrogen worden, dass du dir nicht denken kannst, und du bist wahrscheinlich die Einzige, die nichts davon weiß, dass dein Vater die kleine Rinette von den Capucines zur Geliebten hat! Ich habe mich getröstet, so gut ich konnte … Aber jedenfalls hat nie jemand von meinen Enttäuschungen und meinem Kummer gehört …«

»Du, Mama? *Du?* …«

Madame Lerbier fürchtete, zu viel gesagt zu haben. Sie wandte die Augen ab angesichts der Frage, mit der sie der verstörte Blick Moniques durchbohrte, und fuhr fort:

»Aber das sind nur ganz allgemeine Betrachtungen! Ich komme wieder zu dir … Mehr denn je musst du jetzt schweigen. Und Lucien sofort heiraten!«

»Und ihm vielleicht das Kind eines anderen mit in die Ehe bringen, nicht wahr?«

»Es handelt sich doch nur um eine Möglichkeit!«

»Und wenn sie sich bewahrheitet?«

»Dann erfährt er doch nichts davon! Also …«

»Sei still! Das ist eine Gemeinheit! …«

»Jetzt willst du mir auch noch befehlen? Und dir ein Urteil über mich erlauben? … Du? … Sieh mich an: Entweder du schweigst und heiratest Lucien …«

»Niemals!«

»Oder ich sage alles deinem Vater. Und der wirft dich hinaus!«

»Einverstanden!«

»Monique, hör mal, du …«

Sie vollendete den Satz nicht. Ihre Tochter stand vor ihr wie eine Fremde.

Das Gesicht blass und starr. Die halb geschlossenen Augen verrieten ihre entsetzliche Verwirrung. Madame Lerbier wollte sie in die Arme schließen, sie an ihr verdorbenes, aber doch mütterliches Herz ziehen.

»Monique!«, wiederholte sie.

»Lass mich!«

Madame Lerbier, die sich zurückgestoßen fühlte, war ratlos und beschloss, wenigstens ihre Würde zu wahren.

»Du wirst dir die Sache überlegen!«, sagte sie.

Und ohne ihre Tochter weiter zu bedrängen, trat sie den ehrenvollen Rückzug an. Monique hatte den Kopf in die Hände gelegt und beachtete sie nicht. Wieder war etwas in ihr zusammengebrochen. Ihre kindliche Liebe und Achtung waren ein einziger Scherbenhaufen.

VII.

»Monsieur Lerbier lässt Mademoiselle ausrichten, dass er im Salon ist und sie dort erwartet.«

»Ich komme.«

Als sie wieder allein war, warf Monique einen Blick in den Spiegel:

»Ich sehe schauderhaft aus!«

Sie puderte sich, sah sich nochmals an und seufzte. Eine andere Monique, ganz verschieden von der gestrigen, stand ihr gegenüber … Ja, eine neue Monique! Sie dachte an die andere, die noch so nahe war und doch schon so fern, wie an eine Tote.

»Vorwärts!«, sagte sie.

Sie hatte auf ihrem Zimmer gegessen, um nicht im Speisezimmer die Nähe ihrer Mutter und die Neugier der Dienstboten ertragen zu müssen. Monsieur Lerbier hatte telefoniert, er könne nicht zum Essen kommen: wieder Geschäfte … Er werde aber gleich nach Tisch vorbeikommen …

Von der Schwelle suchte sie seinen Blick, aber er wandte ihr den Rücken zu. Monsieur Lerbier ging nervös im Zimmer auf und ab.

»Setz dich!«, sagte er und wies auf einen Stuhl ihm gegenüber.

Sie dachte: ›Das Armesünderbänkchen!‹

Er selbst setzte sich in einen Sessel und sprach streng und von oben herab zu ihr:

»Deine Mutter hat mir alles gesagt. Ich will mich ebensowenig wie sie damit aufhalten, dir die Albernheit und Niedertracht deines Benehmens klarzumachen. Ich weiß, dass ich einem eigensinnigen Charakter gegenüberstehe. Also lassen wir das. Umso mehr, als die ›Schuld‹ Luciens verglichen mit der deinen zu einem Nichts zusammenschrumpft! …«

»Wenn du mich schon verurteilt hast, Vater, warum hältst du dann noch eine Anklagerede?«

Er bemerkte trocken:

»Ich halte keine Anklagerede. Und was deine Verurteilung betrifft, so lass dir gesagt sein – denn ich bin tatsächlich dein Richter, gegen dessen Urteil es keinen Widerspruch gibt –, dass sie noch nicht beschlossen ist. Die Zukunft hängt allein von dir ab … von deiner Klugheit und von deinem Herzen. An beides appelliere ich, an alles, was noch Gesundes und Normales in dir vorhanden ist … du bist heftig, aber bösartig bist du nicht. Das hast du mir gestern erst bewiesen, als es um deine Mitgift ging …«

»Das Geld gehört dir, Vater, und niemand könnte dich zwingen, es mir zu geben.«

»Das ist richtig! Aber ich habe dich doch sehr lieb! Und

außerdem muss ich ehrlich gestehen: Dir keine Mitgift zu geben, wäre für mich in meiner gesellschaftlichen Stellung ausgeschlossen! Für einen Großindustriellen ist die Verheiratung seiner Tochter im besten Wortsinn eine Kapitalanlage. Sie muss der Höhe seiner Bilanz entsprechen und seinen Kredit stärken. Die Mitgift ist in unseren Kreisen nicht nur ein Brauch, der zum Gesetz geworden ist, sondern ein Kriterium für die allgemeine Meinung. Das Maß für ein Vermögen. Indem Lucien und du euch, wie ihr es gestern getan habt, einverstanden erklärt, nur eine fiktive Mitgift zu erhalten, hast du mich mehr verpflichtet, als du ahnst ... Und ich danke dir nochmals dafür.«

Sie zuckte nicht mit der Wimper. Dem Höhenflug einer Liebe, die gern ein Opfer bringt, war der Ekel darüber gefolgt, in diesem Handelsgeschäft nur die willenlose Ware gewesen zu sein, die man abschätzt. Man gab sie einander weiter, nicht um ihres eigenen Wertes willen, sondern einfach als wertvolles Handelsobjekt.

»Ich habe vorhin mit Lucien zusammen gegessen. Ich wollte wissen, was eigentlich los ist ... was hinter dieser Geschichte steckt ... Na schön! Ich will nicht wieder davon anfangen, aber eins wisse: diese Frau ...«

»Das hat mir Mama schon gesagt: Erpressung, sonst Skandal etcetera ... Lass gut sein, es hat keinen Sinn!«

»Aber er kommt gleich hierher! ... Deine Mutter hat mir deinen sauberen Streich eben erst erzählt ... Und ich wusste nicht, wo ich ihn in dieser geschäftigen Welt telefonisch erreichen könnte ...«

»Ich erwarte ihn.«

»O nein! Entweder du bist vernünftig, dann ist nichts dagegen einzuwenden, dass ihr euch sprecht. Oder du bist eigensinnig, dann wirst du ihn nicht sprechen. Dann werde ich selbst die Angelegenheit in Ordnung bringen, so gut es eben gehen will. Entscheide dich …«

»Ich werde ihn sprechen.«

Monsieur Lerbiers Gesicht hellte sich auf:

»Das wusste ich ja! Im Grunde habe ich ja nie an dir gezweifelt! Wenn der Stolz keine nutzbringende Tugend ist, wird er zum Verhängnis … Du hast dir die Sache überlegt und hast wohl daran getan … Jenseits von aller Misere und Kleinlichkeit gibt es doch noch etwas, das Wert hat: die Liebe, die Zärtlichkeit! … Und die Familie!«

Er hielt inne, weil seine Sätze auf ein verlegenes Schweigen stießen und auch weil seine Beredsamkeit ihn selber rührte: Er glaubte ehrlich, sie in den Dienst von Moniques Interesse zu stellen, während er doch nur seine eigenen Interessen verteidigte …

Schließlich wiederholte sie:

»Die Familie? … Nein, Papa, die Hoffnung gib auf, dass Lucien Vigneret jemals …«

»Hüte dich, wenn du nicht willst, dass ich dich verstoße …«

»Du brauchst mich nicht erst aus dem Haus zu weisen!«

»Weil du freiwillig gehen willst?«

Ihre Blicke kreuzten sich, herausfordernd wie die zweier Feinde.

»Ja!«

Monsieur Lerbier rief:

»Das ist ja Wahnsinn! Heller Wahnsinn!«

Die Angst um das Misslingen des Geschäfts nagte an ihm, er sah Vigneret und seine Teilhaberschaft verloren, vielleicht würde die Fabrik gar zahlungsunfähig werden, und die Meute der Aufkäufer würde sich zu Ramschpreisen auf sein Patent stürzen … Da seufzte er aus tiefstem Herzen, dass es rührend wirkte:

»Höre! Du weißt, wie entsetzlich viel ich gearbeitet habe, wie ich mein ganzes Leben in diese Erfindung gesetzt habe, die jetzt endlich vollendet ist! Eine Erfindung, die nicht nur uns reich machen wird, sondern die auch für unser Land Reichtum bedeuten kann, bedeuten wird, hörst du wohl? … Die Erde Frankreichs wird dank meines Stickstoffdüngers den zehnfachen Ertrag liefern als gegenwärtig. Nur zwei gute Ernten, und schon ist die Währung stabilisiert, die Kriegsschäden getilgt … Das bedeutet für unser ganzes Volk einen fabelhaften Aufschwung … Nur meine Mittel sind, das habe ich dir ja schon vorgestern gesagt, absolut erschöpft. Wenn wir jetzt keine Finanzspritze bekommen, sind wir am Ende.«

»Oh!«, sagte Monique, »es wird schon nicht an Haifischen fehlen, um das Boot in den Hafen zu geleiten … White, Ransom, Piombino …«

»Eben! Diese Haifische hätten mich schon längst aufgefressen, wenn ich nicht in Vigneret einen Teilhaber gefunden hätte, der mir ohne Weiteres Vertrauen schenkt. Und morgen verschlingen sie mich sicher, wenn Vigneret mich sitzen lässt, weil du dich weigerst, ihn zu heiraten …«

»Entweder deine Erfindung ist etwas wert«, sagte Monique, »dann lässt er dich nicht sitzen. Oder sie ist nichts wert, und dann …«

»Sie ist etwas wert! Nicht ein – nein zehn, zwanzig Vermögen!«

»Dann kannst du ja beruhigt sein!«, meinte Monique.

Er fand diese Ironie fehl am Platze. Freilich war die Aussicht, Vigneret, wenn auch nicht als Schwiegersohn, so doch wenigstens als Teilhaber zu behalten, gar nicht dumm, sie bot sogar, wenn der kleine Trotzkopf auf seiner Weigerung beharrte, einen neuen Ausblick … Er erinnerte sich an einen Satz, der Piombino gestern beim Abendessen nach der sechsten Flasche Champagner entschlüpft war … Ja, vielleicht! … Das wäre eine Kombination, die dem Geschäft eine breitere Basis sichern würde und zugleich, wenn Monique sich dazu hergab, das äußere Ansehen wahren konnte … Er nahm also den würdevollen Ton des Untersuchungsrichters wieder an, um fast unmittelbar in neue Klagen auszubrechen:

»Ich weiß nicht, was größer ist, dein Leichtsinn oder deine Undankbarkeit! … Du weigerst dich, Lucien zu heiraten? Ist das dein unwiderruflicher Entschluss? … Gut. Nehmen wir an, dass ich trotz der schweren Sorgen, die uns dein Gewaltstreich und hinterher dein unbegreiflicher Eigensinn bereitet hat, meine Angelegenheiten in Ordnung bringen könnte. Was wird geschehen? Du gehst entehrt aus dieser Geschichte hervor …«

Sie zuckte die Achseln. Er schrie:

»Entehrt! Und uns ziehst du mit in den Schmutz! … Uns, die wir dir doch stets nur Gutes erwiesen haben! Das ist schändlich! Überlege doch! … Denk' doch auch ein bisschen an deinen alten Vater und an deine Mutter, die dich trotz allem lieb haben … Monique, mein Töchterchen, denk' auch an uns, statt immer nur an dich zu denken … Du hast nicht die gleichen Ansichten wie wir, ich weiß! … Ja, du hast deine eigene Auffassung von der Welt, und wir haben die unsere … Haben wir dir aber jemals etwas in den Weg gelegt? … Heute, wo du uns so glücklich machen und zugleich dich selbst retten könntest, bist du nur darauf aus, dich vollends zu ruinieren, ohne zu bedenken, dass du auch unsern Ruin herbeiführst! … Aber wenn du nur wolltest, es gäbe schon ein Mittel …«

Sie neigte den Kopf … Die Armen! So fern die Eltern ihr standen und so kläglich ihr auch die Beweggründe ihres Kummers erschienen, hätte sie doch gerne, nachdem sie selbst so viel durch sie gelitten hatte, ihre Verzweiflung besänftigt, wenn es möglich gewesen wäre … Was konnte sie tun? … Sie wiederholte:

»Ein Mittel? Welches?«

»Nun! Folgendes: … Reden wir nicht mehr von Lucien. Du siehst, ich will dich nicht zwingen, ich gebe nach … Wäre also noch – und das muss unbedingt ganz unter uns bleiben – die Situation, in die du dich gebracht hast … und ihre … möglichen Folgen. Hast du überlegt, in welche Gefahren eine derartige Schwangerschaft dich bringen würde? Und was sie für uns bedeutet? Denn darin ist die Familie solidarisch, ob du das nun zugeben willst oder nicht. Es handelt sich nicht mehr um ihre Interessen, sondern um die Familienehre …«

Seine emphatische Geste schien den ganzen Salon zu füllen …

Sie flüsterte:

»Die Familienehre …«

»Allerdings! Wir sind verloren, wenn du die Rettungsleine, die ich dir zuwerfe, nicht ergreifst. Eine prachtvolle, ganz unverhoffte Gelegenheit, uns aus der Patsche zu helfen …«

»Lass hören …«

Er räusperte sich:

»Hm! … Baron Piombino hat für dich immer lebhafte Zuneigung empfunden. Als er mir das anvertraut hat, warst du schon mit Lucien verlobt. Aber gerade gestern Abend hat er wieder nachgehakt … ›Wenn der Schlingel Ihre Tochter etwa nicht glücklich machen sollte, dann bitte ich, mich vorzumerken … an erster Stelle …‹ Und es war ihm vollkommen ernst damit … Was meinst du dazu?«

»Bist du fertig?«

Angewidert stellte sich Monique den lauernden Schieber

mit seinem Nilpferdmaul vor. Sie meinte schon zu fühlen, wie sich seine weiche, feuchte Pranke auf sie niedersenkte …

»Nein! Ich möchte dich daran erinnern, dass du, wenn in gewisser Hinsicht der Baron vielleicht nicht … das Ideal darstellt, nicht mehr das Recht hast … hörst du … nicht mehr das Recht!, besonders wählerisch zu sein! Verheiratet sein, Baronin werden mit fast einer Million Zinseinkünften, ist immer noch besser, als eine ledige Mutter zu werden oder abzutreiben … Dabei würde allem Genüge getan: dem Geschäft und der Moral.«

Monique war wie versteinert: Dieser gemeine Händler war ihr Vater!

Er wartete zuvorkommend, in der Überzeugung, eine unbestreitbare Wahrheit ausgesprochen zu haben. Endlich sagte sie leise, aber ihm direkt ins Gesicht:

»Du ekelst mich an!«

Er fuhr empor und stürzte sich auf sie:

»Was hast du gesagt?«

»Dass ich genug habe! – Das ist also die Ehe?! Das ist die Moral?! Adieu. Wir sprechen nicht die gleiche Sprache.«

»Du bist ein Ungeheuer! Ich verleugne dich! Du bist nicht mehr meine Tochter …«

»Dann lass mich los!«

Er hatte sie beim Handgelenk gepackt und schüttelte sie grob. Er war der Herr – der Mann – der Vater – das Familienoberhaupt!

»Du wirst gefälligst nachgeben! Du bist noch nicht mündig! Du hast uns zu gehorchen!«

Sie schüttelte den Kopf und schrie:

»Lass mich los! Du bist das Ungeheuer! Ich gehe mit Tante Sylvia fort … Hier bin ich für meine Mutter nur eine Puppe … man spielt mit ihr, und dann macht man sie kaputt! … Und für dich! Für dich … Noch weniger: ein Stück Vieh, das man verkauft! … Die Familie! … Eine feine Gesellschaft! … Ich brauche euch nicht, ich brauche überhaupt niemand! Ich werde arbeiten und mir mein Leben selbst verdienen!«

Bleich vor Zorn höhnte er:

»Vielleicht mit deinen bemalten Blümchen? … Oder willst du auf den Strich gehen? … Damit kennst du dich ja aus, was … Wie du willst! Adieu – heute Abend wünsche ich dich nicht mehr hier zu sehen!«

»Du kannst ganz beruhigt sein!«

Die Klingel ertönte. Sie hielten inne.

»Das ist Lucien«, sagte Monique.

Monsieur Lerbier stürzte zur Salontür, aber sie überholte ihn, öffnete, ehe er Zeit hatte, sie zurückzuhalten:

»Himmeldonnerwetter!«, fluchte er. »Ich verbiete dir …«

Schon trat Lucien ein, demütig, gleichzeitig nervös und flehend. Der fassungslose Lerbier sah ihn und dann seine Tochter an, sah alles verloren und schrie:

»Sie ist verrückt, mein Lieber, verrückt! … Glauben Sie kein Wort von dem, was sie Ihnen sagt … Kommen Sie nachher in mein Arbeitszimmer. Da werden wir miteinander reden …«

Monique hatte Lucien am Arm gepackt. Sobald ihr Vater draußen und sie mit ihm allein war, ließ sie ihn los. Ein Teil ihrer Erregung fiel plötzlich von ihr ab. Das Grausamste war durchlitten. Jetzt blieb nur noch diese peinliche Auseinandersetzung. Aber in ihre Müdigkeit und Verzweiflung mischte sich auch eine Art finstere Befriedigung. Und sie sagte äußerlich ruhig, obwohl es in ihr brodelte:

»Hör mich an.«

Er wollte sich rasch rechtfertigen – denn er glaubte, sie

zu lieben, zwar weniger aufgrund seines Begehrens als aufgrund seiner Pläne, mit denen sie eng verknüpft war – und rief aus:

»Du musst mir verzeihen, Monique. Ich bin nicht schuldig, der Schein trügt … Alles spricht gegen mich, selbst die Sorgfalt, mit der ich jeden Argwohn von dir fernhalten wollte! Aber beweist das nicht gerade, wie sehr ich mich immer bemüht habe, dir jeden Kummer zu ersparen, besonders einen so überflüssigen! Denn jetzt ist die Angelegenheit geregelt. Du wirst nie mehr ein Wort von dem Mädchen hören! Aber wissen musst du, dass sie uns beide mit einem entsetzlichen Skandal bedrohte … Revolverschüsse und dergleichen …«

Mit ironischem Lächeln ließ sie ihn reden, als hätte sie auch diese neue Lüge durchschaut, das Übereinkommen erraten, das er mit seiner Geliebten abgeschlossen hatte … Er hatte sie leicht zu besänftigen vermocht, indem er ihr ein Perlencollier geschenkt, monatliche Unterhaltszahlungen versprochen und regelmäßige Besuche in Aussicht gestellt hatte. Er schwieg und sah Monique an: Der beleidigende Ausdruck ihres Gesichts, unter dem man doch den verhaltenen Schmerz spürte, brachte ihn aus der Fassung.

Monique straffte ihren Rücken und sagte streng:

»Ich will zugeben, dass du ehrliche Absichten hast. Ich will sogar zugeben, dass deine Liebe ehrlich ist.«

Er beteuerte:

»Ach, Monique! Ich habe doch …«

Sie unterbrach ihn:

»Was? Deine Uneigennützigkeit? … Meine Mitgift? … Meinst du das? … Ja, gestern habe ich deinen Verzicht noch für einen Beweis gehalten, dass du mich um meiner selbst willen liebtest. Aber heute …«

Sie machte eine unendlich müde Bewegung.

»Kannst du daran zweifeln, dass …«

»Ich zweifle jetzt an allem.«

Sein Ton klang aufrichtig, als er ausrief:

»Außer an mir, Monique, und an dir selbst!«

Der Gedanke, dass er sie verlieren und dass zugleich mit ihr das vor dem Abschluss stehende gute Geschäft ihm entgehen könnte, traf ihn ins Mark – in seinem finanziellen Interesse. Sie sah ihn ernst an. Seine Stimme war an ihr abgeglitten, diese Stimme, die sie gestern noch bis ins Innerste durchdrungen und verzaubert hatte. Er fasste neuen Mut und fuhr fort:

»Ich schwöre dir, ich habe nur eines in Rechnung gestellt: dass wir beide in vierzehn Tagen heiraten. Dann reisen wir nach Cannes. Da findet um diese Zeit die große Flugwoche statt … Oder wenn du einen stillen Winkel in der Gegend von Hyères vorziehst, dann brauchen wir nur zu wählen, wohin. In den Bergen dort gibt es eine Menge schöner Orte … Und wenn wir wieder zu Hause sind, werden wir in unserer Wohnung auf den Champs-Elysées ein behagliches unbeschwertes Leben führen … Pierre de Souzaies hat mich heute Morgen bei Maxime, wo ich mit deinem Vater gefrühstückt habe, auf einen kleinen Louis-XV-Tisch für das Schlafzimmer aufmerksam gemacht. Den stellen wir dann neben unser Ehebett, auf dem man es sich so wunderbar bequem machen kann …«

Bei dieser Anspielung lächelte er eitel, während sie gleichzeitig bei der Erinnerung vor Abscheu schauderte … Der Augenblick göttlicher Verwirrung … ihr Glaube … ihre Hoffnung … wie war das alles besudelt! Sie entriss sich der Erinnerung an die lächerliche Umarmung. Jetzt war sie eine andere Monique, und vor ihr stand ein anderer Lucien, der ihr vergeblich mit den Worten von einst zuredete … Denn sie wusste nun ganz sicher … er log! – Alle logen sie … Alle! … Die Wut packte sie. Sie konnte sich nicht mehr beherrschen:

»Unsere Liebe! … Erwähne sie nie mehr!«

»Ehrlich …«

Sie brach in Lachen aus:

»Ehrlich? Weißt du überhaupt, was das heißt? … Nun gut also! Ganz ehrlich … zwischen uns ist alles aus … Nein! Nein! Jedes weitere Wort ist überflüssig! Glaube nicht, es handle sich hier um ein widerspenstiges Kätzchen, das man durch Streicheln besänftigen kann! Ich werde mich nie verheiraten! Weder mit dir noch mit einem anderen. Als ich gestern das Restaurant verließ, habe ich die alte Monique weit hinter mir gelassen … die ist in deinen Händen zurückgeblieben … als ein Häufchen Asche … Jetzt spricht kein junges Mädchen mehr mit dir, sondern eine Frau! Hast du verstanden? Eine Frau …«

Er sah sie ratlos an. Da rief sie:

»Ich habe mich einem anderen hingegeben, ja – ehe ich hierher zurückkam, wo meine Mutter auf mich wartete …«

»Monique!«

»Unterbrich mich nicht! … Warum ich das getan habe? Weil wir nichts mehr miteinander zu schaffen haben. – Warum ich es dir sage? Weil ich für die Zukunft eine unüberwindbare Schranke zwischen uns legen will!«

Er machte eine Bewegung. Sie schnitt ihm das Wort ab:

»Die Vergangenheit hast du besudelt, wie alles andere. Meine kindlich-gläubige Hingabe? Was ist das schon? Und vor allem: Was liegt dir daran? Du hast mich nie geliebt … Ich? Ich hasse dich nicht einmal. Aber wenn du wüsstest, wie ich dich verachte! … Nein, lass mich ausreden, ich bin gleich fertig. Was die Leute dazu sagen werden, meinst du, nicht wahr? Die Konsequenzen? … Darauf pfeife ich! Die Gesellschaft? Die lehne ich ab. Ich breche mit ihr, um unabhängig und nur nach meinem Gewissen zu leben! Um als Frau das zu sein … was du zum Beispiel niemals sein wirst: ein anständiger Mensch! Adieu!«

Sie ging zur Tür. Er trat ihr in den Weg:

»Nein, so dürfen wir nicht auseinandergehen! Ich hänge an dir, ich bin bereit, mit dir um dich zu kämpfen. Dein Ausbruch war zu heftig, als dass er nicht etwas … Krankhaftes an sich hätte!«

»Nichts ist krankhaft!«

»Dann erlaube mir zwei Fragen …«

»Bitte …«

»Schwörst du mir, dass du das wirklich getan hast, von dem du behauptest, dass es gestern Abend geschehen ist?«

»Ich schwöre es …«

Sie las den Zweifel in seinem Blick und fuhr fort:

»Ich schwöre es dir beim Leben meiner Tante Sylvia! Und du weißt ja, wie viel sie mir bedeutet.«

Die Wut packte ihn, und er rief:

»Darf man wenigstens den Namen deines Mittäters erfahren?«

Verblüffung und gekränkte Eitelkeit machten ihn weniger rasend als der Gedanke an das verfehlte Geschäft …

»Mein Komplize? Natürlich, du musst den bürgerlichen Ausdruck verenden … Den Komplizen bei meinem Verbrechen, nicht wahr? … Ein Duell? Schluck' deinen Zorn nur wieder runter. Erstens geht es dich gar nichts an, denn ich gehöre ganz allein mir … Und zweitens … kenne ich ihn nicht!«

»Du kennst ihn nicht?«

Sie hätte gelächelt, wenn sie in ihrer Verstörtheit dazu imstande gewesen wäre. Aber ihr ganzes Inneres war in Aufruhr. – Er zuckte die Achseln: Sie log ja offenkundig! … Da machte sie erbarmungslos, mit einer Art wilder Befriedigung, genaue Angaben. Es war ihr ein Genuss, zu sehen, wie sich *der*, von dem sie ihr Lebensglück erhofft hatte und der sie in einem einzigen Augenblick in den Abgrund gestürzt hatte, unter ihren Worten wand und bleich wurde.

Lucien Vigneret litt, ohne zu begreifen. Sein Charakter, seine Erziehung, alles hinderte ihn daran, diese Tatsache richtig zu verstehen. Er hasste sie, und doch trauerte er ihr nach. Er schwankte sogar einen Augenblick lang, ob er seinen Grimm nicht niederzwingen und ihr vorschlagen solle, alles beim Alten zu lassen: eine Ehe, aber in voller gegenseitiger Freiheit ... Aber das mit einer solchen Frau?! ... Da war es doch wohl besser, man versuchte, das Geschäft mit dem Vater in irgendeiner anderen Form abzuschließen. Vielleicht war er tatsächlich noch gut davongekommen! Trotzdem quälte ihn ein unbestimmtes Gefühl. Sie war für ihn in jeder Weise verloren, und dennoch erschien sie ihm begehrenswert. Anders, aber vielleicht stärker denn je ...

Sie erkannte das an dem seltsamen Leuchten in seinen Augen, und angewidert verlangte sie nun nach vollkommener Rache:

»Sieh mich nur an! Was ich mir aus deinem Urteil schon mache! Aber lass dir das eine Lehre sein ... Einen Fehltritt hätte ich dir verzeihen können ... Aber die Auffassung, die du vom Leben, von Mann und Frau hast ... Deine ganze Denkweise! ... Die Verachtung, die du mir damit bewiesen hast ... Diese Verkennung meines Herzens und meines Verstandes ... das ist unverzeihlich! Das entfremdet uns einander so stark, als kämen wir von zwei verschiedenen Sternen. Glaube mir, es ist besser, wir haben das von vornherein festgestellt. So erspart uns ein Tag des Leidens Jahre des Unglücks.«

»Was hätte ich denn tun sollen?«

»Mir alles eingestehen … vorher!«

»Du hättest es nicht verstanden …«

»Wer weiß, wenn du mir alles erklärt hättest?! … Ich liebte dich und hätte wohl versucht, dich zu verstehen.«

Er spürte, dass alles, was sie zuvor verbunden hatte, zerstört war. Aber noch kämpfte er:

»Vielleicht! … Ich hätte fühlen müssen, dass du dich von anderen Frauen unterscheidest … dass du einzigartig bist!«

»Glaub das nur nicht! Wir sehnen uns nach Offenheit und Ehrlichkeit.«

Er überlegte:

»Es gibt immerhin Fälle … den meinigen zum Beispiel! … wo man aus frommer Absicht lügt … Und andere Fälle, wo die Lüge zur notwendigen Vorsichtsmaßregel wird.«

Sie höhnte:

»Den Frauen gegenüber?«

»Und auch den Männern«, ergänzte er.

»Ach, was du nicht sagst! Du würdest also auch deine Geschäftspartner belügen?«

»Das ist etwas anderes!«

Sie vergaß ihr eigenes Leid. Auf einmal begriff sie das ganze Ausmaß der ungeheueren Tragödie, die seit Jahrhunderten die Sklaverei der einen und den Despotismus der anderen einander gegenüberstellt … Ihr ganzes weibliches Empfinden, ihr ganzer Stolz bäumte sich dagegen auf. Sie rief:

»Da haben wir's! Eure doppelte Moral! Die eine für die Herren. – Die andere ist für die Mägde gut genug!«

»Es gibt da immerhin einen Unterschied …«

»Der Unterschied, dass für uns Liebe und Ehe wichtiger sind als für euch das bedeutendste Geschäft sein könnte. Denn es geht um unser ganzes Leben!«

»Nun, eine unterschiedliche Mentalität, wenn dir das lieber ist …«

»Unsere geistige Armut? … Unsere Oberflächlichkeit? … Und wenn's so wäre? Ist das nicht euer Werk? … Aber nein! Nicht durchaus und immer … Aber ihr lebt in dem ewig gleichen Vorurteil weiter, ohne zu merken, wie sich alles verändert.«

Er sah sie an, ohne zu antworten, wider Willen bewegt. Noch nie war sie so schön gewesen! … Er fühlte, wie sein Zorn einer großen Trauer wich. Er hätte am liebsten geweint … Aber er bezwang sich. In seiner Verstörtheit war ein wenig von der Verzweiflung des Kindes, das sein liebstes Spielzeug zerbrochen sieht, und auch etwas von dem Erschrecken des Gläubigen, den plötzlich Zweifel packen. Das ganze Rüstzeug seiner Erziehung zerbrach unter dem Ansturm …

Angesichts dieser tragischen Entblößung einer zur Verzweiflung getriebenen Seele, die eben jene Gesellschaftsordnung, deren Vertreter er war, zur Anarchie verdammte, blickte er mit einigem Entsetzen in den Abgrund seines eigenen Herzens. Er begriff dunkel, wie gefährlich und sündhaft die Ausnutzung der Privilegien war, die man dem Manne schon in seiner Kindheit einredet. Aber sofort verdunkelte die gekränkte Eitelkeit diesen schwachen Lichtschein wieder.

Er ergriff seinen Hut.

»Ich verstehe, dass ich, ohne es zu wollen, dich und mich unglücklich gemacht habe. Die Lehre wird nicht vergebens sein. Leb wohl, Monique.«

»Adieu.«

Er ging hinaus, ohne sie anzusehen – nicht eben stolz.

*

Sie blieb noch lange sitzen. Alles tat ihr weh. Sie träumte, sie sei wieder ein kleines Mädchen und von dem großen Felsen bei der Pension heruntergestürzt, von dem aus sie die Welt überblickte. Sie lag hilflos zwischen den Klippen, gegen die die Wellen wütend brandeten, unter einem schwarzen Himmel. Und sie rief mit schwacher Stimme: Tante Sylvia!

Wie lange saß sie schon so? Das fragte sie sich plötzlich und fuhr auf. Ungewohntes Stimmengewirr, Schritte im Vorzimmer …

»Monique!«, rief ihre Mutter. »Monique, komm rasch! Es ist entsetzlich! … Und dein Vater ist mit Monsieur Vigneret fortgegangen!«

Eine unbekannte Frau, deren verstörtes Gesicht unter dem Federhut Monique ihr Leben lang vor sich sehen würde, berichtete Madame Lerbier atemlos:

»Als ich den Schrei hörte! … Das Blut gerann mir in den Adern! … Ich habe sie vor mir gesehen, wie ich Sie jetzt sehe. Ich war auf dem Bürgersteig vor der Apotheke an der Kreuzung der Rue du Havre vor dem Bahnhof Saint Lazare … Die arme Dame! … Sie lief vor dem Autobus über die Straße, sie stolperte, und da … Der Chauffeur hat ja alles Mögliche getan, um rechtzeitig zu bremsen, aber es war zu spät. Sie lag schon unter den Rädern … Hier in ihrer Handtasche – es fehlt nichts drin – haben wir einen Briefumschlag mit Ihrem Namen und Ihrer Adresse gefunden … Als wir sie in die Apotheke trugen, atmete sie noch … Sie bat, man möchte sie hierherbringen … Der städtische Krankenwagen ist unten … Ich bin mitgekommen … um Sie vorzubereiten …«

Bei den letzten Worten war Monique zur Treppe gestürzt. Die Bahre stand im Hausflur am Fuße der Treppe. Mit heiligem Schauder hob sie das Tuch, mit dem das

Gesicht bedeckt war, sie glaubte, den Verstand zu verlieren. Der Tod hatte das geliebte Antlitz verschont. Sie schien zu schlafen.

»Tante, liebste Tante!«, rief Monique von Schluchzen geschüttelt … »Tante Sylvia!«

Eine furchtbare Angst erfasste sie. Kalter Schweiß trat ihr auf die Stirn. Sie fühlte, wie im gleichen Augenblick ihre Jugend starb. Als sie sich zu der Toten niederbeugte, um sie zu küssen, brach sie ohnmächtig unter diesem letzten Schicksalsschlag zusammen.

Die Aussteigerin

I.

Paris, den 1. März 1922

Vielen Dank, liebe Madame Ambrat, für Ihr liebenswürdiges Anerbieten. Aber im Augenblick wäre es mir ganz unmöglich, Ihre Sekretärin zu werden. Ich fühle mich leer und schleppe mich nur so durchs Leben. Ich glaube, ich werde nie wieder lachen können. Die Trennung von meinen Eltern, der Verlust meiner Tante – es war eine zu plötzliche Erschütterung!

Ich möchte am liebsten sterben, weil ja nun mein ganzes Leben verpfuscht ist. Heute Nachmittag nach der Testamentseröffnung beim Notar ging ich in einen Teesalon, dachte an die arme liebe Tante und beneidete sie um ihr Schicksal.

Am Nebentisch saßen eine Großmutter und zwei Kinder, die Trauer trugen, ein 14-jähriges Mädchen, das schon eine kleine Dame war, und ihr sechsjähriges Brüderchen. Ich dachte daran, dass ich nie Mutter werden würde, dass mein Leben sinnlos sei. Ich werde einsam altern wie Tante Sylvia.

Denn jetzt bin ich einsam! Einsam in meiner Wohnung, in meinem Herzen, ohne gesellschaftlichen Halt und ohne Heim!

Ich danke Ihnen dafür, dass Sie mich bei sich aufnehmen wollten. Aber ich fühle, dass ich noch lange Zeit nicht unter Kindern leben kann. Ich bin zu ernst für ihre kleinen Seelen, und sie wären zu fröhlich für mich.

Ich umarme Sie recht herzlich,

Monique

Paris, den 15. Juli 1922

Liebe Madame Ambrat,

es ist lange her, dass ich Ihnen geschrieben habe. Ich schäme mich, dass ich auf Ihren freundlichen Brief so lange nicht geantwortet habe. Heute leide ich weniger und kann Ihnen schreiben.

Es kommt mir vor, als sei mein Schmerz ein wenig betäubt. Ich schaue mich um, ohne dass irgendein Geschehnis mir Freude oder Leid verursacht. Ich sehe die blasse Morgensonne, den Garten, der tief unter meinem Fenster liegt, Priester, die vorübergehen. Ich vegetiere nur so vor mich hin.

Habe ich Ihnen erzählt, dass ich nach Regulierung der Erbschaft meiner armen Tante die finstere Rue Chaptal verlassen habe? Ich wohne jetzt am linken Seineufer, in der Rue Vaneau. Meine drei Fenster gehen auf den Park der ausländischen Botschaften hinaus.

Aber meine Trauer kann jederzeit wieder erwachen. Es bedarf nur eines geringen Anlasses, und meine Verzweiflung ist wieder da. Ach! Nicht mehr denken. Man tröstet sich, scheint's, oder wenigstens gewöhnt man sich an sein Leid, an alle Leiden. Noch einmal glücklich sein? Wäre das möglich? Ich kann es mir nicht vorstellen.

Ihre dankbare Monique

22. November 1922

Liebe Madame Ambrat,

was ich tue? Ich bin ein armes Etwas, das sich mehr schlecht als recht mit seinem Schicksal abfindet. Vielen Dank für Ihre lieben Worte! Ach, ich werde mich nie trösten können. Ich hatte so hochfliegende Ideale, dass ich nun, da ich sie nicht erreicht habe, möglichst tief hinuntersteigen muss, um sie nicht mehr zu sehen. Vielleicht werde ich mich daran gewöhnen, nicht mehr an sie zu denken. Inzwischen lebe ich dahin wie eine Kranke, die sich kuriert, ohne Lust, etwas zu unternehmen oder zu erhoffen.

Dennoch fühle ich, dass ich in der Arbeit und nur in der Arbeit eine Erleichterung der schweren Last, die ich mit mir herumschleppe, finden könnte! Vielleicht werde ich sogar versuchen, mit mehr Ausdauer zu meinen früheren Beschäftigungen zurückzukehren. Erinnern Sie sich noch an die kleinen Zeichnungen, die ich früher zum Zeitvertreib machte? Ich habe meine Skizzenbücher und Pinsel wieder hervorgeholt. Ich entwerfe sogar einige Möbel und bemale Stoffe.

Man hat mir geraten, mich dem Dekorationsfach zuzuwenden, da dieser Beruf noch nicht so überlaufen ist. Ich hätte Lust, mit dem Geld meiner Tante ein Antiquitätengeschäft zu eröffnen. Ich glaube, dadurch würde ich gleichzeitig meinen Lebensunterhalt verdienen und eine Beschäftigung finden, und wer weiß … vielleicht auch Ablenkung.

Von dem ständigen Kreisen um mich selbst und meinen Kummer werde ich sonst noch verrückt.

Ich hoffe, in den ersten Frühlingstagen auf Ihre liebenswürdige Einladung zurückkommen und eines Sonntags zu Ihnen zum Essen kommen zu können.

Monique

II.

Das Tanzlokal war erfüllt von den wilden Rhythmen der Jazzband. Die Paare wiegten sich im bläulichen Licht. Michelle d'Entraygues stieß mit dem Ellbogen Hélène Suze an, die durch einen Strohhalm ihre Sherry-Eiscreme saugte.

»Sieh mal dort!«

»Was denn?«

Über die Balustrade der Loggia gebeugt, deutete Michelle in eine bestimmte Richtung:

»Da, neben dem Professor und der kleinen Engländerin … die beiden Frauen … sie stehen jetzt gerade unter dem Kronleuchter …«

»Wären nicht die kurzen mahagoniroten Haare, so könnte man fast glauben, dass es Monique ist.«

»Sie ist es auch. Nicht wahr, Mäxchen?«

Der Kritiker rückte sein Monokel zurecht und erklärte:

»Natürlich ist sie's. Wie der Bubikopf sie aber verändert! Heutzutage ist er für die Frau das Symbol der Unabhängigkeit, ja, der Kraft. Früher hat Delila den Simson entmannt, indem sie ihm das Haar schor. Heute vermännlicht sie sich, indem sie sich das ihre abschneidet!«

»Zehn Jahre älter sieht sie aus!«, rief Hélène Suze.

»Na, sagen wir fünf! Und da sie aussah wie 19, als sie bereits 21 war, sieht sie nun genau so alt aus, wie sie wirklich ist, denn es ist doch höchstens zwei Jahre her, dass sie untergetaucht ist!«

»Wie 23 meinst Du? Nein! Sie sieht aus wie 30!«

»Ich finde, dass sie noch nie so gut ausgesehen hat … Immer noch frisch und blühend mit einem kleinen, geheimnisvoll-melancholischen Touch … Ich finde sie einfach fabelhaft … Autsch!«

Empört wandte er sich zu Michelle um und drohte:

»Na warte, wenn Du das noch mal machst, komm ich mit der Peitsche!«

»Das hab' ich besonders gern!«, erwiderte sie mit der Miene eines naschhaften Kätzchens.

Sie hatte sich Max seit jenem Abend im Theater zu ihrem persönlichen Begleiter für ganz spezielle Dienste auserkoren. Pony hatte ihn bald abserviert und sich in Sascha Volant verliebt; Max seinerseits fand Geschmack an dem Arrangement mit d'Entraygues. Der Marquis, den sein Rennstall und die Erziehung seiner jungen Jockeys ganz in Anspruch nahmen, genoss die Mitgift, während Max sich mit der Frau vergnügte.

Die letzten Takte des Shimmys verklangen. Die Paare trennten sich. Michelle nahm ihr Opernglas.

»Ja, es stimmt! Monique sieht erstaunlich gut aus … Aber ihre Begleiterin! Ist das eine Nummer!«

Max de Laume erkannte sie:

»Das ist ja Niquette!«

»Ach wirklich? Umglaublich, wie die gefärbten Haare sie verändern!«

Neugierig betrachteten sie Monique Lerbier, die Innenarchitektin, und ihre berühmte Freundin Niquette, seit 30 Jahren ein erfolgreicher Revuestar. Paris war verliebt in ihre betörende Stimme und ihre perfekten Beine, die ebenso agil waren wie ihre flinke Zunge, mit der sie sich immer neckisch die vollen Lippen entlangfuhr. Weniger ansehnlich war ihre Himmelfahrtsnase – aber ihre funkelnden Augen dafür umso mehr …

»Die beiden haben Schneid, das lässt sich nicht bestreiten«, stellte Max de Laume fest.

Niquette und Monique hatten sich wieder an ihren Tisch gesetzt. Man hätte sie für ein verliebtes Ehepaar halten können. Zärtlich neigte sich Niquette vor und legte ihren Pelzkragen um Moniques Hals.

»Wie neckisch!«, höhnte Hélène Suze.

»Reg' dich nicht auf, Lenchen!«, sagte Michelle. »Die ist schon vergeben.«

Hélène Suze, die ihre lesbischen Affären mehr und mehr öffentich zur Schau trug, zuckte die Achseln. Sie hatte es Monique nie verziehen, dass sie damals die Avancen abgelehnt hatte, die sie ihr durch Ginette Morin hatte machen lassen, ehe sie Vizepräsidentin des Hilfswerks für die Kriegsversehrten und bald darauf Ministergattin geworden war. Ginette! Hélène Suze erinnerte sich an ihr Taubengurren, wenn man sie auf den Mund küsste … Das war zur Zeit der schönen Abende bei Anika Gobrony gewesen … Wenigstens zierte sich Gi nicht so, wie dieses Kräutchen Rührmichnichtan von Monique! …

Hélène Suze gehörte zu denen, die kritiklos alle Scheußlichkeiten geglaubt hatten, die zuerst über Monique in Umlauf gerieten: Vigneret hatte seine Braut in einem Hotelzimmer mit einem Rumänen überrascht, von dem sie schwanger war. Die Eltern hatten sie hinausgeworfen. Die Tante hatte vor Kummer Selbstmord begangen …

Heute, als sie ihre ehemalige Freundin glanzvoll wieder in die Pariser Gesellschaft aufgenommen sahen, lächelten Max de Laume und Michelle d'Entraygues ihr huldvoll zu und vergaßen ihre frühere Verachtung. Hélène Suze erklärte sogar:

»Schließlich ist sie ja vollkommen frei! … Wenn man Geld hat und noch dazu Talent, kann man sich alles erlauben!«

Monique, die damals von heute auf morgen von all

ihren Bekannten vollkommen geschnitten worden war, erschien ein Jahr nach ihrem Verschwinden wieder auf der Bildfläche und eröffnete in der Rue de la Boétie einen Laden für Antiquitäten und zeitgenössische Kunst. Pierre de Souzaies, dem sie kurz vorher begegnet war, als sie gerade das kleine Vermögen ihrer Tante flüssig gemacht hatte (150.000 Francs Ersparnisse und ebenso viel für den Verkauf des Pensionats), hatte sie in diesen Beruf eingeführt, von dem er selbst lebte.

Sie hatte in ihm nicht nur einen ergebenen Kompagnon, sondern auch einen Lehrer und umso wertvolleren Ratgeber gefunden, als er kein sexuelles Interesse an ihr hatte. Elegante Visitenkarten hatten ihren ehemaligen Bekannten ihre Auferstehung angezeigt: *Monique Lerbier – Zur blauen Distel.*

Aber man war ihr nicht freundlich gesinnt. Monique, die mit niemand verkehrte, außer sonntags mit Madame Ambrat, hatte damals eine schwere Zeit durchgemacht. Die geschäftliche Flaute vergrößerte noch ihre Nervosität. Sie saß wochenlang da und verging vor Langeweile, nur Passanten betraten den Laden: Sie handelten lange und zahlten wenig. Ihr Kapital, das sie fast vollständig in Ankäufe gesteckt hatte, schmolz zusehends dahin, und sie begann schon zu verzweifeln.

Doch der gesellschaftliche Einfluss Pierre de Souzaies, der den Ruf genoss, Antiquitätenkenner und außerdem homosexuell zu sein, war beträchtlich. Da seine gewohnte Kundschaft fernblieb, hatte er eines Tages Niquette auf Monique angesetzt, und im Handumdrehen fand die Rue de la Boétie einen internationalen Kundenkreis. Die Einrichtungen Monique Lerbiers waren en vogue.

Damit war sie eine Persönlichkeit geworden, die eine Aura von Erfolg um sich verbreitete und die »Deklassierte« von ehedem vergessen ließ. Die Sogkraft dieser neuen Welle spülte die üble Nachrede von einst fort und und sie versank in den Fluten des Lebens.

Niquette fühlte die stechenden Blicke Hélène Suzes auf sich und Monique haften. Sie betrachtete sie:

»Was hat die da oben uns denn so zu fixieren? ... Kennst du sie? ... Sieh doch ... da links.«

Monique sah hin und sagte dann verächtlich:

»Freundinnen von früher!«

Sie nannte ihre Namen. Gleichzeitig winkte ihr Hélène Suze mit scheinbar freudiger Überraschung zu. Monique antwortete mit einem flüchtigen Gruß. An ihrer vollkommenen Gleichgültigkeit ließ sich ermessen, wie weit sie die Vergangenheit hinter sich gelassen hatte ... Zum ersten Mal begegnete sie diesen Gespenstern wieder, den Zeugen ihres einstigen Lebens; sie rührten sie nicht mehr, als hätte sie ihnen erst gestern »Adieu« gesagt.

Die Wunde begann also zu vernarben. War sie nicht schon vorigen Monat ihrer ehemaligen Rivalin Cleo bei einer Generalprobe begegnet, ohne mehr zu empfinden als schlichte Neugier?

Die einzigen Menschen, die wiederzusehen für sie schmerzlich gewesen wäre – wie sie immer noch in Erinnerung litt, wenn sie (was zwar immer seltener geschah) an die entsetzlichen Tage zurückdachte –, waren ihre Eltern und Vigneret. Lucien hatte ihren Weg nie mehr gekreuzt. Und jede Annäherung der Familie hatte sie konsequent abgelehnt, trotz all der Einladungen, die ihr Madame Lerbier seit Monaten immer wieder hatte zukommen lassen: Monique hatte es zu etwas gebracht, und daher galt sie wieder etwas ...

Die Jazzband begann erneut zu spielen und lenkte Niquette von ihrer üblen Laune ab. Sie brummte, während sie ihre Begleiterin umschlang, die wie eine Schlafwandelnde alles mit sich geschehen ließ:

»Hélène Suze? Warte mal … Von der hab' ich schon gehört, durch einen Kerl, der in Anikas Opiumhöhle ein und aus ging … Sie sollen es ja am Weihnachtsabend vor zwei Jahren in ihrem Atelier recht toll getrieben haben … Ja, deine Suze und eine andere sogenannte Jungfrau … die später einen Minister geheiratet haben soll … Aber damals hatte sie nur was für Damen übrig! Es soll auch ein Journalist dabeigewesen sein, der zusah … warte … den kennst du doch auch! … Er berichtet über die Modehäuser … so ein Blonder mit einem Herzmündchen …«

»Mercœur?«

»Stimmt! Ich wusste ja, es war sozusagen eine Herzensangelegenheit! … Eine feine Gesellschaft! …«

»Und wir?«

»Wir verstecken wenigstens unsere Laster nicht! Außen verdorben, aber innerlich gesund! … Das ist viel anständiger … Die dagegen? Heuchler und Genossen.«

Während sie sprach, umschlang sie Moniques biegsamen Körper, die sich unweigerlich dem herrischen Rhythmus von Niquettes Bewegungen hingab.

Wilde Leidenschaft brannte in dem Körper der 50-Jährigen, die sich durch Gymnastik und Körperpflege so fabelhaft gehalten hatte, dass sie im Alltag wie auf der Bühne, geschickt geschminkt, wie 35 aussah …

Gleichgültig gegen das Aufsehen, das sie erregten, gab sich Monique der verlockenden Umarmung hin … Gut und Böse? Sinnlose Worte! Sie verhallten in ihren Ohren wie klingende Schellen. Sie war hier, weil ihr Beruf und der Zufall sie hergeführt hatten und ihre Gefühllosigkeit sich der Umgebung anpasste. Wenn sie auch geheilt schien, so war sie doch noch immer eine Kranke, noch immer betäubt vom Chloroform des Operationstisches. So genoss sie mit halb geschlossenen Augen die Trunkenheit dieses stummen Kreisens.

Die ersten Liebkosungen Niquettes hatten in ihr zwar die Sinnlichkeit wieder erweckt, die bei ihrem bösen Erwachen mit Vigneret versiegt war, aber die frühere Empfindsamkeit ruhte noch verborgen im Grunde ihres Herzens. Sie glaubte, sie sei ein für allemal gestorben.

Aber dennoch war sie zu reich an Trieb und Verlangen, als dass die Gefühle, die an einer Stelle versiegt waren, sich nun nicht an anderer wieder entwickelt hätten. So hatte ihr das Vergnügen einen Vorgeschmack auf die sinnliche Erfüllung vermittelt. Kurze Augenblicke, die im Grunde die Enttäuschung bargen. Dennoch waren ihr diese Küsse, in denen Zärtlichkeit sich mit der Entdeckung einer sinnlichen Verheißung mischte, nicht unangenehm. Hinter dem Antlitz des Trostes war flüchtig das der erfüllten Lust erschienen. Monique war Niquette dankbar dafür, dass die Freundin sie nur langsam, Schritt für Schritt unter der Zärtlichkeit die Leidenschaft der Liebenden hatte entdecken lassen …

Sie drehte sich entrückt im Kreis. So eng waren sie umschlungen, dass sie die Wellenbewegung des Tanzes in sich spürte, als Niquette ein Bein zwischen Moniques Schenkel presste. Ein Argentinier, der an ihnen vorüberkam, schnalzte boshaft: »Na? …«

Niquette lachte laut:

»Auf den können wir gut verzichten!«

Monique stimmte kopfnickend zu.

Doch auch wenn die Stunden ihrer gegenseitigen Hingabe immer noch denselben Reiz auf sie ausübten, so hatte sie doch von der Welt der Sinnesfreuden eine weniger eingeschränkte Vorstellung. Die Männer! … Nachdem sie zuerst eine wilde Abscheu und später Verachtung für sie empfunden hatte, begann sie ihnen jetzt wieder Beachtung zu schenken. Aber sie betrachtete sie genau unter dem gleichen Blickwinkel, unter dem ein Junggeselle eine Dirne betrachtet: ohne tief empfundene Sehnsucht. Eine Neugier, die sie sich in der seelischen Starrheit, in der sie dahintrieb, noch nicht eingestand … Die sie aber auch nicht von sich wies, wenn ihr Blick zufällig jemanden streifte, der ihr nicht von vornherein missfiel.

»Ach!«, sagte Niquette und sah auf ihre Armbanduhr, als sie sich wieder hinsetzten. »Schon zehn! Und um elf habe ich meinen Auftritt! … Gehn wir?«

»Du hast noch Zeit, Liebste!«, meinte Monique.

Das Kasino lag Tür an Tür mit dem Tanzlokal.

»Kommst du mit?«

Aber Monique hatte heute Abend keine Lust, sich wie gewöhnlich in der stickigen Luft der engen Garderobe und in der Nähe der lästigen Garderobiere herumzudrücken.

»Ich hole dich ab!«

»Du, hör' mal! Du willst mir wohl Hörner aufsetzen?«

Drohend suchten Niquettes Augen Hélène Suze. Aber sie war fort. War das ein Vorwand, um sie nachher wieder zu treffen? Misstrauisch fragte sie:

»Ihr habt ein Rendezvous, oder?«

Monique fand die Vermutung so grotesk, dass sie lachend ausrief:

»Das würde ich dir doch sagen!«

»Dabei lass mich dich nur erwischen! … Ah, guten Tag, Briscot!«

»Guten Tag, meine Königin!«

Niquette drückte dem berühmten Komiker die Hand. Sie kannten einander schon seit ewigen Zeiten, denn sie hatten sich auf denselben Bühnen Schritt für Schritt ihren Ruhm erkämpft. Monique mochte Briscots Sinn für Humor, sein freundliches Wesen und seinen Gassenjungencharme.

»Trittst du denn heute nicht auf?«, fragte Niquette. »Was macht die Revue?«

»Beleuchtungsprobe.«

»Dann kannst du mir die Kleine hier hüten, die noch tanzen möchte … Und nach dem Auftritt holt ihr mich beide im Kasino ab, ja? … Dann gehen wir irgendwo soupieren.«

Briscot grüßte militärisch, und Niquette verschwand beruhigt … Er setzte sich auf den noch warmen Platz und bestellte einen Whisky Soda. Er zwinkerte:

»Sagen Sie mal, als ich heute Nachmittag in der Rue de la Boétie vorbeikam, hab' ich Ihre Dekoration in Türkis und Orange gesehen. Ein Gedicht!«

»Im Ernst? … Warum sind Sie nicht hereingekommen?«

»Keine Chance! … Ich stieg gerade so einer Amerikanerin nach … Vom Typ her wie Sie! Rosig mit mahagonirotem Haar … Und ein Kleid …! Die Perlen fielen ihr bis auf die Knie.«

»Auf die Knie? Haben Sie das nachgemacht?«

»Sehr witzig!«, lobte er. »Ja, ja, Niquette langweilt sich offenbar nicht …«

»Und Sie?«

»Ich auch nicht. Man muss schön blöd sein, um sich auf dieser wundervollen Welt zu langweilen! Kurz und gut! …«

Er grinste bedeutungsvoll:

»Ganz zu Ihren Diensten!«

»Danke, keine Verwendung. Heben Sie sich das für die Amerikanerin auf …«

»Ist schon erledigt! … Für eine andere!«

»Nein, wirklich? So auf den ersten Blick?«

»Sie hat mich erkannt!«, vertraute er ihr an.

»Das erklärt alles!«

Nie hatte Monique diesen merkwürdigen Nimbus der Bühnenstars, sogar der hässlichsten, begreifen können: Was sich wohl diejenigen davon versprachen, die sich ihnen an den Hals warfen? Sie betrachtete Briscot aufmerksam und war überrascht, dass sie dazu ohne Widerwillen imstande war. Er sah kräftig und gesund aus, und hinter den leicht gesenkten Lidern blitzte gutmütiger Spott hervor.

»So ist's recht!«, brummte er. »Machen Sie sich nur über mich lustig … Gerade wollte ich Ihnen etwas Nettes sagen … Ein Einfall, der mir gekommen ist, als ich Ihre türkisfarbene Einrichtung betrachtete … Mein Freund Edgar Lair …«

»Der Schauspieler?«

»Ja. Er führt ein Stück von Perfeuil auf … Inszenierung und alles … Zwei Bühnenbilder: Interieurs … wenn es Ihnen Spaß macht, die Ausstattung zu übernehmen, könnte ich ja mit ihm reden …«

»Ernsthaft?«

»Möchten Sie? … Abgemacht!«

»Danke!«

»Unsinn! Unter Kameraden …«

Er betrachtete sie, bestellte einen neuen Whisky Soda:

»Es stimmt. Sie sind anders als die anderen. Vor allem … appetitlicher … kann man lange suchen! Und dann haben Sie eine Art zu reden und sich zu geben … So geradeaus. Anständig … Obwohl Sie nur nach Ihrem eigenen Kopf leben, was? … Aber schließlich ist's mit Ihnen doch etwas anderes als mit der Amerikanerin? … Wir müssen Freunde bleiben …«

Die ersten Takte des Tangos erklangen. Er stand auf:

»Kommen Sie! Niquette soll platzen!«

»Aber Briscot! Wenn ich jemals Spaß daran finden sollte, es wie die Amerikanerin zu machen … Holla! Pfoten weg! Ich habe nicht gesagt: mit Ihnen … warum sollte Niquette nichts davon wissen? Erstens sind wir nicht verheiratet! Und wenn wir's wären, wäre das doch erst recht ein Grund, aufrichtig zu sein!«

Mechanisch hatte sie eine Hand in die Briscots gelegt, die andere auf seine Schulter. Er umfasste diskret ihre schlanke Taille. Sie wiegte sich im Rhythmus. Er fühlte die Wärme ihrer festen, jugendlichen Brüste, die sich an seinen Körper schmiegten.

Seitdem sie mit Niquette eine wilde Ehe, und zwar eine sehr glückliche, führte, hatte Monique oft mit Männern getanzt. Es waren die einzigen Partner, abgesehen von einigen erprobten Freundinnen, die ihr Niquettes Eifersucht gestattete – eine Eifersucht, die Monique gefiel und die sie als Liebesbeweis empfand. Nur ehrliche Leidenschaft konnte eine so ausschließliche Zärtlichkeit hervorbringen. Sie war weit entfernt, Niquettes Wachsamkeit kränkend zu finden, die in Anbetracht ihrer Übereinkunft zu gegenseitiger völliger Offenheit nicht verletzend sein konnte.

Die einzige Möglichkeit, die Niquettes Duldsamkeit – da von Männern für sie keine Gefahr ausging – nicht in Betracht gezogen hatte, war, dass schließlich aus dieser wiederholten Berührung irgendwann einmal ein Funke überspringen könnte. Hunderte Male hatte sich Monique in den Armen hübscher Kavaliere gedreht, ohne ein anderes Vergnügen dabei zu empfinden als ein Kind, das unschuldig umhertollt. Eines Tages musste in diesem Wirbel der Bewegungen, der Töne, des Lichts, in diesem eigenartigen Rausch, den die überhitzte Luft sogar den trägsten Adern einhaucht, ein Augenblick kommen, wo der Funke instinktiv übersprang.

Briscot war es, der dies ganz unabsichtlich auslöste. Eben noch hatte er seinen Scherzen nicht die mindeste Wichtigkeit beigemessen. Aber beim gleichmäßigen Wiegen der erhitzten Körper im Takt spürte Monique die wachsende Erregung ihres Tanzpartners. Unter dem dünnen Stoff fühlten beide, wie ihr Blut mehr und mehr in Wallung geriet. Eine leichte Trance ergriff Monique. Sie schloss die Augen und drückte sich fester an ihn. Sie tanzten eng umschlungen … Sie pressten die Finger aneinander, Handballen gegen Handballen, und plötzlich trat beiden das Bild ihrer nackten Körper vor Augen …

Er hatte zunächst Gleichgültigkeit geheuchelt. Aber als er sah, dass sie sich nicht wehrte, sich ganz hingab, presste er sie fester an sich. Es machte ihn toll, die unbewusste Liebkosung ihrer Hand von seiner Schulter zum Hals hinaufsteigen zu fühlen …

Plötzlich endete der Tango. Sie ließen voneinander ab und betrachtenen sich mit einer Art sprachlosem Staunen, als kehrten sie von einer weiten Reise zurück und ständen sich nun nach langer Abwesenheit gegenüber, ohne einander zu erkennen …

Er war geistesgegenwärtig genug, mit keinem Wort auf den Anfall von Tollheit anzuspielen, der sie noch eben geschüttelt hatte. Obgleich er daran gewöhnt war, Gefühle zu heucheln, nahm er doch aus diesem Abenteuer das Empfinden mit, dass dieses Spiel ebenso viel wert sei wie die Wirklichkeit selbst. Der Gedanke, dass er Niquette betrogen hatte, ließ seine Augen glänzen …

Moniques Ungezwungenheit brachte ihn aus der Fassung und weckte zugleich seine Gier. Sie konstatierte:

»Sie tanzen ausgezeichnet! Lassen Sie uns weitermachen.«

Sie war noch erhitzt, ihre Augen glänzten, und sie verbarg ihre Befriedigung nicht hinter falscher Scham. Sie sagte sich: ›Eigentlich ist es ja nur eine Turnübung … Aber sehr angenehm ist's trotzdem. Das hätte ich gar nicht gedacht!‹

Am nächsten Tag in der »Blauen Distel«, wo sie eben die in Türkis und Orange gehaltene Dekoration durch ein dunkelgrünes Boudoir in geflammtem Erlenholz ergänzt hatte, lauschte sie ehrerbietig Edgar Lairs Ausführungen. Briscot hatte ihn hergebracht, und er gab deutliche Anweisungen, die Mademoiselle Claire in starres Staunen versetzten.

Claire Tscherbalief war Moniques erste Verkäuferin, eine junge russische Aristokratin, die der Sturm der Revolution entwurzelt hatte und die sich, nachdem sie Kinostatistin gewesen war, um ihren Lebensunterhalt zu verdienen, in ihrem augenblicklichen Schlupfwinkel sehr wohl fühlte.

»Für den ersten Akt, in dem die Liebe erwacht, sehe ich maikäferfarbene Vorhänge, tiefe Falten … Nichts anderes. Als einzige Möbelstücke eine Récamiere und ein schwarzes Lacktischchen. Und Kissen, Kissen, Kissen …«

Niquette nickte zustimmend. Briscot tommelte derweil desinteressiert mit seinem Stock einen Eilmarsch auf den Bauch eines indischen Götzen.

»Donnerwetter!«, brüllte Edgar Lair in plötzlichem Zorn …

»Hör auf! Du machst mich rasend! …«

Die Fensterscheiben klirrten. Er riss den breitrandigen Hut herunter, der seine hohe Stirn beschattete, und warf ihn auf einen Sessel, dann zog er ein winziges grünes Seidentüchlein aus der Tasche und wischte sich den Schweiß ab.

›Dieser kleine Kläffer ist verrückt!‹, dachte Monique.

Der Schauspieler begann wieder mit ruhiger Stimme:

»Im zweiten Akt ist die Liebe geboren. Leidenschaft. Rot. Rot und Gold. Blut! Blut! Rot in allen Schattierungen. So schreiend wie möglich … Brüllen muss es! Verstehen Sie?«

Monique unterdrückte ein Lachen.

»Die Idee ist ausgezeichnet. Ich sehe es vor mir. Und die Möbel?«

»Überhaupt keine Möbel. Teppiche. Und Kissen, Kissen, Kissen …«

Mademoiselle Claire, die mit einem Bleistift in der Hand notierte, rief aus:

»Prachtvoll!«

Edgar Lair grüßte würdevoll. Und zu Monique gewandt:

»Haben Sie verstanden, Mademoiselle? Skizzen binnen drei Tagen!«

»Ich werde mein Bestes tun.«

Herablassend sah er sich um:

»Sie haben Talent. Und wenn Sie erst mit mir zusammen gearbeitet haben …«

Mit einer Armbewegung deutete er die unbegrenzten Möglichkeiten der Zukunft an, dann bedeckte er mit der Würde eines spanischen Granden sein Haupt. Und zu Briscot: »Kommst du mit, mein Lieber? … Meine Damen! …« und legte einen majestätischen Abgang hin.

Monique verdrehte die Augen zum Himmel, und Niquette rief:

»Was für ein grandioser Auftritt!«

»Auf seine Art …«

Niquette ließ kein gutes Haar an ihm:

»Etwas derartig Eitles … Nächstens melde ich ihn an: ›Meine Herren: der Kaiser! …‹ Er tritt ein, nimmt sein Halstuch ab; man sollte beinahe meinen, es wäre ein Großkordon! … Er geht auf der Bühne hin und her …

Bums, liegen alle Schauspieler platt auf dem Bauch! … Aaaaaaaaah! … Er hat gebrüllt: die Kulissen beben, der Autor fällt in Ohnmacht … Und dabei … wenn er im Varieté auftreten sollte … das wäre zum Totlachen! Da würde ihn sogar Briscot glatt in die Tasche stecken …«

»Briscot ist ein guter Kerl!«, flüsterte Monique.

Sie war ihm dankbar für seine Vermittlung. Wenn das Stück von Perfeuil gut ankam, war es eine ausgezeichnete Werbung. Auf jeden Fall war die Arbeit interessant. Sie dachte amüsiert an den gestrigen Abend, den sie mit einigen Dutzend Austern und einer Flasche Champagner beschlossen hatten …

Die beiden großen Stars hatten auf allgemeinen Wunsch einen ihrer alten Walzer miteinander getanzt. Niemals hatte das Lokal eine derartige Begeisterung erlebt. Die Besucher standen auf ihren Stühlen und jubelten den Stars von Paris frenetisch zu, über die Köpfe vieler Prominenter hinweg … Monique hatte Niquette scherzend ihre Untreue eingestanden, und die hatte das Geständnis mit einem Lachen entgegengenommen. Sie hatte sogar ihren Finger in Briscots Glas getaucht und die beiden hinter den Ohren getauft. Und ungerührt hatte sie ihnen ihren Segen gegeben und hinzugefügt:

»Wenn du aber mit Hélène Suze schläfst, erwürg ich dich!«

»Keine Angst, weder mit Hélène noch mit Briscot!«

Monique war darüber also beruhigt … Wenn sie indessen wieder an den Rausch von gestern dachte, an die fast verstohlene Lust, die sie im Wirbel des Tanzes genossen hatte, dann eröffneten sich ihr weniger finstere Perspektiven … wie beruhigend war es, so dahinzuleben ohne zu denken, halb betäubt. Und gleichzeitig wurde in ihr ein neues Empfinden geweckt …

Sie betrachtete Niquette, die sich in einem Handspiegel besah.

Es war eine alte persische Arbeit. Monique dachte an die längst verblichenen Gesichter, die sich schon über diesen Spiegel geneigt haben mochten … Und sie sagte sich, dass eines Tages auch Niquettes Bild in ihrer Erinnerung verblassen würde wie die Bilder der Schatten in dem alten Spiegel …

Man konnte kaum enger miteinander verbunden sein als sie es waren, und doch fühlte sie plötzlich, wie die Schauspielerin ihren Gedanken so fern war wie jene Unbekannten, deren fragende Augen einst auf ihrem inzwischen verblassten Spiegelbild geruht hatten …

»Ach!«, seufzte Niquette melancholisch … »Verschönern tut dein Spiegel nicht gerade! Na, ich muss fort! … Adieu, bis heute Abend. Wo?«

Ohne Zögern antwortete Monique:

»Wir gehen tanzen, wenn du willst. Wie gestern.«

III.

Eine ganze Saison lang hatte Monique, wenn das ernste Tagwerk hinter ihr lag, die Abende und einen Teil der Nächte in Tanzlokalen verbracht.

Sie hatte mit den Freunden, die sie nach und nach im Kunst- und Theatermilieu kennengelernt hatte, in das ihr Beruf sie führte, fünf oder sechs Orte auserkoren, wo sie bis zur Besinnungslosigkeit das Tanzbein schwang.

Sie war eines jener tausend trunkenen Gesichter, die sich zur lauten Musik der Jazzbands unter den blendenden Scheinwerfern im Wirbel von Licht und Lärm drehten. Sie war eines jener armen kleinen Menschenwesen, das von seinen Trieben unwiderstehlich hin und her gerissen wurde. Eine kleine Welle im uferlosen Ozean, dessen Gezeiten dem gleichen unbewussten Rhythmus folgen wie die Liebe.

Monique hatte an der ständigen Zurschaustellung des Sexualaktes, zu dem die Ausschweifungen in den Varietés, den Tanz- und Teelokalen, den Salons und sogar den Restaurants eine stetig wachsende Menge einlud, allmählich Gefallen gefunden. Niquettes Leidenschaft und eine Art fügsame Gewöhnung, mit der sie diese erwiderte, hatten im Laufe der Monate nachgelassen …

Ihre Beziehung hatte sich in gute Kameradschaft verwandelt, und wenn sie einander begegneten, wunderten sie sich fast, dass sie einmal mehr gewesen waren als bloße Freundinnen. Die Heftigkeit ihrer Empfindungen hatte sich rasch und völlig verzehrt, da sie nur auf körperlicher Lust beruhten. Es war nur eine milde Glut unter der Asche zurückgeblieben … Und schon spürte Monique, wenn sie ihrer ehemaligen Geliebten in Begleitung einer neuen Gefährtin begegnete, an der völligen Gleichgültigkeit ihrer Gefühle, dass selbst die Erinnerung bereits fast vollkommen erloschen war …

Monique hatte durch die Selbstverständlichkeit, mit der sie damals ihrer Laune nachgegeben und ihr dann ein Ende gemacht hatte, Briscot vollkommen verblüfft. So blasiert er auch dem Wankelmut der Frauen gegenüberstand, so war dies doch das erste Mal, dass er selbst verliebt gewesen war und man ihn derartig abserviert hatte. Als er Monique gleich am nächsten Abend hingegeben im Arm eines Amerikaners liegen sah, traute er kaum seinen Augen.

Aber der Tango führte die beiden verschlungenen Körper, abwechselnd vom bleichen Mondschein und vom roten Licht der Scheinwerfer erhellt, im Wiegeschritt nochmals langsam an ihm vorbei. Monique blickte auf, erkannte Briscot im Vorübertanzen und nickte ihm freundschaftlich zu.

Danach kam sie auf ihrem Rückweg zur Loge, in der Pierre de Souzaies, mit dem sie gekommen war, Hof hielt, an ihm vorbei. Briscot drückte gekränkt die Hand, die sie ihm kameradschaftlich bot.

»Mein Kompliment!«, höhnte er, auf den Amerikaner deutend, der sich in der Menge verlor … »Sie langweilen sich offenbar nicht!«

Sie gab offen zu:

»Allerdings nicht!«

Und beim Anblick seines zugleich höhnischen und gekränkten Gesichts lachte sie:

»Aber Briscot! Ist denn das so etwas Besonderes, dass in … Liebesdingen …«, sie zögerte, da ihr kein anderer Ausdruck einfiel, »eine Frau ebenso denkt und handelt wie ein Mann? Sie müssen sich schon an den Gedanken gewöhnen und mich als das nehmen, was ich bin: eine Garçonne.«

Ein unhöflicher Ausdruck lag ihm auf der Zunge, aber er bezwang sich und sagte nur:

»Eine Garçonne, ich weiß schon. *Die* Garçonne!«

Aber trotz seiner allumfassenden Duldsamkeit empörte sich seine Eitelkeit. Er wagte die Frage:

»Treffen wir uns am Ausgang?«

»Unmöglich, bedaure! Mein Partner will mich gleich Lucienne Marnier vorstellen, mit der wir verabredet sind.«

»So, so!«

Bei diesem vielsagenden Lächeln zuckte sie die Achseln.

»Sie haben mir doch auch Edgar Lair vorgestellt wegen des Stücks von Perfeuil. Und mit dem habe ich deshalb auch nicht gleich geschlafen. Kennen Sie Lucienne Marnier?«

»Na und ob! Wer hätte von dieser Frau noch nichts gehört? Schön und millionenschwer – Millionen, die ihr offizieller ›Freund‹, ein belgischer Bankier, besitzt – und spielt sich als Kunstliebhaberin auf.«

»Sie will mit mir über eine Dekoration für das indische Fest reden, das sie zu Ehren ihrer neuesten Entdeckung geben will: Peer Rys, der Nackttänzer.«

»Außerordentlich geeignet für einen Tango. Viel Vergnügen!«, grinste Briscot.

*

Diese gekränkte männliche Eitelkeit angesichts ihrer plötzlichen Gleichgültigkeit hatte Monique bei den zwei oder drei Versuchen, die sie seither angestellt hatte, sehr belustigt. Sie hatte diese Abenteuer zwar nicht gesucht, ergriff jedoch die Gelegenheit ohne Zögern, wenn sie sich gerade bot.

Mit dem gleichen brutalen Instinkt wie das erste Mal – in jenem Hotelzimmer, in dem sie sich einem Unbekannten hingegeben hatte – stieß sie stets die fassungslosen Männer zurück. Sie wollte keine zufällige Mutterschaft, sondern sie wollte nur Kinder von einem Mann, den sie sich zu diesem Zweck auserwählen würde …

Bisher hatte sie von diesen Rendezvous – deren Nervenkitzel sie zunächst gereizt hatte, die sie bald aber zu enttäuschen begannen – nur ein wenig spöttische Gleichgültigkeit für jene zurückbehalten, die ihr Objekt gewesen waren. Sie lächelte über das Erstaunen oder die üble Laune, mit der ihre Partner, unwiderruflich entlassen, ihre Kündigung hinnahmen.

Diese Umkehrung der üblichen Rollen – denn Monique ließ die Männer über ihre nebensächliche Bedeutung nicht im Zweifel – erweckte in ihnen das Gefühl der Demütigung und eine Empörung, die sie nur schwer verbergen konnten. Sie mussten sich der Partnerin gegenüber, die sich ihnen entzog, geschlagen geben und der verlorenen Beute nachtrauern. Eine kleine Rache, die anfangs Moniques tief sitzenden Männerhass befriedigt hatte.

Kurz entschlossen hatte sie ihr Leben in zwei Teile geteilt. In den kürzeren und weniger anspruchsvollen Teil des Vergnügens – und den der Arbeit, ihres wahren Lebens. So spät oder so früh es sein mochte, sie kehrte stets allein in die Rue de la Boétie zurück.

Nie hatte sie gestattet, dass ein anderer als ihre wahren Freunde, wie Madame Ambrat oder Professor Vignabos, die sie hin und wieder einlud, die Schwelle ihrer Wohnung überschritt. Jeden Morgen, selbst wenn sie mitunter auswärts schlief, stieg sie um zehn Uhr aus dem Zwischengeschoss, das sie bewohnte, in den Laden hinunter, den Mademoiselle Claire schon hatte aufräumen und für den Verkauf des Tages schmücken lassen.

Die »Blaue Distel« war seit dem sensationellen Erfolg des Stücks von Perfeuil en vogue. 150 Aufführungen und die Werbung für das Programm hatten den Ruhm vervielfacht, den die Dekorationen auf sich zogen, die Monique nach Edgar Lairs spärlichen Angaben auf die Bühne gezaubert hatte. Sie war plötzlich renommiert.

Monique Lerbier – auf dem Firmenschild aus grünem Marmor, das über den großzügigen ebenholzgerahmten Schaufenstern seine prunkvolle Ankündigung bereithielt, stand nur dieser Name, den jetzt *tout Paris* kannte, in feinen Goldbuchstaben, anstelle der früheren Firma. Nach den schweren Anfangsmonaten, in denen sie ihr Kapital schwinden sah, ohne dass sich Kundschaft hätte blicken lassen, begann nach weniger als einem Jahr mit dem Erfolg auch das Geld zu fließen …

Dieser Tag – es war das dritte Frühjahr, seitdem sie die Avenue Henri-Martin verlassen hatte – versprach sehr schön zu werden.

Erfrischt und belebt durch die eiskalte Dusche, mit der sie pünktlich ihre Viertelstunde Körperkultur zu beschließen pflegte, genoss Monique ohne Hintergedanken die glückliche Harmonie ihres Daseins.

Sie entfaltete, unterstützt von Mademoiselle Claire, ihrer umsichtigen und wertvollen Adjutantin, Laméstoffe, die in der Morgensonne leuchteten … Lucienne Marnier hatte im letzten Augenblick den Vorhang zu ändern gewünscht, der noch am selben Abend die Kulisse bilden sollte für die Darbietung von Peer Rys. Statt des einfarbigen Samtvorhangs – dessen Lavendelblau in Verbindung mit dem in verschiedenen Goldtönen bestickten korallenroten Dekor einen zu faden Hintergrund bildete – wünschte sie einen prunkvolleren Schmuck, um den Nackttänzer angemessen zur Geltung zu bringen.

»Nein, kein Rosa! Auch kein Rot!«, erklärte Monique. »Bleiben wir bei den Komplementärfarben … Das hier vielleicht? …«

Sie versuchte es mit einem königsblauen Lampas mit silbernen Fäden … »Nicht übel! …«, dann zeigte sie auf ein Stück empiregrünen Brokat mit eingewebten Palmetten. Und dann mit Nachdruck:

»Das wird gehen! Zeigen Sie her!«

Mademoiselle Claire entfaltete den fürstlichen Stoff. Leuchtend und dunkel zugleich, bewahrte er auch in seinem schweren Faltenwurf eine gewisse Leichtigkeit. Monique schloss die Augen und stellte sich die Bewegungen des schönen weißen Körpers vor diesem Hintergrund vor … Sie war begeistert von einer der letzten Proben zurückgekommen.

»Das passt!«, entschied sie.

Mademoiselle Claire rief:

»Das Grün ist ausgezeichnet! Sie wird hochzufrieden sein.«

»Nehmen Sie einen Wagen und fahren Sie selbst mit Monsieur Angibault hin, um ihr die beiden Stoffe zu zeigen. Sie soll wählen … Geben Sie es sofort in Arbeit. Bis sieben muss es fertig sein.«

Mit militärischem Gehorsam verneigten sich Mademoiselle Claire und Monsieur Angibault, das Faktotum ihres Vertrauens, der auf den Ruf herbeigeeilt war, und verschwanden.

Eine liebenswürdige, aber unerbittliche Disziplin herrschte in der »Blauen Distel«. Es genügte, dass die Chefin erschien und anordnete. Die sechs Angestellten, welche die Firma jetzt besaß, sprachen das Wort »unsere Mademoiselle« mit heiligem Respekt aus. Sie achteten sie hoch, weil sie zwar streng, aber gerecht war …

Monique stand mit dem Rücken zur Eingangstür und prüfte ein paar alte Vasen, die man ihr eben zusammen mit einigen Kristallgläsern gebracht hatte, gestern auf der Versteigerung der Sammlung Monestier erworben. Ein kleiner Ölkrug mit kurzem Hals über drei vollständig erhaltenen Henkeln überstrahlte alles wie ein riesiger Opal … Das würde eine Lampe werden! Sie entwarf gerade einen Lampenschirm aus apricotfarbenem und flachsblütenblauem Musselin, als eine schnarrende Stimme neben ihr sie erschreckt zusammenfahren ließ:

»Mein liebes Kind …«

Sie wandte sich um: »Piombino!«

Er beugte seine grau gewordene Mähne und seine breiten Schultern tief vor ihr. Dann wandte er sich verlegen an sie:

»Ja, ich bin's. Darf ich Sie meiner Hochachtung versichern?«

Sie sah ihn herausfordernd an:

»Die hat während der letzten vier Jahre etwas Staub angesetzt!«

Ein Lächeln verzerrte sein Gesicht, als er antwortete:

»Von Ihrer Schönheit kann man das nicht sagen!«

»Ich vermute kaum, dass Sie mich nur mit Ihrem Besuch beehren, um mir dies vorzubeten!«

»Doch, in erster Linie! Nur aus Diskretion und weil ich Ihren Stolz kenne, habe ich mich bis jetzt zurückgehalten ... ich hätte nicht gewollt, dass Sie in den schweren Stunden, die Sie durchzumachen hatten, in meinem vielleicht aufdringlichen Schritt den geringsten ... selbstsüchtigen Beweggrund vermuten.«

Er log. Und sie wusste das genau: denn sie hatte die indirekten Geldofferten, die er ihr seit dem Tag, an dem sie aus der Avenue Henri-Martin fortgegangen war, wiederholt machen ließ, stets scharf zurückgewiesen.

Er mochte wohl zwingende Gründe haben, wenn er es, nach so langer Zeit, wagte, sie persönlich wieder aufzusuchen. Er nahm ihr Schweigen als Aufforderung und fuhr in überzeugendem Ton fort:

»Heute, da Sie niemanden mehr brauchen, fühle ich mich freier, wenn ich Ihnen versichere, dass sich an meiner Zuneigung zu Ihnen nichts geändert hat, und dass meine Bewunderung für Sie sogar noch gewachsen ist.«

In seinen kleinen listigen Augen las sie die selbe Verschlagenheit wie ehemals, als sie noch ein junges Mädchen gewesen war. Was für Neuigkeiten mochte er für sie haben, und welchen Handel wollte er ihr vorschlagen?

»Zur Sache, Monsieur«, sagte sie höflich, aber hochmütig. »Was wollen Sie von mir?«

Seine alte Neigung hatte Piombino, als er sie wiedersah, heftiger denn je gepackt. Die Art, wie sie ihn abgewiesen hatte, die Beschäftigung mit seinen immer zahlreicheren geschäftlichen Unternehmungen, die sich jetzt über die ganze Weit erstreckten, endlich seine häufige und lange Abwesenheit hatten ihn zwar vorübergehend von seinem Verlangen ablenken können. Aber als er Monique bei einem Souper zufällig wiedergesehen hatte, war der alternde Millionär erneut für sie entflammt. Die fixe Idee, sie öfter wiederzusehen – und sie zu besitzen, gleichviel, um welchen Preis –, ließ ihn seitdem nicht mehr los.

Er erklärte salbungsvoll:

»Nun ja! Sie kennen doch die alten freundschaftlichen Beziehungen, die mich mit Ihrem Vater verbinden, seit …«

Er zögerte, in der Hoffnung, sie werde ihm zu Hilfe kommen … aber sie starrte ihn nur spöttisch an … Ja, sie wusste! … Zuerst die nach ihrem Auszug zwischen ihrem Vater und Vigneret abgeschlossene Teilhaberschaft – als sei gar nichts geschehen … Dann die Kapitalerhöhung, die mittels der Millionen von Piombino, Ransom und White die ursprünglich kleine Aktiengesellschaft in einen riesigen Konzern verwandelte … Sie wusste sogar, dass sie eines Tages eine reiche Erbin sein würde, dass dieses Vermögen, das sie nicht haben wollte, dem Kinderheim zufallen und diese unerwartete Schenkung alle bescheidenen Träume Madame Ambrats überreich erfüllen würde. Das Gold der bösen Tat würde auf diese Weise zum Saatgut für ein gutes Werk werden.

»Lassen wir das«, sagte sie.

Piombino machte eine zustimmende Geste. In der Tat, wozu in diesen peinlichen Erinnerungen wühlen?

»Sie haben recht. Reden wir nicht mehr davon. Aber eins muss ich Ihnen noch sagen … Die Gesundheit Ihrer Mutter, die schon im letzten Winter angegriffen war, ist jetzt Besorgnis erregend … Lerbier hat mir gestern gesagt, es würde ihr eine große Freude sein, Sie wiederzusehen, und dass sie beide glücklich sein würden, wenn Sie einwilligen wollten, einen der nächsten Abende in der Avenue Henri-Martin zu verbringen … Was für eine Antwort darf ich ihnen überbringen?«

Monique war sprachlos und erbleichte. Sie rief sich die tragische Stunde im Treppenhaus voller Entsetzen wieder in Erinnerung. Der Leichnam Tante Sylvias lag wieder vor ihr auf der Bahre … Die Züge ihrer kranken Mutter verschwammen seltsam mit denen der guten Tante … Sie verscheuchte die Gespenster.

Nein! Niemals würde sie in die Avenue Henri-Martin zurückkehren!

Und doch prüfte sich Monique nicht ohne Erregung bei der Erinnerung an die Liebe, die die beiden Schwestern trotz allem immer füreinander gehegt hatten, bei dem verschwommenen Andenken an vergangene Stunden, als sie selbst noch ein Kind war. Wenn nun Piombinos Schritt doch nicht, wie sie vermutet hatte, reine Erpressung war, um die Versöhnung herbeizuführen? Wenn der Zustand ihrer Mutter wirklich … Nein! Trotz des Bruches, der ihr die Eltern zu Fremden gemacht hatte, würde sie dann ganz instinktiv eine gewisse Rührung empfinden statt dieses unüberwindlichen Misstrauens.

»Ich werde es mir überlegen!«, sagte sie endlich.

Sie blickte Piombino an, ohne ihn zu sehen. Ihre Gedanken wanderten vom Garten in Hyères zu der Villa in Trouville. Plötzlich spannen die vergangenen Tage im Dunkel der Erinnerungen ihr feines Netz …

Unter ihrem abwesenden Blick, der ihn wärmte wie ein Sonnenstrahl, fühlte sich Piombino vom Glück übermannt. Zärtlich drängte er:

»Versagen Sie ihnen doch diese Freude nicht!«

»Liegt meine Mutter zu Bett?«

»Seit vierzehn Tagen ist sie wieder auf. Sie geht nachmittags sogar schon ein wenig aus …«

»Nun gut«, sagte sie beruhigt, aber doch betroffen. »Sagen Sie ihr, sie soll mich anrufen … Dann werden wir weitersehen.«

Piombino hatte ihre Hand so rasch ergriffen, dass sie keine Zeit gehabt hatte, sich vorzusehen, und drückte andächtig seine Lippen darauf. Sie fuhr zurück. Aber das kränkte den Mann, den ihr junger Körper erregte, nicht weiter.

»Danke, mein liebes Kind …«, stammelte er. »Und gestatten Sie mir, dass ich Sie beglückwünsche! … Was für wunderschöne Sachen!«

Schnaufend wandelte er zwischen den Antiquitäten hin und her. Er deutete auf die schön geschwungenen Lackmöbel:

»Stil Lerbier! Sie müssen mir die Gnade erweisen, mir das Erdgeschoss meiner Villa im Park Monceau zu möblieren. Ich will etwas ganz Modernes.«

Er war nicht loszuwerden. Sie musste eine dringende Arbeit vorschützen und atmete auf, als das Auto, aus dessen Schlag er noch lange winkte, verschwunden war.

Für dieses Scheusal arbeiten! Sie würde sich hüten! Missgelaunt zuckte sie die Achseln. Piombino hatte ihr den ganzen Tag verdorben. Gleichzeitig verdunkelte eine Wolke die Sonne. In ihr und um sie war plötzlich alles dunkel geworden.

Sie war noch nicht von ihrer melancholischen Reise in das Land vergangener Zeiten zurückgekehrt – den ganzen Nachmittag hatte sie, in ihrer Wohnung eingeschlossen, mit ihren Erinnerungen verbracht –, als die Uhr in ihrem Schlafzimmer neun schlug; das rief sie in die Wirklichkeit zurück. Die Abendgesellschaft bei Lucienne Marnier und nach Mitternacht die Vorführung von Peer Rys! Sie musste sich beeilen.

Sie griff zu ihrem bewährten Heilmittel bei Müdigkeit und Nervosität: dem kalten Wasserguss, der wie ein Paukenschlag wirkte … Nackt stand sie in ihrem Badezimmer aus weißem Steingut und voller Spiegel und dehnte sich, nachdem sie sich abgerieben hatte.

Die kalte Dusche hatte sie wieder heiter gestimmt. Ihr Anfall von Weltschmerz wich dem Verlangen nach Vergessen. Wie gewöhnlich erwachte sie aus ihrer Träumerei mit dem dringenden Bedürfnis sich zu bewegen, aktiv zu werden. Diese Krisen traten zwar nicht mehr so häufig und so intensiv auf wie in der ersten Zeit, aber die Wunde, die sie schon vernarbt geglaubt, hatte sich wieder geöffnet …

Sie warf einen Blick in den hohen Spiegel und war zufrieden … Wozu quälte sie sich eigentlich so? Sie ärgerte sich über die eigene Schwäche und redete sich ein: Angesichts vergangener Ereignisse kann man nichts anderes tun, als tapfer die Lehre aus ihnen zu ziehen!

Mit mechanischer Bewegung streichelte sie ihre festen Brüste, die rosafarbenen Spitzen, die sich auf der blaugeäderten Rundung karminrot färbten. Dann strich sie über ihren muskulösen Körper, über den flachen Leib, die runden Hüften, die langen Beine, und folgte, als wollte sie sie zeichnen, den Linien der Schenkel. Lächelnd stellte sie sich den Körper des Nackttänzers im Vergleich dazu vor.

Hatte sie nicht, genau wie er, einen sportlichen Körper, in dem sich die Schönheit aus dem natürlichen Rhythmus gebar? Genau wie ihm waren ihr die oberflächlichen Zwänge des Schamgefühls fremd … Eine Maske für Hässlichkeit und Heuchelei … Aber darin war sie ihm überlegen, dass in ihrem schönen katzenhaften Körper eine besondere Seele steckte, an der es ihm mangelte …

Stolze Freude erfüllte sie bei dem Gedanken an ihre zweifache Unabhängigkeit … Die Männer! … Sie lächelte verächtlich. Weil sie den festen Willen gehabt hatte, war sie ihnen physisch und moralisch ebenbürtig geworden. Und obwohl sie es sich nicht eingestehen wollte, in die bittersüße Rache mischte sich auch noch ein anderes, unbestimmtes Empfinden.

Einsamkeit? Unfruchtbarkeit? Herausforderungen, von denen sie bislang so gut wie nichts wusste. Aber die unsichtbare Larve wuchs schon heran in der prächtigen Frucht.

Sorgfältig und langsam machte sie sich zurecht, und um elf Uhr war sie fertig – in einem eleganten Kleid aus Silberlamé, das Dekolleté und Arme freiließ, während sich unter dem schweren Stoff ihr restlicher Körper abzeichnete. Schon hupte das Auto Pierre de Souzaies unter ihrem Fenster.

Ihr Erscheinen erregte Aufsehen. Er, lang und dünn in einem blitzblanken Frack, mit dem geschminkten Gesicht eines Lustknaben …

Sie war sofort von einem ganzen Hofstaat umgeben. Lucienne Marnier kam ihr entgegen, königlich mit ihrem roten Haar einer Dogaressa … Ein Turban aus Diamanten und Perlen, das Emblem des indischen Festes, funkelte auf ihrem Schopf und verströmte asiatische Pracht. Liebenswürdig ließ sie Monique an ihrem Triumph teilhaben.

In den Salons herrschte ein schreckliches Gedränge, obgleich Mademoiselle Marnier nur ihre engsten Freunde geladen hatte: aber von der belgischen Finanzwelt bis zur Pariser Boheme war alles erschienen, auch alle internationalen Berühmtheiten der Kunst- und Literaturszene. Monique bewegte sich in der lärmenden Menge vorwärts, immer wieder im Vorübergehen von ihren Bewunderern aufgehalten, und doch eilte sie voran wie auf Schwingen.

Die herzlichsten von ihnen waren ihre einstigen Freunde.

Die ganze Clique schien sich hier ein Stelldichein gegeben zu haben und umringte sie begeistert. Es schien, als hätte die Freundschaft zu Ginette Hutier und Michelle d'Entraygues nie aufgehört. Einstimmig pries man ihr Talent, ihre Grazie, ihr blühendes Aussehen …

»Und so weiter«, sagte sie und drückte der Generalin Merlin, die sich sehr um sie bemühte, kühl die Hand.

Plötzlich erlosch das Licht. Wie durch Zauber verstummte der Lärm nach einem langen »Aaaaaah!«. – Am Ende der Zimmerflucht erhellte sich das Allerheiligste, die korallenroten bestickten Vorhänge öffneten sich langsam und gaben den Blick frei auf die Kulisse mit den Schmelzpalmetten. Ein großer schwarzer Teppich aus glänzendem Samt bedeckte die gesamte Bühne.

Dann ertönte eine seltsame Musik. Das unsichtbare Orchester ließ seine schwermütigen Weisen erklingen. Der Vorhang fiel wieder, und gleichzeitig verhallte das Lied … Plötzlich, beim letzten Ton der sanften, durchdringenden Flöten, hob sich der Vorhang wieder inmitten eindrucksvollen Schweigens.

Kniend, mit ausgestreckten Armen, lag der Tänzer hingestreckt, die Stirn auf dem samtschwarzen Grund. Seine Blässe hob sich scharf von der perfekten Kulisse ab. Da, als die Kadenz der Harfen wieder einsetzte, erwachte der edle, wie aus Marmor gemeißelte Körper plötzlich zum Leben und richtete sich auf. Hingebungsvoll reckte Peer Rys seine jugendliche Göttergestalt einem imaginären Himmel entgegen. Seine nahezu überirdische Schönheit ließ ihn keusch erscheinen.

Monique, die atemlos den Bewegungen des Tänzers folgte, sah im Geiste die antiken Reigen der Triumphzüge des Bacchus vor sich. Sie entstiegen in ihrer heiligen Trunkenheit dem tiefsten Grunde aller Seelen. Der stärkste Augenblick, in dem Peer Rys, ein einzelner Mann, all diesen orgiastischen Taumel verkörperte.

Als er erschöpft niedersank, brach ein tumultartiger Beifall los. Die Vorhänge öffneten sich wieder, und der Triumphator erschien. Er grüßte lächelnd, sehr beherrscht und ohne eine Spur von Ermüdung. Der Erfolg war so groß, dass sich Monique in ihrer Begeisterung peinlich betroffen fühlte. Die Frauen waren aufgesprungen und schrien: »Zugabe! Zugabe!« Es war nicht mehr der Tänzer, es war der nackte Mann, der vollkommene Athlet, dem offenkundig ihr Beifall galt. Aber Peer Rys entzog sich bescheiden den Ovationen …

Wie kam es, dass Monique drei Stunden später in Anika Gobronys Atelier zwischen Peer Rys und Ginette beim Souper saß, während der Verkehrsminister vis-à-vis der Geigerin thronte, umgeben von Hélène Suze und Michelle d'Entraygues? Max de Laume, Pierre de Souzaies und Cecil Meere vervollständigten das unerwartete Ensemble …

Sie fragte nicht weiter danach, sie gab sich dem Vergnügen hin, in ihrem Tischnachbarn, wieder ganz der korrekte elegante Argentinier, einen Genossen von kindlicher Fröhlichkeit und Schlichtheit zu entdecken.

Während Monsieur Hutier mit der Würde eines Oberkellners leise die neunte Flasche Champagner entkorkte, war Anika aufgestanden, hatte die Lichter des Kronleuchters in der Mitte gelöscht und spielte auf dem Klavier einen tschechischen Marsch. Mit ihrem kurzen Haar, dem dunklen Teint und ihrem leidenschaftlichen Gesichtsausdruck erinnerte sie in ihrem leuchtend roten Samtkleid an einen Engel der Finsternis.

Hélène Suze und Michelle d'Entraygues verlangte es nach einem Tanz und sie umschlangen sich sofort. Pierre de Souzaies und Cecil Meere folgten ihrem Beispiel und drehten sich wild im Kreis. Max de Laume hatte seinen Mund an Ginettes Ohr gelegt und erzählte ihr so pikante Dinge, dass sie vor Behagen gluckste, während die sich selbst überlassene Exzellenz mit seligem Ausdruck ein Glas Champagner nach dem anderen herunterkippte. Monsieur Hutier betrachtete wohlwollend das vielversprechende Paar, das seine Frau mit Antinous bildete …

Monique lehnte in ihrem Stuhl und lauschte lächelnd den Galanterien, die ihr der leicht angetrunkene Peer Rys auftischte. Sie hatte einen schweren Kopf und nahm nur noch den metallenen Klang seiner Stimme wahr. Der Sinn der Worte kümmerte sie wenig. Sie wünschte sich gar nicht, dass er geistreich wäre, im Gegenteil, es war ihr für ihre Zwecke lieber, dass er war, was er eben war: eine schöne lustvolle Verheißung.

Er hatte sie um die Taille gefasst. Die Gedanken, die seit einigen Tagen in ihrem Unterbewusstsein schwelten, hatten sich plötzlich zu einem Plan geformt, der immer konkreter Gestalt annahm.

Die Klaviermusik war verebbt. In einem dunklen Winkel des Ateliers lagen Hélène Suze, Michelle und Anika Gobrony auf einem Berg von Kissen hingestreckt … Eine türkische Lampe tauchte ihre verschlungenen, nur schwer voneinander zu unterscheidenen Körper in diffuses Licht … Mit demselben gleichgültigen Blick stellte Monique fest, dass Cecil Meere und Pierre de Souzaies verschwunden waren und dass Ginette und Max de Laume, gefolgt von Monsieur Hutier, sich vom Tisch erhoben hatten. Letzterer war in einen tiefen Sessel gesunken, mit zweideutigem Blick, nicht weit von dem Diwan, auf dem sich die Ministerin und ihr Kavalier ausgestreckt hatten …

So genau sie auch über die Verderbtheit dieses Milieus Bescheid wusste, in dem sie sich früher mit traumwandlerischer Sicherheit bewegt hatte, fand Monique doch, dass ihre alten Freundinnen es ein wenig »toll trieben«. Peer Rys mit seinem klassischen Profil erschien ihr im Gegensatz dazu noch herrlich unverbraucht. Mit einem Händedruck ermutigte sie sein Werben …

Warum sollte sie schließlich den flüchtigen Augenblick nur halb genießen? Warum diese alberne Furcht vor einem Wagnis, über das sie in ihrer völligen Unabhängigkeit niemandem Rechenschaft abzulegen brauchte? … Ja, warum eigentlich kein Kind? … Ein Kind, das von ihr den gesunden Körper mitbekommen würde und eine Seele, die sich selbst ihr Leben erschuf? … Ein Kind, das von diesem Vater, den sie morgen vergessen haben würde, nur die wundervollen Gaben der Gesundheit und Kraft erbte …

Liebe? … Daran glaubte sie nicht mehr. Ein Zeitvertreib … Die Illusion, nicht vollkommen unnütz dahinzuleben … Ein Kind dagegen! Tatsachen schaffen … Gedanken … Leben erschaffen! … Stolz grüßte sie dieses neue Morgenrot, den erlösenden Gedanken … Ein Kind! Gesellschaft, Sinn und Zweck all ihrer Stunden! …

Monique warf einen letzten Blick auf den großen Raum, in dem das kalte Licht der Morgendämmerung sich mit dem Schein der verschleierten Lampen mischte. Graue Schatten verhüllten die nur noch halb bekleideten Gruppen, die eine Zuckung, ein Seufzer für Augenblicke belebte.

Sie stand rasch auf und zog ihren Gefährten mit sich fort: »Komm!«

IV.

Es folgten Wochen ungetrübten Glücks. Stolz genoss Monique die völlige Freiheit, die sie endlich gewonnen hatte. Die ungezügelte Lust, die sie kennenzulernen begann, verlieh ihr, die sie in ihrer Jugendlichkeit nach Sinnesfreuden dürstete, eine schier endlose Erquickung.

Bisher hatte ihr ein unbestimmtes Gefühl der Unterlegenheit, ein Groll über ihre Unterwerfung in den Armen derer, die sie zu besitzen glaubten, die Stärke ihrer Empfindungen vergällt, so lebhaft diese auch sein mochten.

Diesen Männern, deren Umarmung sie geduldet oder begehrt hatte, hatte sie sich immer im Augenblick der letzten Hingabe unterlegen gefühlt, weil die schöpferische Kraft des Liebesaktes, der sie sich noch entzog, mehr in ihnen lag als in ihr.

Sie fühlte sich tief gedemütigt bei dem Gedanken, dass von einem dieser flüchtigen Liebhaber, der einen Augenblick lang ihr Herrscher war, ihr restliches Leben abhängen sollte.

Und nicht nur über ihr eigenes Leben wären sie, wenn sie sich nicht vorsah, dauerhafte Gebieter, selbst wenn sie längst verschwunden waren! Sondern auch über ein Leben, das sie neun Monate lang mit ihrem Fleisch und Blut nähren, mit ihrem Atem beleben würde; über diesen Teil von ihr, ihren Nachwuchs!

War eine solche Möglichkeit nicht die schlimmste, die demütigendste aller weiblichen Sklavereien? Die Mutterschaft hatte nur Berechtigung und Größe, wenn sie offiziell genehmigt war. Besser noch … gewollt.

Natürlich hätte sie so gut wie jede andere durch vorherige Vorsichtsmaßnahmen diesem Naturgesetz ausweichen können … Aber sie konnte sich nicht vorstellen, dass sie etwa Briscot bitten sollte, ehe er sich ihr näherte, eines jener Präservative zu benutzen, die Michelle, ehe sie Marquise d'Entraygues wurde, zur Vorsicht immer in ihrer Handtasche bei sich getragen hatte! Wenn Monique auch jetzt über diese Idee lächelte, die sie früher empört hatte, so unterstrich in ihren Augen die Lächerlichkeit des Anblicks umso mehr die Heuchelei und Erniedrigung.

Die freie Wahl von Peer Rys zum Mitarbeiter an dem großen Werk, dessen Hauptschöpferin sie auf die Art doch blieb, verbannte all diese kleinen jämmerlichen Sorgen und jedes Gefühl der Abhängigkeit ins Aus … Sie kehrte zur Natur zurück und unterwarf sich freudig ihren Gesetzen. Sie kehrte als Ebenbürtige zurück.

Zur Wonne, sich ganz der Lust hinzugeben, gesellte sich das Glück, sich geschmeichelt zu fühlen. Dass sie sich für diese körperliche Vereinigung den Schönsten von allen auserkoren hatte, gab ihrem Stolz, den Mann nun seinerseits zu unterwerfen, einen himmlischen Auftrieb.

Die Dankbarkeit für die empfangene Lust, die so viele andere zu verliebten Sklavinnen macht, milderte bei ihr nur die unwillkürliche, aber stete Betonung ihrer Überlegenheit. Denn sie ließ ihn diese so oft fühlen, dass Peer Rys, der es bald überdrüssig war, in eine Rolle gedrängt zu werden, die er sonst den Frauen zuwies und der durch unzählige Eroberungen verwöhnt war, seine Unzufriedenheit zu erkennen gab.

Das sarazenische Blut, das trotz der Vermischung mit dem aller europäischen Völker in den argentinischen Adern überwog, und seine angeborene Überheblichkeit, die sich im Laufe seines Künstlerdaseins noch gesteigert hatte, bewirkte, dass er nur allzu geneigt war, sich gegen eine Geliebte zu empören, die es sich einfallen ließ, im wahren Wortsinn seine Herrin sein zu wollen. Unter seinem skandinavischen Decknamen war und blieb Peer Rys, der Sohn eines Italieners, doch nur ein heißblütiger Südländer.

Nach einem Monat hatte Peer Rys – der eigentlich Pietro hieß – genug. Der Nackttänzer stellte sich seine ideale Gefährtin züchtig verhüllt und häuslich vor. Ohne ihre Anmaßung wäre ihm Monique als die reizvollste Gefährtin erschienen. Aber sie war herrisch und reduzierte ihn (von dem Wunsche besessen, ein Kind von ihm zu bekommen) auf die Rolle eines Zuchthengstes. So wurde sie ihm unerträglich. Einen Sohn? … Den hatte er schon anderen gemacht, ohne so großes Getue!

Eine sonnige Gnadenfrist gewährten ihnen noch die letzten vierzehn Tage ihrer Liebschaft. Ostern fiel auf Ende April. Peer hatte erst Mitte Mai wieder ein Engagement; dann musste er nach London. Dort sollte er in den Salons der Aristokratie auftreten – allerdings machte man einen Lendenschurz zur Bedingung … Nach dem arbeitsreichen Winter hatte Monique ihrerseits Sehnsucht nach Ruhe und Einsamkeit. Er ließ sich von ihr entführen – eine Flucht in die Sonne … Auf nach Clairvallon!

Der wundervolle provenzalische Frühling empfing sie. Sie liebten die ruhige Villa mit Blick auf die Bucht von

Nizza. Die schwarzen Dächer der Schirmpinien reckten sich in den azurblauen Himmel. Der Rosmarin hatte ein Blütenkleid angelegt und sein blasses Blau erfüllte die frische Luft mit würzigen Düften. Vor ihnen lag spiegelglatt und strahlend das Meer.

Das erlöschende Feuer ihrer Liebe erhielt noch einmal neue Nahrung.

Monique begann um diese Zeit zu ahnen, dass ihr Wunsch sich nicht erfüllen würde: Die gefürchtete Monatsregel war trotz allem eingetreten. Und leidenschaftlich darauf versessen, Mutter zu werden, fand sie mit instinktiver Berechnung in der Heftigkeit ihres Verlangens das Geheimrezept wieder, ihm zu gefallen.

Die Illusion, er werde um seiner selbst willen geliebt, gab ihm die Naivität und Ursprünglichkeit seiner Gefühle zurück. Sie genossen die salzige Meeresluft. Ihre Jugend entfaltete sich in verschwenderischer Blüte. Alles erfreute sie: die tausend kleinen Dinge des täglichen Lebens in ihrer drolligen Schlichtheit … Ihre Nächte waren eine einzige Umarmung, und das nackte Verlangen gebar sich unermüdlich wieder, bis sie endlich in tiefen Schlaf fielen und am Morgen fröhlich erwachten.

Monique lernte den unersättlichen Durst nach Liebkosungen kennen. Mit Peers Küssen hatte sie die vollendete Sinnenfreude kennengelernt und so ihre schrittweise Aufnahme in den Tempel der Lust vollendet. Das Motorboot, in dem sie allein aufs offene Meer hinausfuhren, wohin das festgezurrte Steuer sie auch immer führte, der warme Sand der Felsbuchten, die duftenden Bergwiesen, dienten der Launenhaftigkeit ihres Begehrens als zufälliges Lager.

Eines Tages, als er sie mitten im Gebirge ganz unerwartet und heftig genommen hatte, wollte sie sich einreden, ihr Traum gehe in Erfüllung. Sie pflückte gerade unter den Pinien dunkelvioletten Lavendel, als Peer sich ihr näherte … Sie hatte ein gleichsam tierisches Stöhnen ausgestoßen und sich ihm dann völlig hingegeben. Im Angesicht des Himmels entfesselte sich in ihnen vollkommen frei die ganze Energie der Natur, der blinde Aufstand tausendjähriger Kräfte, die unbekümmert um anerzogene Keuschheit instinktiv für die Arterhaltung sorgten.

Später erinnerte sie sich noch lange mit sanfter Trauer an jene Stunde, in der sie sich eins gefühlt hatte mit der Seele der Natur …

»Meine Blumen!«, hatte sie gerufen, ehe sie weitergingen. Sie hob den duftenden Strauß auf, dann umschlang sie Peers von der Sonne gebräunten Hals. Er betrachtete zufrieden die Landschaft. Sie ärgerte sich darüber. Er sollte nur an sie denken! Sie hielt ihm den Lavendelstrauß unter die Nase:

»Riech mal!«

Er nieste. Da fing sie an zu lachen …

»Diese Blumen heb ich mir auf! Die werden in meiner Erinnerung nie verwelken.«

Zwei Monate später in Paris fand Monique amüsiert, aber gleichgültig einen der Stängel, der getrocknet zwischen zwei Seiten eines Buches lag, das sie nach Clairvallon mitgenommen hatte; sie hatte schon am ersten Abend darauf verzichtet, ihrem Gefährten daraus vorzulesen …

Das Ende ihres Aufenthalts war durch eine schmerzliche Enttäuschung getrübt worden. Das unerbittliche Erscheinen der Periode hatte sie zum zweiten Mal davon überzeugt, dass sie von ihrem Partner nichts zu erwarten hatte außer dem Austausch von Empfindungen, die ihr jeder andere wohlgestaltete und gesunde Athlet auch hätte schenken können.

Da war ihr Peer Rys in seiner tatsächlichen Nacktheit

erschienen: dumm, unwissend und eitel. Der Stolz, mit dem sie ihn bisher an ihrer Seite zur Schau gestellt hatte wie ein exotisches Tier, verwandelte sich unter den bewundernden Blicken, mit denen das ganze Hotel sie unaufhörlich verfolgte, in unüberwindliche Gereiztheit. Überall, im Restaurant, auf der Terrasse, in den Fluren, sogar auf ihren Spaziergängen verfolgten die Frauen mit zudringlichen oder verschämten Blicken »den Nackttänzer«. Wie ein eitler Gockel warf er sich in die Brust …

Oder er zog ein kleines Necessaire heraus, das einen Taschenspiegel, einen Kamm und Puderpapier enthielt, und beschäftigte sich in eifriger Sorgfalt mit seinem Gesicht, während sie mit ihm sprach. Sie hatte dafür nur noch mitleidiges Achselzucken übrig. Gekränkt suchte er von nun an jede Gelegenheit, um einen Streit zu beginnen.

Die Briefe, mit denen seine Verehrerinnen ihn verfolgten, boten ihm diesen Anlass. Früher hatte sich Monique dafür interessiert, von wem sie stammten. Weniger aus Eifersucht als aus einer Art wissenschaftlicher Neugier. Damit vergnügten sie sich zur Kaffeestunde. Gemeinsam öffneten sie die Post und machten ihre Randbemerkungen … Auf diese Gewohnheit hatte sie in den letzten Tagen verächtlich verzichtet.

Am Morgen vor der Abreise – sie tat, als sei sie ganz in die Zeitung vertieft – hüstelte Peer, den ihre Gleichgültigkeit ärgerte, und legte ostentativ einen parfümierten Umschlag auf den Tisch.

Schweigen. – Monique zuckte nicht mit der Wimper. – Da brach es aus ihm heraus:

»Ich sehe nicht ein, was ich hier noch soll, wenn du dich überhaupt nicht mehr um mich kümmerst! Zum Glück gibt es noch andere, die mir Gerechtigkeit widerfahren lassen, wenn du auch auf mich pfeifst!«

»Aber mein Lieber, die lass ich dir doch auch widerfahren! Du bist der schönste aller Tänzer, das steht ein für allemal fest!«

»Und der dümmste aller Männer, nicht wahr, wie du die klügste aller Frauen?!«

»Das hast *du* gesagt!«

Er erhob sich leichenblass:

»Jedenfalls ist der Dümmere von uns beiden der weniger Unnütze! … Ich kann doch wenigstens Kinder zeugen!«

Er zeigte ihr die Briefe:

»Da! So viel ich will! An Gelegenheiten fehlt's mir bestimmt nicht!«

Hochmütig maß sie ihn mit Blicken. Aber der Hieb hatte gesessen. Unnütz! Ja! … Und das Bewusstsein ihrer Unfruchtbarkeit wuchs plötzlich und vergrößerte noch ihre Einsamkeit …

Getroffen antwortete sie:

»Sei nur beruhigt! Ich halte dich wahrhaftig nicht zurück!«

Nach kurzem Nachdenken fügte sie mit melancholischem Lächeln hinzu:

»Du hast unrecht. Warum sollen wir uns zanken? Als gute Kameraden haben wir uns zusammengetan und als gute Kameraden wollen wir auch auseinandergehen.«

*

Peer Rys! Jetzt war er in Rom. Sie dachte mit freundschaftlichen Gefühlen an ihn, trotz seiner Fehler. Diese hatte sie freilich von Anfang an erkannt, aber sie hatte ihn ja nicht seiner intellektuellen Fähigkeiten wegen geliebt … Konnte sie ihm wirklich zürnen, weil er ihre Hoffnungen nicht erfüllt hatte?

Um diese Hoffnungen noch nicht aufgeben zu müssen,

machte sie ihn und nicht sich für den Misserfolg verantwortlich. Aber abgesehen von dieser Unzulänglichkeit, welchen Vorwurf konnte sie ihm gerechterweise machen, da sie mit ihm erst schöne, dann köstliche, dann weniger schöne Stunden verbracht hatte?

Es kam ihr nicht einmal in den Sinn, dass vielleicht sie ganz allein die Schuld an dem Misserfolg tragen könnte. Ebenso wenig fragte sie sich, warum sie so rasch der liebenswerten Eigenschaften Peers überdrüssig geworden war, die sie am Anfang so gefesselt hatten.

Sie war durchdrungen von ihrer moralischen Überlegenheit über die Männer in ihrer Umgebung und hatte wegen ihrer vernarbten Wunde einen Abscheu vor der Auffassung von Liebe zurückbehalten, die in ihren Kreisen üblich war; und auch Angst davor, wieder leiden zu müssen, wenn sie sich erneut einfangen ließe. Das waren Scheuklappen, die das fruchtbare Feld des Lebens für sie begrenzten und sie nur die Furche ihres eigenen eitlen Strebens erkennen ließen.

Peer Rys war zum Varieté zurückgekehrt, und Monique hatte zuversichtlich ihr Leben als Garçonne wieder aufgenommen. Was der eine nicht vermocht hatte, würde ein anderer fertigbringen. So hatte sie sich der Reihe nach verschiedene Männer ausgesucht.

Zuerst einen Abgeordneten aus dem Süden. Sie war ihm auf einem Dîner bei den Hutiers begegnet, und sein stolzes, feines Gesicht war ihr aufgefallen, dann hatte sie amüsiert auf seine klangvolle Sprache gelauscht. Wenn er auch sehr verliebt tat, sein Ehrgeiz und seine Überheblichkeit hatten sie bald enttäuscht.

Dann war es ein weit gereister Ingenieur mit römischem Profil gewesen, groß und breitschultrig, ein Bild von einem Mann. Er war Brücken- und Eisenbahnbauer, beschäftigte sich mit kühnen Unternehmungen und hatte sie mit seiner Offenheit, Klugheit und Weltgewandtheit beeindruckt. Aber nach drei Monaten waren die Hoffnungen, die sie in seine Männlichkeit gesetzt hatte, dahingeschwunden.

Jetzt begannen Monique Zweifel zu quälen. Lag die Schuld vielleicht doch bei ihr? Sie fasste den Entschluss, einen Arzt zu konsultieren, verschob das Vorhaben aber von Woche zu Woche. Die Stunden wurden immer kürzer und ausgefüllter, je zahlreicher die Geschäfte waren, deren eines das andere nach sich zog, und die ihr Einkommen und gleichzeitig auch ihren Arbeitseinsatz vergrößerten. Sie hatte die beiden benachbarten Läden anmieten können, und das große Firmenschild aus grünem Marmor mit den schlichten Goldlettern, das nun auch dort prangte, zierte der triumphale Zusatz: Innenarchitektur, Raritäten.

Ohne Bedauern hatte Monique die Teilnahme an den allabendlichen Soiréen eingestellt. Man sah sie nicht mehr in den Tanzlokalen und Varietés. Von zehn Uhr morgens an war sie bei der Arbeit und saß oft bis spät in die Nacht hinein, zeichnete, kolorierte ihre Skizzen, wenn sie nicht zufällig in der Stadt oder mit ihrem jeweiligen Freund zusammen speiste, von dem sie – nach dem Abgeordneten und dem Ingenieur immer noch, aber ohne noch stark darauf zu hoffen – das Kind erwartete, das, belehrt durch ihre eigenen Erfahrungen, ihren eigenen verfehlten Versuch zum Erfolg führen sollte.

Ihr Triumph auf dem gesellschaftlichen Parkett erfreute sie nur insofern, als er ihre materielle Unabhängigkeit sicherte. Die Gesellschaft ließ sich von einer Monique Lerbier, die berühmt war und glänzend ihren Lebensunterhalt verdiente, all das gefallen, was sie ihr zum Vorwurf gemacht hätte, wäre sie unbekannt und mittellos gewesen.

Diese aus Banalität und Unterwürfigkeit geborene Billigung gewährte ihr nur den einen Vorteil: Sie konnte (ohne die Gegenzeichnung eines mitverantwortlichen Teilhabers) freiwillig ein freies Geschöpf in die Welt setzen und es zur Verachtung der Sitten und Gesetze erziehen, unter denen sie selbst so grausam hatte leiden müssen.

Ein uneheliches Kind? … Was war dabei? … Es würde erhobenen Hauptes den Namen seiner Mutter tragen. Sie würde es schon bei seinen ersten Schritten aus der sozialen Gefangenschaft befreien. Sie würde es lehren, ohne Heuchelei zu lieben, was liebenswert war, und nichts zu lieben, was nicht würdig war, geliebt zu werden. Sie würde ihm so alle überflüssigen Worte und alles überflüssige Leid ersparen.

Ja, das erschien ihr nun als einziger Lebenszweck: ein Kind, das nur ihr gehören und auf das sie stolz sein würde. Der Mittelpunkt ihrer einsamen Tage und leeren Stunden, die weder Arbeit noch Lust ganz auszufüllen vermochten … denn dessen wurde man auf die Dauer überdrüssig.

Aber eines, was sie sich noch nicht eingestand, war dennoch ihr eigentlicher und tiefster Wunsch: die ungestillte Sehnsucht nach Zärtlichkeit und Liebe, die ganze Verzweiflung der einsamen Frau, einsam noch in der Zweisamkeit, die all ihre Versuche begleitete. Der Traum von einer Schwangerschaft bedeutete für Monique die gleiche heiße Sehnsucht nach Erfüllung, das gleiche Suchen nach gefühlsmäßigem Ersatz, das viele unglückliche Ehefrauen zu fanatischen Müttern werden lässt.

Dieses Empfinden hatte sich in jenem Augenblick ihrer bemächtigt, da ihre Hoffnung geschwunden war und das Gefühl eines neuerlichen Scheiterns sich unbewusst in ihre Seele geschlichen hatte. Von ihrem vierten, vergeblichen Versuch war ihr eine Trauer zurückgeblieben, die nach und nach zur Depression wurde. Sie löste diese Beziehung bald, zur wütenden Verzweiflung ihres Geliebten.

Es war ein gleichaltriger Maler, geistvoll und lebenslustig, der Landschaften und Porträts in rot-weiß gehaltenen Farbtönen kreierte … Er hielt seine Kunstauffassung zwar nicht für zwingend schlüssig, aber er gehorchte dem der Jugend eigenen Geschmack am revolutionären Bluff. Von ästhetischen Fragen war übrigens zwischen ihnen nie die Rede gewesen …

Glücklicherweise waren die Ferien nahe. Monique musste, um seinen Nachstellungen zu entgehen, abreisen und ihn auf eine falsche Fährte locken. Während er sie in der Schweiz suchte, vergrub sie sich in einem kleinen bretonischen Seebad: Rosmenidec, ein Nest zwischen zwei hohen Uferklippen.

Ein Fischerdorf mit fünf oder sechs Villen und einem ärmlichen Hotel.

Einen Monat lang lebte sie dort ganz allein und lehnte jeglichen Verkehr ab. Von früh an war sie draußen mit ihrem Skizzenbuch und ihren Stiften, kam erst mittags zurück, um schleunigst ihr Essen an der Table d'Hôte hinunterzuwürgen, ging dann wieder hinaus, um bis zur Badezeit zwischen den Felsen in der Sonne zu liegen … Und abends saß sie bis spät in die Nacht am Strand oder sie wanderte in der Gegend umher.

Eine heilsame Zeit der Besinnung, die ihr auch zunächst vorzüglich bekam. Aber bei der Berührung mit der gleichgültigen Natur, und auch bei der mit ihren Nachbarn – obwohl sie die Beziehungen auf das Unvermeidliche beschränkte –, fühlte sie sich bald noch viel einsamer, als sie es in Paris mit der Fülle ihrer Arbeit und der Menge der auftauchenden und verschwindenden Gesichter gewesen war …

Das Schauspiel der menschlichen Armseligkeit erschien ihr noch quälender inmitten des heiteren Glanzes der Umgebung, des Meers und des Himmels. In ihrer Ohnmacht hatte sie Lust, laut aufzuschluchzen vor dieser Unendlichkeit, die sie gestern noch gläubig liebte und deren Unbewegtheit sie jetzt bedrückte.

Da stellte sie zum ersten Mal seit ihrer Flucht in ihrem gequälten Herzen eine Bilanz auf. Mit der Freiheit hatte sie nichts gewonnen … Ihre Arbeit? – Was nützte ihr die, wenn sie nur ihre Verzweiflung nährte? In der Lust hatte sie nur einen falschen Abglanz der Liebe gefunden. Wenn sie kein Kind bekommen konnte, was blieb ihr dann?

Es nutzte nichts, dass sie sich länger belog: das war in grausamer Klarheit die Bilanz ihrer Vergangenheit. Ruinen, aus denen sie nichts gerettet hatte. Nicht einmal jenes Band, das den Menschen im Elend an die vergangenen Zeiten knüpft, an das Trugbild des heimischen Nestes …

Ihre Mutter? Die hatte sie seit dem Auftauchen Piombinos ein paarmal wiedergesehen. Ihr Vater? Auch den hatte sie in der Rue de la Boétie empfangen. Zuerst hatten diese Zusammenkünfte, nachdem die erste Peinlichkeit überwunden war, in ihr fast Rührung geweckt … Das starke Band der Erinnerungen schien ihr zwar überdehnt, aber nicht zerrissen. Sie fühlte sich wieder ein Stück weit als ihre Tochter … Aber bald hatte sie gespürt, dass sie Fremden gegenüberstand, die ihre Feindseligkeit unter vorwurfsvollem Lächeln verbargen.

Sie hatte ihnen nichts zu sagen gewusst als Gemeinplätze. Anderenfalls stieß sie sofort auf völlige, wie in Stein gemeißelte Verständnislosigkeit. Alle drei hatten bald genug voneinander gehabt … die Eltern waren zu alt, um mit ihr Schritt zu halten … und sie war zu aufrichtig für heuchlerisches Getue. Als sie sah, wie fest sie noch immer in ihrem Pfuhl verankert waren, nur noch kindischer geworden mit ihren Runzeln und weißen Haaren, hatte sie tiefe Trauer empfunden, wie vollständig sie sich von ihnen losgelöst hatte … Nichts hatten sie mehr gemeinsam, nicht einmal das Leid – da sie es so verschieden empfanden und trugen!

Sie saß am Strand, den Rücken gegen einen Felsen gelehnt, schöpfte mechanisch Sand und ließ die feinen Körner durch ihre Finger gleiten … So verflogen die Stunden, rannen, rannen unaufhaltsam, wie der Sand durch eine Sanduhr … ins Nichts der Vergangenheit!

Sie sah zu, wie die Möwen über der Brandung kreisten. Ihre weißen Bäuche streiften das Wasser, dann trugen die ausgebreiteten Schwingen sie mit mächtigem Schwung pfeilschnell davon. Vor der untergehenden Sonne türmten sich in der Ferne Wolkenschlösser … und stürzten langsam wieder zusammen. Sie sagte sich: die Zukunft! – Und mutlos ließ sie die Hände sinken … Um sie her war nur Einsamkeit … und später das Alter …

Von fern erklang ein Lied. Wohl ein Fischer, der seine Netze flickte … Klagend folgten die Töne einander wie eine ergebene Schicksalslitanei … Das ganze Elend, der ganze Mut des Seemannslebens im Kampf mit den Elementen … Monique schämte sich und riss sich zusammen.

»Ich bin ja verrückt«, sagte sie und stand auf. »Wie blind wird man, wenn man immer nur an sich denkt! Erstens steht es noch gar nicht fest, dass ich niemals Mutter werden kann. Und wenn doch? … Madame Ambrat lebt ja auch für die Kinder anderer Leute!«

Am nächsten Tag kehrte sie nach Paris zurück. Der September und mit ihm die Notwendigkeit, sich für die Wintersaison vorzubereiten, nahmen sie derart in Anspruch, dass sie erst Anfang Oktober Zeit fand, sich untersuchen zu lassen, wie sie es sich vorgenommen hatte … Mademoiselle Tscherbalief, deren Kusine im vorigen Jahr an einer Frauenkrankheit gelitten hatte, empfahl ihr Doktor Hilbour.

Sie ging ganz unbefangen zu ihm im Vertrauen auf sein Fachwissen und die Würde seines Amtes. Sie hatte erwartet, einem älteren kahlköpfigen Herrn mit Brille gegenüberzustehen, und fand stattdessen einen jungen Mann mit gestutztem Bart und fröhlichen Augen vor … Nachdem sie ihm den Grund ihres Kommens mitgeteilt hatte, sah sie sich, als der Arzt sie bat, sich niederzulegen, den Untersuchungsstuhl erst einmal misstrauisch an, obwohl sie genau wusste, wie eine derartige Untersuchung vonstatten ging …

Sie schloss die Augen und öffnete sie erst wieder, als sie die klangvolle Stimme Hilbours sagen hörte: »So. Ich danke Ihnen.«

»Nun, Herr Doktor?«, fragte sie eifrig und kleidete sich wieder an.

Er räusperte sich.

»Nun, Mademoiselle … Aber ich weiß nicht, ob es nicht besser wäre, um Ihnen alles zu erklären …«

Er wies auf eine Wandtafel und ergriff ein Stück Kreide.

»Überflüssig. Ich habe hinreichende anatomische Kenntnisse …«

Er betrachtete sie, ohne seine Überraschung zu verbergen. Dann sagte er bündig:

»Also! … Die Sache liegt so: Falls man nicht einen durchaus notwendigen Eingriff vornimmt – der nebenbei bemerkt ganz unbedeutend ist … höchstens … ein wenig schmerzhaft … Sie werden mich gleich verstehen: Die Anatomie Ihrer Gebärmutter macht jetzt jede Empfängnis unmöglich. Sie haben etwas Seltenes, um das viele Frauen Sie beneiden würden: eine Verengung des Gebärmutterhalses … Dabei ist keine Empfängnis zu befürchten … oder zu erhoffen … das kommt auf die Auffassung an!«, fügte er mit leichtem Lächeln hinzu …

»Und was könnte man dagegen tun?«

Er wies auf ein kleines Arsenal, das auf der Glasplatte neben dem eben gebrauchten Spekulum lag: verschiedene Klammern, Kolben und Katheter …

»Durch langsames Ausdehnen wird ein Weg gebahnt … Man könnte auch – als Radikalmittel – einen chirurgischen Eingriff vornehmen: Narkose, Ausschabung und ebenfalls Ausdehnung. Sie können wählen.«

Sie war sofort entschlossen.

»Versuchen wir Ihre Methode. Ich verlasse mich ganz auf Sie … Wann fangen wir an?«

»Wann Sie wollen … auf der Stelle, wenn Sie Zeit haben.«

»Ich habe Zeit. Bitte!«

Entschlossen streckte sie sich wieder aus. Vorsichtig – und mit einer Diskretion, für die sie ihm dankbar war – nahm der Arzt die erste Behandlung vor. Obwohl er zu jenen Ärzten gehörte, den die Reize ihrer Patientinnen nicht kaltzulassen pflegten, hatte Hilbour den Grundsatz, sie nicht von vornherein zu verschrecken. Seine Überraschungen sparte er sich für die folgenden Sitzungen auf, die in ihrer Wohnung stattfinden sollten.

Mutig hatte sich Monique trotz der empfindlichen Schmerzen der Behandlung unterworfen. Sie würde sie auch zweifellos fortgesetzt haben, wenn der Arzt nicht bei der dritten Sitzung ihrem Charme erlegen wäre. Der Doktor, der für Schamlosigkeit hielt, was tatsächlich Gleichgültigkeit war, gestattete sich plötzlich eine Bewegung, die über seine weiteren Absichten keinen Zweifel aufkommen ließ.

Bei diesem Übergriff hatte Monique ein unwiderstehlicher Ekel gepackt. Wütend setzte sie ihn vor die Tür.

»Ein netter Knabe, Ihr Doktor!«, bemerkte sie ein paar Tage später gefasst zu Mademoiselle Claire. »Aber vielleicht hat er Patientinnen, denen das gefällt!«

Die plumpe, permanente Geilheit der meisten Männer empörte sie. Tiere unterlagen dem Geschlechtstrieb doch wenigstens nur zu bestimmten Zeiten! … Was für eine Vorstellung hatte dieser unverschämte Mensch wohl von den Frauen im Allgemeinen und von ihr im Besonderen? Sie war doch kein Freiwild! Sein Vorgehen kränkte sie mehr als die gemeinste Beleidigung.

So mischte sich neuer Ekel in ihren Kummer, sich unfruchtbar zu wissen. *Das* war sie also in den Augen dieses Schufts, der darin allen anderen glich, die ihr aus größerer oder geringerer Entfernung den Hof machten: ein Vergnügungsobjekt! – Wer kümmerte sich darum, was sie dachte und empfand, um das Beste in ihr? Niemand! Was hatte sie von einem Leben zu erwarten, in dem niemals uneigennützige Liebe ihrer harrte? An was sollte sie ihr Herz hängen zum Ersatz für die stete Gesellschaft, die ein Sohn oder eine Tochter ihr gewesen wäre, zum Ersatz für die hehre Aufgabe, eine junge Seele zu formen? Welcher Mann war der Mühe wert? Welche Aufgabe würde die Leere ihres Lebens ausfüllen?

Den Gedanken, dass nicht alle Ärzte jenem einen glichen, dass er vielmehr eine Ausnahme bildete, die die Regel des beruflichen Anstands bestätigte – auch den Gedanken, dass mit ein klein wenig Geduld im Ertragen physischer Schmerzen sie die Fähigkeit erringen könnte, die ihr augenblicklich fehlte – diese beiden Argumente, die ihr zu anderer Zeit einen anderen Entschluss eingegeben hätten, wies sie weit von sich, so groß war die Depression, die sich ihrer bemächtigt hatte. Und wozu sollte sie den chirurgischen Eingriff vornehmen lassen, wenn niemand da war, der sie liebte, niemand, den sie liebte?

Von nun an hatte sie nicht mehr die Kraft, gegen den Strom zu schwimmen. Sie war sich zwar darüber klar, dass jedes Nachlassen ihres Willens ihre Schwäche vervielfachte. Aber sie gab sich mit geschlossenen Augen dem Schicksal hin, das sie fortriss …

Ein Ereignis, das bei ruhiger Betrachtung nichts Erstaunliches gehabt hätte, dessen Plötzlichkeit sie aber überraschte, reizte ihre Menschenfeindlichkeit bis zum Äußersten.

Piombino, der seit seinem vergeblichen Versuch nicht nachgelassen hatte, sie zu verfolgen, war zufällig bei einem großen Dîner, das Madame Bardinot gab, ihr Tischherr. Vorwand: eine Feier anlässlich der Ernennung von Monsieur Bardinot zum Präsidenten der Europäischen Petroleum-Union. Wahrer Grund: dem Baron eine Unterredung zu erleichtern, von der seine Besessenheit sich eine formidable Lösung versprach. Seine unglückliche Liebe war zur fixen Idee geworden. Er hatte die Kraft, sich bis zum Ende der Mahlzeit zusammenzunehmen. Aber beim Dessert hielt er es nicht mehr aus; mit hochrotem Kopf streifte er Moniques Bein mit seinem Knie.

Sie wandte dem Dickhäuter ihr empörtes Gesicht zu:

»Was fällt Ihnen ein? Sind Sie krank?«

Er schnaufte, die Augen fest auf ihren Ausschnitt geheftet, aus dem ihre zarten Schultern, ihre blanken Arme, der samtweiche Rücken emporstiegen. Man stand gerade vom Tisch auf; sie war gezwungen, ihre Hand auf seinen Arm zu legen, den er ihr ungeschickt bot. Da schüttete er ihr mit seiner weinerlichen Stimme und in ehrlicher Erregung sein Herz aus:

»Hören Sie mich an: Ich liebe Sie … Sie haben sich

geweigert, meine Villa im Park Monceau zu möblieren. Warum? … Ich hätte diese Ehre mit 200.000 Francs Honorar und einem Kredit von einer Million bezahlt! Mehr noch, wenn Sie gewollt hätten! Ihnen zu Gefallen würde ich alles hingeben, was ich besitze … alles …«

Sie lachte unverschämt:

»Ich habe mich geirrt. Sie sind nicht krank, Sie sind nur verrückt!«

Sie traten in den Salon. Rasch ließ sie den Arm des Barons los. Aber er hatte ihre Hand ergriffen und zog Monique in eine von einem Paravent verdeckte Ecke.

»Ich weiß ja, Geld spielt für Sie keine Rolle. Sie sind reich, und später werden Sie einmal so reich sein, dass Sie nicht wissen, wohin mit Ihrem Geld …«

»Da irren Sie sich! Es gibt Arme genug in Frankreich! Und in Russland sterben Millionen an Hunger. Geben Sie denen erst mal das, was Sie mir angeboten haben, dann werden wir sehen, ob ich Ihnen die Ehre zuteil werden lasse, für Sie zu arbeiten.«

Die Hungersnot an der Wolga, wo sich an den Kirchhofstoren die Kinderleichen zu Bergen auftürmten, wo das Elend die Menschen zu Kannibalen machte, die Vision dieser Gräuel, die ein Volk vernichteten, dessen brüderliches Blut zwei Jahre lang im gigantischen Gemetzel des Krieges geflossen war, ließ Monique erbleichen … Die Millionen, die die Piombinos, die Ransoms, die Bardinots damals aus dem Wollstrumpf der Bauern und dem Kassenschrank der Bürger gesogen hatten, Millionen, mit denen all diese Schurken sich im Vorübergehen die Hände gesalbt, und deren Schuldverschreibungen der doppelte Abgrund des Krieges und der Revolution verschlungen hatte – dieses Krebsleiden hatte alle Solidarität zerfressen!

Das war die Menschlichkeit? Das Leben? … Überall Lüge und Unterdrückung! Und da gab es noch Leute, die von Grundsätzen zu reden wagten? … Die für Ordnung, Recht und Gerechtigkeit einzutreten wagten? … Während sie doch nur daran dachten, sich den Bauch zu füllen und ihrem Geschlechtstrieb nachzugeben!

Piombino erschien ihr plötzlich als die Verkörperung dieser gierigen Bande, er stellte für sie das ganze Geschlecht der Schieber dar, das sich am Elend der Völker mästete. Beim Anblick dieses stolz zur Schau getragenen Wanstes bewunderte sie die Geduld all der hohlwangigen Gesichter, all der Elendsdulder in den Arbeiterhöhlen, diese Menge, die wie Vieh in verlausten und verseuchten Löchern zusammengedrängt lebte …

Welcher Bankrott eines blinden und lähmenden Wahlsystems, dessen Betrug Derartiges gestattete! In diesem Augenblick hatte sie beinahe Verständnis für die Bomben der Anarchisten und die Explosion ihres Zorns … Sie korrigierte sich: Die Bomben sind ebenso blind! Ein unnützer, schädlicher Lärm! Repressalien, die andere Repressalien nach sich ziehen! Es ist nichts zu machen, solange die Maschinengewehre, die jetzt noch in den Händen der Kapitalisten sind, nicht ihren Herrn gewechselt haben …

Öfter schon – beim Verlassen der Nachtlokale, wo Hampelmänner und Marionetten mit Schätzen von Brillanten und Perlen beladen vor ihren Augen in einer Stunde das verschwendet hatten, was genügt hätte, all die Unglücklichen, die schlotternd vor den Türen standen, einen Monat lang zu ernähren –, war ihr das hohläugige Gespenst, die Vision der Revolution erschienen. An diesem Abend sah sie es noch deutlicher. Es steigerte ihre Empörung, als sie die Augen wieder hob und ihr Blick den ganzen Salon der Bardinots erfasste.

Der Finanzminister war anwesend, den der Nationale Block unter dem Vorwand der republikanischen Etikette zum Dienst der internationalen Großbanken abkommandiert hatte. Da waren Geschäftsleute mit Rabenschnäbeln im schwarzen Frack, andere mit den schweren Hängebacken verkleideter fetter Schweine. Politiker, die aus allen Knopflöchern Gleichgültigkeit schwitzten, und Frauen, so spärlich bekleidet, als hätten sie sich fürs Bett zurechtgemacht. Und vor ihr stand Piombino mit glänzenden Augen.

»Abgemacht!«, schnarrte er. »Und da Sie nichts von mir nehmen wollen, eröffne ich ein Konto von zwei Millionen für die Innenarchitektin …«

Der Gedanke, wenn auch nur mit ein paar Tropfen Goldes, einem Leid abhelfen zu können, so groß, dass es alle Vorstellungskraft überstieg, besänftigte sie. Sie murmelte:

»Vielleicht. Aber Sie wissen ja: Das Geld geben Sie, aber die Frau bekommen Sie nicht dafür!«

»Ja … ja …«, stöhnte er. »Ach, wenn Sie doch wollten! … Werden Sie nicht böse: Baronin sein, in meiner Umgebung leben … Sie könnten alles (er betonte nachdrücklich), alles tun, wozu Sie Lust haben … Niemals würde ich Ihr Schlafzimmer betreten! … Nie …«

In seinem Blick las sie den ganzen Umfang seines Anerbietens. Geliebte! Ja, er würde sie ihr nötigenfalls sogar selbst zuführen! … Und durchs Schlüsselloch gucken, wie Hutier! … Ihr wurde so übel, dass ihr schwindelte. Mit leichtem Achselzucken drehte sie ihm wortlos den Rücken zu. Er folgte ihr hartnäckig.

Da warf sie ihm, seine Sprechweise nachahmend, hin:

»Nie … hören Sie … Niemals werde ich für Sie arbeiten, wenn Sie noch einmal davon anfangen!«

Piombino wurde grün im Gesicht und wiederholte:

»Nur weniger fern von Ihnen sein … Ihren Duft atmen können … Sie würden frei sein … vollkommen frei …«

Da brach es rasch mit dumpfer Stimme aus ihr hervor:

»Sie sind widerlich! Sehen Sie denn nicht, wie sehr all das, was Sie sagen, und erst recht das, was Sie nicht sagen, Sie erniedrigt und mich besudelt? … Nein, schweigen Sie! Sie und Ihr Geld bedeuten für mich alles, was schändlich ist auf der Welt, die ganze Niedertracht und Grausamkeit der Männer … Ihr Wunsch besudelt mich, Ihr Luxus stößt mich ab! Sie sind …«, sie hielt inne. »Nein, lassen Sie nur, es ist ja sinnlos, Sie würden mich doch nicht verstehen!«

»Wie hart Sie sind!«, seufzte er.

Sie betrachtete ihn in seiner dickbäuchigen Kläglichkeit:

»Nein, Sie können das nicht verstehen … Lassen wir's also. Ich bin heute Abend schlechter Laune … Man hat mitunter solche Tage! … Da genügt nur noch ein Schmutzspritzer, der letzte, und das Herz läuft über.«

Er schluckte die Beleidigung hinunter und verneigte sich demütig:

»Ich bitte um Verzeihung! … Ich wollte nicht … ich wusste nicht … Unglücklich? … Sie? … Wer konnte das ahnen? … Seien Sie beruhigt, ich rede niemals, niemals wieder davon … Um mir zu beweisen, dass Sie mir verzeihen, gestatten Sie mir nur, Sie zu beauftragen … wann Sie wollen … wann Sie können … um mein Haus neu einzurichten … ja, durch Mademoiselle Claire, wenn es Ihnen lästig ist, sich selbst damit abzugeben! Damit ich nur irgendetwas um mich habe, das von Ihnen stammt! Nein! Nein! … ich sage ja nichts mehr … Morgen schicke ich Ihnen einen Scheck über 300.000 Francs für Ihre Bedürftigen … Wenn Sie mir nur nicht mehr böse sind, wenn ich Sie nur mitunter von Weitem sehen darf … Danke … Danke!«

Sie betrachtete ihn mitleidlos: Er sabberte vor Angst, erneut angefahren zu werden, und unter seiner Angst spürte sie trotz allem die verschlagene und ausdauernde Hoffnung des Multimillionärs, für den letzten Endes alles käuflich ist. Madame Bardinot eilte lächelnd herbei, um ihrer Vermittlerrolle gerecht zu werden. Monique nutzte die Gelegenheit, um sich brüsk zu verabschieden.

Pony protestierte:

»Aber so bleiben Sie doch noch! Marthe Renal wird uns nach der Oper etwas vorsingen …«

Aber Monique schüttelte heftig den Kopf:

»Nein! Nein! Ich hab' zu tun. Da, für den Baron!«

Madame Bardinots Gesicht verklärte sich entzückt. Sie witterte die großzügige Vermittlungsgebühr und erkannte in dem höhnischen »Adieu!«, das ihr zugeworfen wurde, nicht den ironischen Sarkasmus.

»Arbeit!«, wiederholte Monique, während sie unauffällig von dannen zog … »Für das Behagen und die Eitelkeit dieser Rüpel arbeiten! … Ach! Wenn es nicht dazu dienen sollte, Wunden zu heilen, die schlimmer sind als die meinen! …« Deswegen beurteilte sie ihre Tätigkeit nicht weniger streng: eine an sich überflüssige Arbeit … Eine Zerstreuung für Müßige …

Mit finsteren Gedanken ging sie heim.

V.

Von nun an ließ sie sich nur noch treiben.

Die Stunden flossen eintönig dahin trotz aller Zerstreuung. Monique bewegte sich in einer Art moralischer Grauzone. Ihre Lebensenergie war nicht mehr stark genug, um sie vor der Entgleisung zu bewahren. Nach der inneren Genesung, die zu erreichen ihr zuvor gelungen war, bedeutete dies einen neuerlichen Absturz, und diesmal, wie sie meinte, war er unwiderruflich. Sich wehren? Wozu? Sie glaubte an nichts mehr.

Das dunkle Empfinden eines Lichts, das im Innern aller Wesen und auch in ihr noch leuchtete in der Finsternis des Unterbewusstseins, hob sie dennoch, ohne dass sie selbst es bemerkte, über den Dreck hinaus, in dem sie ohne Bedauern und Reue für immer zu versinken meinte.

Monique blieb wider Willen eine jener so ursprünglichen, aufrechten Naturen, die ein Herumwerfen des Steuers im gleichen Augenblick wieder aufzurichten vermag, in dem sie zu scheitern scheinen. Aber diese Überzeugung teilten nur zwei Menschen, die sie genau kannten und auf sie einen Teil der Liebe übertrugen, die sie einst für Tante Sylvia empfunden hatten.

Madame Ambrat und Professor Vignabos hatten voller Kummer bemerkt, dass Monique sich von ihnen zurückzog und immer seltener die Gelegenheit zu einem Zusammentreffen nutzte. Aber nach dem letzten Essen in der Rue de la Boétie, wo Monique in dem plötzlichen Bedürfnis nach einer Aussprache ihre ganze Bitterkeit ausspie, fügten sie sich traurig ins Unvermeidliche.

Sie selbst fühlte sich seitdem gezwungen, diesen betrübten, wissenden Blicken auszuweichen. Das Urteil der alten Freunde brauchte nicht erst ausgesprochen zu werden. Sie erriet ihren Vorwurf, und er traf ihren Stolz umso empfindlicher, als die beiden in ihr das Andenken der Verstorbenen und die guten und schlimmen Zeiten von früher wachriefen …

Nie mehr wandte sie jetzt ihren Blick zurück. Sie lebte nur noch in der Gegenwart, übrigens eine Veränderung, die den meisten wohl gefiel. Sie hatte sich mit ihnen geeinigt und lebte auf dem gleichen niedrigen Niveau dahin, wie sie. Essen, Trinken, Schlafen, und daneben das ganze Programm der Freuden, die all diese Männer und Frauen in jeglichen denkbaren Ausschweifungen fanden. »Sie wird vernünftig«, hieß es von ihr.

»Das ist Ihrer nicht würdig!«, hatte Madame Ambrat eines Tages gesagt, als sie sich trotz allem entschlossen hatte, beim Vorübergehen an den prunkvollen Schaufenstern, deren Dekoration jetzt ganz allein dem raffinierten Geschmack Mademoiselle Claires überlassen blieb, bei Monique vorbeizuschauen.

Mademoiselle Claire hatte die Leitung des künstlerischen Teiles übernommen. Monique verließ sich so vollkommen auf sie, dass sie ihr nur noch in groben Zügen alle bedeutenderen Ausstattungsdetails angab. Und der Geschäftsführer Monsieur Angibault sorgte für die nötigen Gelder.

In dem kleinen Empfangssalon stand Monique, die eben erst – es war zwei Uhr Nachmittags – aufgestanden war, Madame Ambrat gegenüber und wiederholte seufzend:

»Aber nein! Ich schwör es Ihnen … das Leben ist im Grunde ziemlich amüsant! … Anfangs habe ich es tragisch genommen und dann viel zu ernst … Das war falsch. Es ist nur eine Farce. Und wenn man es von der komischen Seite nimmt, und vor allem nicht übertreibt, denn im Grunde ist ja nichts wichtig, dann kann man es sogar sehr gut haben! … Das ist der Weisheit letzter Schluss: Man sollte sich nichts daraus machen.«

Madame Ambrat betrachtete traurig Moniques bleiernen Teint und ihre schlaffen Arme.

»Traurige Weisheit!«, flüsterte sie.

»Jedenfalls die beste!«

»Und das sagt eine Frau! Das sagen *Sie*, Monique …«

»Aber sicher! Warum sollte eine Frau, die weder Mann noch Kinder hat – die nicht einmal Eltern hat … denn meine Eltern, nun ja … sich mit Skrupeln quälen, die die Männer nicht haben? An die Tatsache müssen Sie sich gewöhnen. Jeder lebt sein Leben! Und der Tod holt uns alle ein! … Vor allen Dingen bedauern Sie mich nicht, weil ich jetzt das Leben einer Garçonne führe.«

Madame Ambrat machte eine hilflose Gebärde. Da müsste man zu viel reden! Sie hatte Monique zärtlich umarmt, denn sie glaubte trotz allem an sie, und war gegangen – in Eile – wie immer. Sie war eine jener mageren Frauen in den Vierzigern, alterslos und beinahe geschlechtslos, die niemals Mutter gewesen sind und sich nun mit dem ganzen Elan ihres unbefriedigten Mutterinstinkts auf den trügerischen Ersatz der erzieherischen Aufgabe werfen. Die Gewohnheit des Lehrberufes hatte ihr eine trockene Autorität verliehen, unter der jedoch Leidenschaft glühte.

Monique lauschte gähnend dem Bericht, den ihr Mademoiselle Claire erstattete: Baron Piombino sei entzückt über sein neues Raucherzimmer in geflammtem Erlenholz und grauem Samt … Er ließ der »gnädigen Demoiselle« seine ehrerbietigen Grüße sagen. Die Entwürfe für die Dekorationen des neuen Stücks von

Fernand Dussol würden heute Abend fertig … Madame Hutier habe schon zweimal angerufen. Sie würde sich später nochmals durchstellen lassen …

»Gut. Danke schön, Claire.«

Monique unterdrückte ein neuerliches Gähnen. Nichts interessierte sie mehr … Eintönig breitete sich der Tag vor ihrem gelangweilten Blick aus. Im Vorübergehen blieb sie vor einem Spiegel stehen, der ein Gewirr von Stoffen sehen ließ, die in breiten violetten und goldenen Bahnen herabfielen; sie schaute missvergnügt hinein …

»Was für verquollene Augen! Allerdings kein Wunder nach einer solchen Nacht!«

Sie hatte die ganze Nacht allein mit Anika Gobrony Opium geraucht. Köstliche Stunden für die halb betäubten Sinne, aber am nächsten Morgen hatte sie dann ein Gefühl der Leere und des Ekels vor allem, was nicht mit der beruhigenden Vernebelung des Opiums zu tun hatte. Stunden eines Nirwana, das lange Plaudereien zwischen den einzelnen Pfeifen unterbrachen. Müßige Stunden, in denen die beiden, zu seiten des Opiumtischchens ausgestreckt, einander unendlich lange belanglose Geschichten erzählten …

Sie fuhr auf. Das herrische Klingeln des Telefons erklang – sie hatte jetzt geradezu eine pathologische Angst vor diesem brutalen Läutwerk, wie vor dem Eindringen lästiger Störenfriede in ihr Siechtum.

Monsieur Anibault streckte seinen pedantischen Quadratschädel herein:

»Madame Hutier.«

»Ich komme.«

Monique seufzte. Die Zerstreuungen, die Ginette ihr vorzuschlagen pflegte, amüsierten sie nicht sonderlich. Aber schließlich war ja sowieso alles egal!

Sie hatte sich nach und nach wieder von ihren früheren Bekannten einfangen lassen. Hélène Suze, Michelle d'Entraygues, Madame Hutier und Pony waren wieder ihre intimen Freundinnen geworden, Sie fand sogar an diesem täglichen Verkehr ein Vergnügen, das sie früher nicht gekannt hatte, solange sie der Mentalität dieser Menschen völlig fremd gegenübergestanden und ihnen jenen Müßiggang und jene Sittenverderbnis vorgeworfen hatte, die heute von ihr selbst Besitz ergriffen hatten.

Ein wenig Melancholie mischte sich in diese Freundschaften, die sie hinabzogen in den Morast. Unbewusste Erinnerung an die Vergangenheit – das Bild jener Monique, die sie einmal gewesen war, in den Tagen der Illusion, als sie sich anschickte, in eine glänzende Zukunft hinauszusegeln …

Sie stand da, den Hörer am Ohr, und lächelte vielsagend:

»Nein, heute Abend ganz unmöglich. Ich esse mit Zabeth und soll sie dann mit zu Anika nehmen …«

»…«

»Ja, sie hat noch nie geraucht. Es amüsiert sie.«

»…«

»Eben! Die Klarheit, die geistige Gelöstheit, die das mit sich bringt … Das verträgt sich sehr gut mit der Theosophie.«

»…«

»Ja, mit dem Spiritismus auch! Man sieht doppelt.«

»…«

»Na also, Schatz, wenn dir gar so viel daran liegt, könnten wir's vielleicht so machen. Kommt uns nach dem Essen abholen … Wo? Im indischen Restaurant … Ihr wisst wo, ja? Am Montmartre … Jawohl, stimmt. Dann werden wir weitersehen. Vielleicht ist sie dann sogar entzückt. Man kann in jedem Alter noch was für seine Bildung tun … Ja! … Auf Wiedersehen, Herzchen!«

Sie hängte auf. In ihren müden Augen erlosch der Funke, den der lasterhafte Vorschlag darin entzündet hatte. Monique warf einen finsteren Blick auf den kleinen Salon, in dem sie früher zwischen den Terminen so gerne gearbeitet hatte. Unvollendete Skizzen lagen auf der Schreibplatte des Sekretärs. Der Raum erschien ihr leer, leer wie der Tag, der nun wieder begann. Leer wie ihre ganze Existenz.

Sie klingelte nach Mademoiselle Tscherbalief und musste ein krankhaftes Gähnen unterdrücken. Mademoiselle Tscherbalief erschien und sah sie durchdringend an.

»Ich gehe wieder hinauf, Claire, und möchte nicht gestört werden. Ich gehe bis zum Dîner aus.«

»Trotz der Verabredung mit Mademoiselle Marnier?«

Die kunstbegeisterte Dogaressa – die ihren belgischen Geschäftsmann und ihre Wohnung in der Rue Lisbonne gegen einen amerikanischen Businessman und eine Villa in der Avenue Friedland eingetauscht hatte – wollte sich vollständig neu einrichten.

»Sagen Sie ihr … sagen Sie ihr, was Sie wollen. Ich bin im Voraus mit allem einverstanden. Guten Abend.«

Schleppenden Schrittes stieg sie wieder in das Zwischengeschoss hinauf, das – seit Peer Rys, dem Abgeordneten, dem Ingenieur und dem Maler – kein Mann mehr betreten hatte. Die Konsultation des Doktor Hilbour hatte sie von überflüssigen Liebschaften kuriert. Da sie, wie sie Madame Ambrat gesagt hatte, das Leben einer Garçonne führte – entsprechendes Domizil inbegriffen –, schlief sie, wo ein zufälliges Abenteuer es gerade wollte. Meist in den beiden kleinen Zimmern, die sie sich zu doppeltem Zweck am Montmartre eingerichtet hatte. Wenn sie aus den Varietés und Nachtlokalen kam, die sie wieder eifrig besuchte, war dieses Domizil, nur mit einem riesigen Diwan möbliert, sehr bequem.

Ein gutes Sprungbrett für die immer häufiger werdenden Opiumexesse, und zuweilen eine Kulisse für sexuelle Abenteuer. Von ihren endlosen Sitzungen bei Anika hatte sie als Opiumsüchtige das Bedürfnis mitgebracht, ihr eigenes Raucherkabinett zu besitzen, und von ihren improvisierten Liebesabenteuern (meist zu dritt oder zu viert) den Wunsch nach einem ausreichend geräumigen Übungsfeld …

Lässig streckte sie sich. Dann schloss sie die Läden gegen das Tageslicht und streckte sich wieder auf dem zerwühlten Bett aus. Mit geschlossenen Augen wartete sie lange Zeit auf den Schlaf. Sie dachte mit einem Ekel, in den sich auch Gewissensbisse mischten, an die lärmende Straße, an den Laden, wo Claire und Angibault sich abmühten, an die Sonne, deren Glanz über dem geschäftigen Treiben der Stadt lag … Und wie betäubt fühlte sie sich wohlig ins Nichts versinken.

Sie erwachte erst, als der Abend dämmerte, mit dem Gefühl, wieder einen Tag vergeudet zu haben. Aber was machte das? Sie hatte die Nacht zum Tag gemacht … Mit der Nacht, in der sie – wenn der Opiumrausch mithalf und unvermutete Begegnungen ein wenig Abwechslung in dieses ewige »Wozu« brachten – erst wirklich intensiv zu leben meinte. Um sich in gewohnter Manier zurechtzumachen, brauchte sie unendlich viel Zeit, vertrödelte sich bei der Auswahl und Zusammenstellung von Kleidern, während sie sich doch früher so rasch und selbstverständlich angezogen hatte … Nichtigkeiten, die endlich die neunte Stunde heranbrachten, zu der sie gewöhnlich speiste.

Jetzt war's erst acht, als sie die Klingel hörte und gerade den in Rouge getauchten Finger bereit hielt, um sich ihre Wangen zu färben …

»Zabeth? Schon? … Ach, ich hab' mich verspätet!«

»Komm herein!«, rief sie, als die Zofe Lady Springfield anmeldete.

Mit flüchtiger Rührung sah sie in ihrem Spiegel, wie auf dem plötzlich wiedererstandenen Grunde ihrer Jugend ihre einstige Freundin erschien. Hoch aufgeschossen und gertenschlank, hatte sich Lady Springfield, abgesehen von dem reichlich ausgeschnittenen Kleid, so wenig verändert, dass Monique Elisabeth Meere von früher gegenüber zu stehen meinte …

Das blasse Gesicht hatte noch immer den eigenwilligen und zugleich ein wenig rätselhaften Ausdruck, von dem Tante Sylvia gesagt hatte: Elisabeth ähnelt einer Grabplatte, die ein Geheimnis verbirgt.

Ohne sich umzuwenden, bot Monique ihr den Hals dar:

»Küss' mich, aber mach mir keinen Fleck mit deinen roten Lippen!«

Zabeth lachte:

»Mein Lippenstift ist trocken, der färbt nicht ab … Schämst du dich denn gar nicht? Du bist ja noch im Hemd!«

Monique legte langsam das letzte Make-up auf … ein wenig blauen Lidschatten noch …

»Schon fertig. Die Seidenstrümpfe hab' ich schon an.«

Sie stand auf. Unter dem Kimono trug sie nur ein kurzes Unterkleid. Lady Springfield betrachtete sie entzückt:

»Wie schön du bist!«

Und errötend fügte sie hinzu:

»Du warst es schon immer …«

Ihr auf Moniques Brüste gerichteter Blick beschwor den schwülen Abend wieder herauf, als sie in der Gewitteratmosphäre die Rundungen ihrer Brüste verglichen hatten. Instinktiv streckte die Engländerin ihre Hand aus und streichelte die schönen Früchte … Da errötete auch Monique … Sie empfand eine unbestimmte Scham. Indessen war die Berührung ihr angenehm, und so flüsterte sie mit sanfter Stimme die gleichen Worte, die sie damals ausgesprochen hatte, aber in verändertem Tonfall: »Lass das! Was fällt dir ein? …« Zabeth lächelte so eindeutig, dass ihr eigenwilliges Gesicht diesmal gar nichts Rätselhaftes mehr hatte. Und amüsiert fragte Monique nun ihrerseits: »Schämst du dich nicht?«

Lady Springfield schüttelte energisch den Kopf. Nein! Sie schämte sich nicht … Warum sollte sie sich auch schämen? Ihr Mann war zu sehr in Staatsgeschäfte vertieft, um sich um Gefühle zu kümmern. Er hatte ihr zwei Kinder gemacht, so wie man Bäume pflanzt. Ihre Erziehung? Zunächst war das Kindermädchen dazu da; später würde das Collège kommen … Und der Spiritismus, oder besser gesagt, die Theosophie, befriedigte zwar die geistige Neugier, aber Lady Springfield war auch jenen Freuden nicht abhold, die inzwischen Gestalt angenommen hatten. Und welche Gestalt könnte wohl anmutiger sein als die einer schönen Frau? Ganz besonders Moniques Körper, den sie so lange begehrt hatte, beschäftigte ihre Erinnerung. Ein reservierter und daher umso wertvollerer Platz.

Ausgelassen speisten die beiden Freundinnen allein in dem kleinen Restaurant, das Monique Ginette Hutier angegeben hatte. Es war nur Eingeweihten bekannt, seiner exotischen Küche wegen. Mit Curry und rotem Pfeffer reichlich gewürzt, ließen die Speisen den gut gekühlten Champagner noch besser zur Geltung kommen. Ein Paukenschlag, der die Entspannung beschleunigte …

Sie gaben sich anfänglich ganz dem Gelächter hin und schütteteten sich aus vor Lachen wie zwei Schulmädchen. Aber dann betrachtete Lady Springfield Monique mit zärtlicher Aufmerksamkeit.

»Du machst mir Kummer, Liebling … ich fühle unter deiner Fröhlichkeit eine große Trauer … Ja? … Das wusste ich … Den Mut verloren? Warum? … Das ist doch wirklich unvernünftig.«

Monique zuckte die Achseln und hielt ihr Glas hin:

»Das Leben! … Reden wir nicht darüber … Manche Leute ertränken sich in Weihwasser. Mir ist Champagner lieber.«

In einem Zug trank sie das Glas aus. Zabeth schob ihren Stuhl vor, nahm Moniques augestreckte Beine zwischen ihre Schenkel und sagte mit schmeichelnder Stimme:

»Die Männer verstehen es nicht, eine Frau glücklich zu machen. Sie kümmern sich nur um ihr eigenes Glück …«

»Je nachdem!«, sagte Monique. »Gestern hat mir Ginette in Bezug auf ihren Mann das Gegenteil versichert.«

Zabeth rief mit Überzeugung:

»Ach der! Das ist ein Schwein!«

Monsieur Hutiers Ruf – für gewöhnlich Thema schlüpfriger Scherze in den satirischen Zeitungen – war über die Grenzen von Maximes und Irènes Salon hinausgedrungen, ja sogar bis über den Kanal. Lord Springfield hatte sich zwar durch die Verschlagenheit des Ministers, dem er bei der letzten interalliierten Konferenz begegnet war, täuschen lassen und wollte nicht daran glauben. Aber Mylady, die besser Bescheid wusste, hegte nicht mehr den leisesten Zweifel, da sie eines Tages selbst bei ihren Zärtlichkeiten mit Ginette von Monsieur Hutier überrascht worden war. Als Wiedergutmachung hatte er verlangt, dass sie in seiner Anwesenheit damit fortfuhren.

»Du wirst ja übrigens selbst sehen!«, meinte Monique … »Sie holen uns ab … da sind sie!«

Das listige Gesicht der brünetten Ministergattin erschien in der Tür. Die beiden Freundinnen winkten ihr zu.

In ihrem imposanten Abendmantel durchschritt Ginette würdevoll das Lokal. Außer der Wirtin, die mit einer Freundin Karten spielte, war nur ein singhalesischer Kellner anwesend.

Ohne dass sein bronzefarbenes Gesicht das geringste Erstaunen verraten hätte, erkannte er in Madame Hutier die Dame wieder, die ihn eines Tages – er hatte gerade Urlaub – in Begleitung einer anderen jungen Dame und eines Herrn aus dem Teesalon Danou, in dem er damals bediente, in ein Atelier entführt hatte. Der zweideutige Blick und das stumme Lächeln des Singhalesen erinnerten Ginette an die Szene, die darauf gefolgt war …

Ohne eine Miene zu verziehen, warf sie dem Mann einen warnenden Blick zu und schlug vor, schnell zu verschwinden. Die anderen warteten im Auto … Lady Springfield erkundigte sich: »Wer denn?«

»Max de Laume und Michelle …«

»Wo gehen wir hin?«

Ginette legte einen Finger auf die Lippen. »Das wirst du ja sehen!« Sie lächelte vielversprechend. Sie stellte sich nach dem Varietébesuch eine neue Gruppierung vor: Zabeth, die ihren Bruder vertrat, und Max anstelle des Singhalesen … Weiter ging sie nicht in der Rollenverteilung und ließ umso mehr Raum für Unvorhergesehenes, als sie entschlossen war (im Einverständnis mit ihrem Mann, der ihr um diesen Preis ihre Freiheit ließ), an diesem Abend einen neuen Schauplatz ihrer Abenteuer einzuweihen.

Der Exminister (denn seit jenem Souper bei Anika war das Kabinett Pertout gestürzt worden) wohnte diesen kleinen Festen mitunter bei, mitunter auch nicht. Aber im letzten Fall verlangte er stets einen ganz genauen Bericht.

»In den Fond!«, befahl Ginette und schob Lady Springfield in den Wagen, während Max de Laume aufgestanden war, um zu grüßen … »Setzen Sie sich, Max! … Michelle auf Ihren Schoß! Und Monique auf den Zabeths. So, ich komme in die Mitte …«

Sie rief dem Chauffeur die Adresse zu. Lady Springfield bemerkte:

»Aber Anika erwartet uns doch! …«

Michelle erklärte:

»Glauben Sie! Anika? … Die interessiert sich überhaupt nur noch für ihre Pfeife …«

»Und das ist sehr schade!«, meinte Max de Laume. »Sie hatte viel Talent.«

Er verurteilte es aufs Strengste, dass die große Künstlerin sich so gehen ließ und nach und nach zu einem menschlichen Wrack geworden war. Der Genuss schloss in seinen Augen die Willensstärke nicht aus. Jeder Stunde ihr Recht. So war er mit 30 Jahren Vorsitzender des Klubs »Literarische Kritik« und vom Salon Jacquet schon zum künftig jüngsten Mitglied der *Académie* ausersehen worden.

Monique dachte an nichts. Ein Wohlgefühl lähmte sie, zu dem einerseits ihr leichter Rausch beitrug und andererseits die zärtliche Umarmung Zabeths, an die sie sich schmiegte. Sie fühlte sich getröstet von schwesterlicher Zärtlichkeit, die in allen Jugenderinnerungen mitschwingt, und empfand eine fast blutschänderische Neugier …

Im Olympia, wo ihr Erscheinen in einer Proszeniumsloge Aufsehen erregte, wurde es ihnen bald langweilig, Zielscheibe für die Blicke aus dem Zuschauerraum zu sein. Einen Augenblick lang unterhielt sie das Auftreten eines sprechenden Seehunds, aber dann schlossen sich alle Ginettes Vorschlag an: »Verdrücken wir uns!«

Beim Hinausgehen war Lady Springfield freilich ein wenig überrascht, in ein Taxi geschoben zu werden, dessen Chauffeur für ein reichliches Trinkgeld, das Max de Laume ihm zusteckte, die Fuhre übernahm. Aber Ginette erklärte ihr:

»Ich habe meinen Wagen zurückgeschickt und gesagt, Madame d'Entraygues würde uns heimbringen … Du möchtest doch nicht etwa unsere Chauffeure wissen lassen, dass wir in ein Bordell gehen?«

Zabeth wiederholte verständnislos: »In …«

Aber lachend schnitt ihr Ginette das Wort ab und verdoppelte ihr Staunen:

»Na ja doch, in ein Freudenhaus …«

»Freudenhaus?«

»Also ins Bordell!«

»Oh!«, rief Lady Springfield mit einer so ehrlichen Entrüstung, dass die vier sich bogen.

»Was ist weiter dabei?«, entgegnete Ginette. »Das ist die letzte Zuflucht, wo man sich amüsieren kann. Weder Vorstellung nötig noch andere Mätzchen. In Freiheit dressierte Natur. Und wenigstens wird man dort nicht mit der Ware betrogen!«

Zabeth wandte sich zu Monique und sagte kurz:

»Gehen wir nach Hause!«

Aber die flüsterte:

»Bleib doch, du Dummerchen!«

Bei der Beobachtung, bis zu welchem Grade das Gefühl für die Achtbarkeit und der theosophische Kult sich bei Lady Springfield mit einer sorgsam unter der gesellschaftlichen und religiösen Heuchelei verborgenen Verderbtheit verbanden, lächelte Monique amüsiert.

Sie drückte ihrer Freundin die Hand:

»Lass doch! Es wird sicher sehr amüsant werden!«

Lady Springfield versuchte eine letzte Ausflucht:

»Aber wenn uns jemand erkennt?«

»Ausgeschlossen!«, winkte Max de Laume ab, den Ginette schon am Morgen mit Michelle in die Verschwörung eingeweiht hatte … »Erstens kann uns schon deswegen niemand erkennen, weil uns niemand kennt, und zweitens wird uns niemand sehen … Drittens aber – er machte eine edle Gebärde – herrscht dort das Berufsgeheimnis.«

Zabeth gab sich zufrieden.

»Ich will wenigstens hoffen«, meinte sie drohend zu Ginette, »dass dein Mann …«

»Du kannst ganz ruhig sein. Der kommt nicht vor eins. Er holt mich auf dem Heimweg von dem Bankett der Gesellschaft für … ich weiß nicht was, ab …«

»Dann bin ich schon fort!«

»Ach was! Der stört doch nicht! … Da sind wir.«

Das Taxi hatte mit gehörigem Abstand von der roten Laterne angehalten, die verhältnismäßig diskret das Freudenhaus ankündigte.

Max de Laume klingelte und verhandelte. Die Verwalterin gab Befehle. Man hörte auf der Treppe eilige Schritte. Türen schlugen zu. Die dicke Frau schritt mit süffisanter Miene den vier Freundinnen voran, die etwas verlegen die Treppe emporstiegen bei dem Gedanken, dass hier die Wände Augen hatten. Max bildete mit unbefangener Miene die Nachhut.

Sie atmeten erst auf, als sie im türkischen Zimmer untergebracht waren, mit dem sie vorliebnehmen mussten, da der Spiegelsaal besetzt war. Es war ein großer Raum … Stil Konstantinopel-Place Clichy, dessen bunte Lampen ein geheimnisvolles Licht auf die dicke Wandbespannung warfen. Ein ganzer Haufen von Kissen verlängerte einen riesigen Diwan, der so tief war, dass mehrere Personen zugleich der Breite nach darauf liegen konnten.

Die Verwalterin erkundigte sich – nachdem der unvermeidliche Champagner bestellt war – nach den weiteren Wünschen ihrer Gäste: Brünette? – Blondinen? – Sie bot sogar eine Negerin an. Aber da Max sich weigerte, zu bestellen, entschied sich Ginette auf den Rat der Matrone für Irma, die Flämin, und Michelle für Carmen: »Eine echte Spanierin aus Sevilla!«

Zabeth und Monique, die die Wahl nicht interessierte, hatten sich sofort lang ausgestreckt, die Arme hinter dem Nacken gekreuzt, und gaben die Zuschauerinnen. Lady Springfield hatte den Ellbogen in die Kissen gedrückt, hob ihre Brust über die Schulter Moniques empor und beobachtete, ohne dass man es merkte, jede Bewegung.

Die füllige Schönheit Irmas und die Eleganz Carmens, die grüßend und unbefangen im Négligé eintraten und sich sofort entkleideten, wirkten gleich attraktiv auf ihr Kennerauge. Nun, wo sie nackt waren, hatten die Mädchen die ganze Livree ihrer sozialen Stellung abgelegt. Sie waren zur naiven Einfalt, zur ursprünglichen Unschuld zurückgekehrt.

Außer Monique und Zabeth, die ihre Kleider anbehalten hatten, waren alle anderen in dem türkischen Zimmer jetzt vollkommen nackt.

Moniques Rausch war verflogen. Verdrießlich betrachtete sie Zabeth, die an das Beben jener Körper geschmiedet schien … Die Erregung der Novizin! Wie oft hatte sie sich an ähnlichen Orten in Stunden gleicher Verwirrung an solchen Liebkosungen beteiligt! Michelle, Ginette, eine andere beliebige Carmen oder eine andere beliebige Irma, vertraute, austauschbare Gestalten, immer voller Abscheu, nie das Vergessen findend …

Die erstickende Hitze des schallisolierten Zimmers, Schwindel, Müdigkeit und gleichzeitig eine ungeheure Gleichgültigkeit bannte sie unbeweglich auf dieses Bett der Unzucht, wenn sie sich auch plötzlich hätte emporreißen, fliehen mögen …

Aber ein Gesicht neigte sich über sie. Resigniert sah sie das unwiderstehliche Begehren in Zabeths Augen leuchten. Gierige Lippen bemächtigten sich der ihren. Ein schlanker Körper unter zerdrückten Kleidern schlang sich um ihre müden Glieder wie eine lebendige Liane … Sie seufzte überwältigt.

Ein Versinken, in dem Monique zugleich mit ihrer Lust die entwürdigende entsetzliche Erkenntniss erlangte, dass in diesem Augenblick das letzte Bild ihrer selbst versank, das sie sich bisher bewahrt hatte: Die Monique von Hyères … Die ganze Reinheit, die ganze unbefleckte Unschuld ihrer Jugend …

VI.

Ein paar Tage später – Zabeth war am nächsten Morgen wieder nach London zurückgekehrt, um an einem großen Ball teilzunehmen, der im Buckingham Palace zur Feier der Verlobung von Prinzessin Mary veranstaltet wurde – hatte Monique im Louvre, in den Sälen der Sammlung Dieulafoy eine unerwartete Begegnung. Sie war hingegangen in der Hoffnung, ihre wachsende Depression abzuschütteln und um ein Ornamentmotiv für *Sardanapal*, das babylonische Stück Fernand Dussels, zu suchen.

Für die Dekoration des dritten Akts, eine Terrasse über dem Euphrat, brauchte sie einen besonderen Vorhangstoff. Die Farben und die Stickereien, die Mademoiselle Claire entworfen hatte, gefielen zwar dem alten Dichter, hatten aber nicht das Glück gehabt, Gnade in den Augen Edgar Lairs zu finden, der die Leitung innehatte …

Angsichts der Flügeltiere und steif gelockten Riesen gedachte Monique bedrückt all der untergegangenen Kulturen und der Nichtigkeit ihres eigenen Berufs, als ein Besucher ein paar Schritte entfernt von ihr stehen blieb, um ein architektonisches Detail genauer zu betrachten. Als er sie grüßte, erkannte sie Georges Blanchet ... Keine Chance mehr, ihm auszuweichen!

Seit jenem Zusammentreffen bei Vignabos war sie ihm noch ein paarmal begegnet. Zuerst in der Rue Medicis, wo sie feindselig kaum ein Wort an ihn gerichtet hatte. Dann in Vaucresson bei Madame Ambrat. Damals war er ihr symphatischer erschienen. Blanchet war zum Professor am Lyzeum von Versailles ernannt worden – ein Karrieresprung, den er einem aufsehenerregenden Buch über Pädagogik verdankte – und war nach Vaucresson gekommen, um sich Daten über das Kinderheim zu besorgen. Er war offenbar ein gütiger, kluger Mensch. Aber sie konnte ihm nicht verzeihen, dass er damals nur allzu richtig gelegen hatte mit seinen Prophezeihungen.

Er hatte wie stets seine lächelnde Bischofsmiene aufgesetzt und behandelte sie mit höflicher Diskretion. Nur etwas voller war das glatt rasierte Gesicht geworden. Er erkundigte sich zuvorkommend nach ihrer Arbeit und gratulierte zu ihren Erfolgen. Sie wies seine Komplimente mit so ungeschminkter Ehrlichkeit zurück, dass er überrascht war und sie mit unverhohlener Neugier betrachtete. Der ehemals so strahlende Teint hatte viel von seiner Frische verloren. Tiefe Ringe umgaben die schwarz geschminkten Augen, die einen enttäuschten Ausdruck angenommen hatten. Scharfe Falten verliehen dem immer noch reizenden Mund einen harten Zug ...

Sie bemerkte, dass er sie beobachtete. Und da sie ahnte,

dass er durch Madame Ambrat von so manchem wusste, sagte sie sarkastisch:

»Sie finden, dass ich mich verändert habe, was? … Bitte, keine Komplimente! … Sie haben ganz recht. Ich sehe nicht mehr aus wie das junge Mädchen, mit dem Sie damals *Über die Ehe* disputiert haben! …«

Er spürte, dass sie insgeheim verletzt war, ohne zu ahnen, wie tief, und versicherte mit spontaner Sympathie:

»Monique Lerbier ist jetzt in einer anderen Art schön. Und sie ist berühmt!«

Sie antwortete nicht, in Gedanken versunken. Da fuhr er, nicht ohne leise Ironie, fort:

»Stehen Sie jetzt nicht auf gleicher Stufe mit den privilegiertesten Männern, deren Vorrechte Sie so ungerecht fanden?«

Sie hatte Lust, ihn zuzuschreien: »Was kümmert mich das, wenn ich dafür mein ganzes Lebensglück verloren habe? Ich bin einsam und mein Leben hat keinen Sinn. Die Menschheit ekelt mich in einem Maße an, dass ich weder Lust noch Kraft mehr habe, um für irgendetwas zu kämpfen! … Aber so verabscheuungswürdig ich sie auch finde, vor mir selbst ekelt mich doch am allermeisten!« Stattdessen sagte sie nur, auf die riesigen Quader weisend:

»Die Gleichheit? … Ja, im Nichts! … Sehen Sie, diese Steine sollten uns wirklich eine Lehre sein … übrig bleiben stets nur Ruinen!«

In ihrer Fantasie fügten sich die einzelnen Blöcke zu den seit Jahrtausenden zerstörten Tempeln zusammen. Die Geister ganzer Völker und Dynastien erhoben sich aus ihrer unermesslichen Gruft. Die historischen Ereignisse reihten sich wirr aneinander, durch Zeiten und Räume … Völker waren geboren worden, hatten gelitten und waren gestorben. Und von dem ganzen Wirbel versunkenen Staubes war nur das Eine geblieben: gefühllose Steine und eine Erinnerung, die fast so trostlos war wie völlige Vergessenheit!

Hastig drückte sie ihm die Hand und ließ ihn einfach stehen. Mit neugierigem Blick folgte er der schlanken Gestalt, die sich, hochaufgerichtet, schnellen Schrittes entfernte … mit trotzigem schmerzverzerrtem Gesicht. Und Philosoph, der er war, setzte er seinen Rundgang sinnierend fort.

Als Monique wieder in der Rue de la Boétie ankam, versuchte sie zu arbeiten. Doch ihre Finger konnten Pinsel und Bleistift nicht halten.

Aus diesem Anfall von Aktionismus tauchte sie noch demoralisierter auf … Was konnte sie nur tun, um Erfüllung zu finden? Sie hätte sich vielleicht mutig irgendeiner Aufgabe gewidmet. Und wenn sie nur Madame Ambrats Werk weiterführte und vergrößerte …

»Wie viel Elend könnte man ringsum lindern! Wie viel Gutes tun!«, sagte sie sich. Aber man kann nur für andere sorgen, wenn man nicht mehr an sich selbst denkt … Das kann eine 40-Jährige wie Madame Ambrat! – Monique war jung und dachte nur an sich selbst. Die schlechten Gewohnheiten, die sie angenommen hatte, ja selbst ihre luxuriöse Tätigkeit fesselten sie mit tausenderlei Verpflichtungen …

Sie ließ sich den von Lair abgelehnten Entwurf des Vorhangs vorlegen und fand ihn mit seinem Ziegelrot und seiner Stickerei aus eingelegten Strasssteinen entzückend.

»Dieser Lair ist ja ein Idiot! Ich muss doch mal ins Theater gehen«, sagte sie zu Claire, »um mir die Dekoration anzusehen … Wenn ich gleich hin ginge?«

»Heute ist keine Probe, Mademoiselle. Heute ist Matinee …«

»Wie dumm! … Dann zeigen Sie mir mal den kirschfarbenen Samt für Monsieur Piombinos' Arbeitszimmer.«

»Den haben wir noch nicht bekommen.«

Monique ließ es dabei bewenden. Für heute genügte diese Kraftanstrengung …

Nun breitete sich der zur Neige gehende Nachmittag in seiner ganzen Ödnis vor ihr aus … Was sollte sie bis zum Abend mit den endlosen Stunden anfangen, bis sie sich endlich in Anikas Opiumhöhle verkriechen konnte? Sie hatte zwar im Ritz eine Verabredung mit Hélène Suze, die ein junges schwedisches Ehepaar, das vielleicht etwas kaufen würde, durch Paris führte … Aber der Gedanke an diese Art von geheucheltem Interesse! … Und an den Teesalon mit seinen kleinen gedeckten Tischen und dem ewig gleichen Gebäck, der lärmigen Jazzband und dem dummen Geschwätz! …

Immer häufiger empfand sie eine wilde Menschenscheu nach dem Zusammensein mit jener Gesellschaft, zu der sie gehörte und deren Hélènes, Ginettes und Michelles – Ministerfrauen, Bürgerfrauen und Marquisen – nicht besser waren, ja vielleicht nicht einmal so viel wert wie eine dahergelaufene Carmen oder Irma.

Sie setzte ihren Hut wieder auf und warf die Jacke ihres Schneiderkostüms über. Seit einiger Zeit zog sie sich stets so an, selbst am Abend. Sie musste nur einen Haken öffnen, um sich des Rocks zu entledigen. Anika half ihr dann aus der Bluse und sie war, bequem in einen Kimono eingehüllt, bereit für die tägliche Zeremonie.

»Sie wird ganz sicher schon da sein und rauchen«, sagte sie sich. »Sie wird Opium besorgt haben. Eine ordentliche Pfeife! … Darüber geht doch nichts! …« Monique hatte sich wieder gefangen … Sie befand sich in einem jener Entzugszustände, in denen sie das Opium so nötig hatte wie die Luft zum Atmen. Sie konnte es sich jetzt nicht mehr abgewöhnen. Sie musste den beruhigenden Rauch einatmen, wenn sie nicht zugrunde gehen wollte. Kalter Angstschweiß klebte ihr auf der Haut.

Oft schon hatte sie die gleichen Entzugserscheinungen gehabt, wenn sie nach Wochen in leicht benebeltem Zustand plötzlich mit dem Rauchen aufgehört hatte. Einmal war es ihr unter einem großen Aufwand von Willenskraft gelungen, die Sitzungen zu verringern. Sie fühlte wohl, dass sie, falls sie die Abstinenz verlängern könnte, im Alltag jene Klarheit wiederfinden würde, die sie jetzt in fruchtlosen Träumereien verlor … Aber diesmal hatte sie die Droge in zu starker Dosis genommen und empfand deshalb nur noch das eine Verlangen: mehr davon! …

Abstumpfung? … Nein, Verdrängung und wundervolle Verachtung all dessen, was nicht jene Glückseligkeit war, deren Wohltat sie gleich bei der ersten Pfeife empfand und von der sie bei der zwanzigsten bis zur äußersten Grenze des Genusses durchtränkt war: aufgelöst … zu Rauch geworden!

Wie sie es erwartet hatte, fand sie Anika im Dunkeln auf ihren Kissen ausgestreckt. Die winzige Lampe, durch einen silbernen Schmetterling zur Hälfte abgeblendet, leuchtete schwach auf dem Tischchen mit den Pfeifen. Man hätte glauben können, es sei ein Totenlämpchen.

»Ich bin's«, sagte Monique. »Bleib' ruhig liegen.«

Als sie so aus dem leuchtenden Sommerabend in das Atelier mit den hermetisch verschlossenen Vorhängen, die ganz von dem schweren Duft getränkt waren, hineintrat, erschien es ihr ruhevoll wie eine große Gruft. Aber schon hatte Anika das Licht eingeschaltet. Die Lampe beleuchtete mit purpurnem Strahl die lang ausgestreckte Raucherin in ihrer rituellen Tracht. Anika war leichenblass, ihre Haut spannte sich über die knochigen Wangen …

Sie sagte mit heiserer Stimme:

»Du triffst es schlecht. Kein Opium!«

»Ich dachte …«

»Nein. Der Kerl, der mir welches bringen sollte … und zwar gutes, direkt aus London! … hat sich gestern im ›Saphir‹ fassen lassen … Ist das zu glauben? … Nicht wegen des Opiums … sie wussten gar nicht, dass er welches hatte … wegen Koks! … Sie haben alles beschlagnahmt!«

Sie lachte höhnisch. Und gesprächig fuhr sie fort, mit der Zungenfertigkeit, die ihr das weiße Pulver verlieh:

»Zu langweilig, all diese Quatschköpfe im Parlament, mit ihren Gesetzen! … Einfach lächerlich! … Betäubungsmittel! … Sie sind selber welche … Vater Hutier als Tugendwächter! … Stell' dir das vor! … Und wenn ich mich nun vergiften *will?* … Wenn sie schon mal von Gift reden, dann sollten sie sich doch vor allen Dingen um den Alkohol kümmern! … Aber das wagen sie natürlich nicht … die Kneipiers sind ja ihre Wähler …«

Sie senkte die Stimme und fuhr vertraulich fort:

»Koks habe ich zum Glück noch. Die Toilettenfrau aus dem ›Pelikan‹ hat mir welches verkauft. Da, eine ganze Dose voll! …«

Lachend hielt sie ihr eine kleine Emailledose hin.

»Und außerdem weiß ich, wo man noch mehr bekommen kann! Beim Apotheker in Javel! … Aber Opium … nichts zu machen! Hast du keins mehr?«

»Doch! Ein kleines Restchen …«

»Geh's holen! … Du fühlst dich zu mies? … Macht nichts, dann bleib' hier. Dann rauchen wir Tropfen. Ich hab' alle alten Pfeifen ausgekratzt … Sieh her, da ist noch der Kopf von der großen … der elfenbeinernen … der ist ganz voll. Tropfen sind auch nicht schlecht! Ich weiß nicht, ob ich die nicht ebenso gern habe …«

Sie hustete und fuhr mit heiserer Stimme fort:

»Tropfen sind stärker. Die berauschen schneller …«

Sie hatte starke Sachen nötig wie ein Trunkenbold. Sie seufzte:

»Wenn man nicht wenigstens das im Leben hätte! … Na, komm' schon! Leg' dich hin …«

»Warte, ich muss erst meinen Kimono anziehen.«

Monique zog sich wie gewöhnlich im Dunkeln aus. In den japanischen Mantel gehüllt, streckte sie sich neben dem Tischchen aus. Als sie mechanisch den Schmetterling an der Lampe beiseite schob, weil das Licht sie blendete, fuhr Anika, die die Pause genutzt hatte, um sich die Nase mit Kokain vollzustopfen, sie heftig gereizt an:

»Wirst du wohl aufhören, mir so direkt in die Augen zu leuchten?«

Monique dachte: ›Was mag sie nur genommen haben?‹ Sie zog den stillen Taumel des Opiums der geschwätzigen Überreiztheit des Kokains vor, zu dem Anika sie seit einigen Tagen zu bekehren versuchte.

Monique wies die Prise zurück, die Anika, wieder besänftigt, ihr anbot, und knetete ein wenig von dem schwarzen Rückstand, der heute Abend ihr ganzes Festmahl bilden sollte, zu einer Kugel zusammen …

Sie brachte das Bambusrohr an die Lippen und sog gierig einen langen Zug in die Lungen … Der Rauch war so scharf, dass sie ihn wieder ausstieß, als die Pfeife zu Ende war. Gewöhnlich, wenn das Opium frisch war, atmete sie das berauschende Gift tief ein, genoss mit Wonne das Gefühl, wie es ihre Lungen ausfüllte und fast augenblicklich ihr ganzes Wesen durchdrang.

Sie legte die Pfeife fort und sank betäubt in die Kissen zurück. Der Geruch, von dem das ganze Atelier durchtränkt war, dieser intensive Duft des schwarzen Balsams, hatte sie ergriffen und entführte sie mit dem starken Hauch des ersten Zuges.

Anika frohlockte befriedigt:

»Na, mein Kind?«

»Schrei nicht so!«, flehte Monique. »Man glaubt ja, ein ganzer Zug fährt vorbei!«

Der Lärm hallte verstärkt in ihr wider … Aber bald erlosch das Geräusch. Die Mauern wichen zurück. Alles rückte in die Ferne, und gleichzeitig verklang Anikas Geplapper, bis es zum vertraulichen Geflüster wurde. Die Zeit stand still. Der Raum war ein sanftes Fließen. Monique fühlte sich paradoxerweise zugleich vollkommen leer und äußerst erfüllt.

»Nicht wahr«, zwitscherte die Stimme, die wie aus einer anderen Welt herüberklang, »das wirkt! … Und wenn du noch ein bisschen Koks genommen hättest! … Ich bin seit gestern schon bei meinem dritten Gramm! … Stell' dir das vor! … Es lässt sich nicht bestreiten … diese Drogen sind das Beste, was man erfunden hat, um uns Menschen von der Seekrankheit zu heilen … Das Leben ist ja einfach zum Kotzen! … eine tüchtige Pfeife … eine ordentliche Prise! … das stellt das seelische Gleichgewicht wieder her! … Opium und Kokain verbieten! Ist das zu glauben? … Müssen die dumm sein! … Als wenn ein Arzt einem Patienten kein Morphium geben dürfte, der Schmerzen hat! … Also nicht mal mehr in aller Stille krepieren soll man dürfen! … Mit welchem Recht wollen diese Schweine mich zum Leben verurteilen? Das ist meine Sache, das geht die gar nichts an … Was hat man denn eigentlich so Schönes in diesem miserablen Leben hier? …

Ist das zu glauben … Die Liebe vielleicht? … Die gibt es nicht, das ist nur eine Legende! Es gibt nur wilde Tiere, die einander zerreißen, wenn sie nicht gerade vögeln! … Genuss? Ja, am Arsch! … Rue de Kack, da kommt man rasch bis ans Ende! … Die Kunst? Mei…ne Liebe! Wo ist meine Geige hin? … Talent … ja, das hab' ich vielleicht mal gehabt! … Ja, ja … eine große Künstlerin … kennen wir, kennen wir alles! Das ist lange her! … Und was weiter? … Chopin hat auch Talent gehabt! Der hat wenigstens an seinen Noten knabbern können … das ist ihm immerhin geblieben … Aber ich? … Stell' dir vor! … Ich hab' die Musik der anderen gespielt … Eine gescheiterte Existenz, nichts weiter! … Nicht mal Kinder! … Völlig unnütz! …«

Nervös öffnete sie die Dose erneut und nahm eine reichliche Prise. Dann rief sie im Befehlston:

»Nimm, sag' ich dir! Das ist wahre Medizin … Wenn man das hat, pfeift man auf alles andere!«

»Nein«, sagte Monique. »Da sind mir deine dreckigen Tropfen doch noch lieber!«

Die Wucht des ersten Rauschs hatte nachgelassen. Geduldig begann sie wieder, ihre Kügelchen erst zu formen und dann zu erhitzen, aber sie konnte ihre Pfeife nicht mehr in einem Zuge ausrauchen. Da wurde auch sie nervös, und weil sie die ersehnte Ruhe nicht finden konnte, folgte sie Anikas Rat und nahm eine Prise Koks nach der anderen.

Aber das schlecht dosierte Pulver trieb ihre Erregung nur auf die Spitze, statt sie zu beruhigen. Sie hatte das Gefühl, als sei ihr ganzes Gesicht aus Holz – die Nase, die Stirn, die Schläfen so vollkommen verhärtet, dass sie sich vorkam, als sei sie zu einer Maschine geworden. Und nun begann auch sie, unermüdlich Worte herunterzuleiern, ins Leere hinaus. Mit schroffen Gesten predigte sie unaufhörlich …

Die ganze Nacht hindurch, bis in der Morgendämmerung die Lampe auf dem Tischchen erlosch, redeten sie aneinander vorbei wie zwei Taube.

Als Monique völlig durchfroren erwachte, war es schon Mittag. Das Atelier lag noch in diffusem Halbdunkel. Anika schlief und war so bleich, dass sie sie besorgt betrachtete. Man hätte glauben können, sie sei tot. Sie berührte ihre kalte Hand … Aber ein flacher Atem hob regelmäßig ihre Brust … Monique schlich sich fort, um sie nicht zu wecken.

Am Nachmittag ging sie zu den Proben, obwohl sie sich schrecklich elend fühlte. Man probte zum zweiten Mal mit Dekoration, und der Direktor hatte morgens angerufen, dass Monsieur Lair Mademoiselle Lerbier persönlich zu sprechen wünsche. Sie betrat die Bühne und blieb erstaunt stehen, als sie laute Stimmen hörte. Lair brüllte:

»Die Académie? Darauf pfeif' ich! … Deswegen ist Ihr Stück auch nicht besser! … Völliger Mist, sag' ich Ihnen! Hier kann nur eins die Sache herausreißen: die Inszenierung!«

»Aber Monsieur Lair!«

Sie erkannte die empörte Stimme Dussols, die sofort von dem Gebrüll des Schauspielers übertönt wurde … Als sie erschien, schwiegen alle.

Fernand Dussol betrachtete starr vor Staunen seinen Interpreten; der nahm seinen Hut, stülpte ihn in kalter Wut auf den Kopf und schritt, seinen Stock schwingend, auf die Tür zu. Erschreckt folgten der Regisseur und der Direktor ihm auf den Fersen und hielten ihn am Rockzipfel fest. Aber der wütende Lair wollte nichts hören. Alle drei verschwanden hinter den Kulissen.

Nun bemerkte Fernand Dussol Monique; mit gerötetem Gesicht unter dem weißen Haarschopf erzählte er ihr, was geschehen war. Bisher war er durch Lairs Selbstherrlichkeit von allen Proben ausgeschlossen worden, denn Lair duldete keinerlei Einmischung in seine Inszenierung, am wenigsten von seiten des Autors … und deshalb hatte er, um Unstimmigkeiten zu vermeiden, seine Einwendungen bis zu dem Moment aufschieben müssen, wo das Stück »stand« und ihm im Ganzen vorgeführt wurde …

»Aber wie haben Sie sich das gefallen lassen können, Monsieur? …«

»Entweder hätte ich *Sardanapal* zurückziehen müssen … und Bartal hat mich händeringend gebeten, das nicht zu tun; 30.000 Francs Entschädigung für diesen Lair, der eigens dafür engagiert worden ist! … Oder handgreiflich werden! Und tatsächlich würde ich am liebsten …«

Jetzt erschien, von Bartal herbeigeschleppt, Lair halb freiwillig, halb gezwungenermaßen wieder auf der Bühne.

Sie betrachtete den berühmten Künstler, der trotz seines wuchtigen Schädels schmächtig aussah, und den herkulischen Schauspieler … Er war Sardanapal in Person und kam als König in sein Reich zurück … Zum Glück diente der ziegelrote Vorhang gleichsam als Blitzableiter. Lair erklärte, er trüge ein weißes Kostüm und wünsche daher einen schwarzen Hintergrund.

»Wird das nicht etwas hart wirken?«, warf Monique ein.

Da Fernand Dussol das Pech hatte, der gleichen Meinung zu sein, maß der Monarch ihn von oben herab:

»Ihnen tropft der Zahn, Monsieur! … Ich kann das auch, aber nur, wenn ich will.«

Und zu Monique gewandt, schloss er in einem Ton, der keinen Widerspruch duldete:

»Schwarz! Verstanden?«

Sie verneigte sich, drückte Fernand Dussol, der vor Empörung und Zorn bebte, mit mitleidigem Respekt die Hand und verschwand … Was für ein Unfug, derartige

Narren frei umherlaufen zu lassen! ... Sie bedauerte, in diese Menagerie geraten zu sein. Der Anfall von Größenwahn des Schauspielers, dessen Zeugin sie soeben gewesen war, verlieh der tragischen Farce, an der mitzuwirken sie jeden Tag müder wurde, nicht nur einen lächerlichen, sondern obendrein einen traurigen Anstrich.

Die Tage, die sie bis zur Premiere verbrachte, waren die fürchterlichsten, die sie je erlebt hatte. Ein einziger bleierner Schlaf, ein einziges endloses Gähnen in den Pausen zwischen den kurzen Nächten und der doppelten Betäubung durch Kokain und Opium. Sie aß nicht mehr, denn beim ersten Bissen schon fühlte sie sich satt. Ein Geschmack von Asche lag ihr auf den Lippen.

Sie befand sich, zerschlagen vom Absturz, der auf ihren vermeintlichen Aufstieg gefolgt war, in dem gleichen Abgrund wie damals im Treppenhaus der Avenue Henri-Martin an Tante Sylvias Bahre. Am Fuße eines großen Felsens lag sie auf den Klippen. Und das eiskalte Wasser umtoste sie wütend unter einem tintenschwarzen Himmel.

Wenn Mademoiselle Tscherbalief sie nicht gezwungen hätte hinzugehen, so würde sich Lair-Sardanapal am Abend der Premiere dem Publikum auf der assyrischen Terrasse gezeigt haben, ohne dass sich ihr mechanischer Applaus mit den enthusiastischen Bravorufen aus dem Zuschauerraum vermischt hätte. Sie ärgerte sich über die Kraftlosigkeit der eigenen Bewegungen wie über eine weitere Niederlage. Aber wozu? ... Auf eine Laschheit mehr oder weniger kam es auch nicht mehr an! ...

Sie war gerade dabei, im Napolitain mit Baron Piombino, Ransom und Madame Bardinot, die sie beim Verlassen des Theaters getroffen hatte, Eis zu essen, als auf dem Sofa vis-à-vis ein Mann, dessen Blick den ihrigen angezogen hatte, sich nach kurzem Zögern verneigte. Sie suchte in ihrem Gedächtnis: Wer war das nur?

Das martialische Aussehen, sein wachsamer Blick aus funkelnden Augen und der rote Bart? … Sie konnte sich nicht erinnern. Versonnen hatte der Unbekannte wieder begonnen, an seiner Pfeife zu saugen. Aber Fernand Dussol und seine Frau, die unbemerkt eingetreten waren, setzten sich neben ihn … Sie merkte bald, dass man von ihr sprach. Dussol winkte ihr freundlich zu. Ein Instinkt – Sympathie für den einen, Neugier auf den anderen – trieb sie hinüber.

Sie erhob sich, um den alten Dichter und seine Frau zu begrüßen … Nach den ersten Worten stellte Dussol vor:

»Régis Boisselot … Monique Lerbier …«

»Ich kenne Monsieur Boisselot bereits«, sagte sie und drückte kameradschaftlich die große knochige Hand, die er ihr linkisch entgegenstreckte.

»Alle Welt hat doch *Ehrliche Herzen* gelesen«, bemerkte Madame Dussol.

»Fünftausend verkaufte Exemplare«, brummte Boisselot. »Die Welt ist klein! Das wusste ich schon, Mademoiselle.«

Monique scherzte:

»Aber nein, denn ich habe seit vier Jahren nicht mehr das Vergnügen gehabt, Ihnen zu begegnen! …«

Für die Dussols setzte sie erklärend hinzu:

»Bei Vignabos … es ist lange her …«

Sie bemerkte das Erstaunen im Blick des Schriftstellers, der sie nicht offen anzusehen wagte, sondern sie nur flüchtig von der Seite musterte. Sah sie denn so heruntergekommen aus? Sie dachte an Blanchets Gesichtsausdruck, vorige Woche … Auch Boisselot schien sich von seinem Staunen gar nicht erholen zu können!

»Ja … es ist lange her!«, murmelte er.

»So lange, dass Sie mich beinahe nicht erkannt hätten!«

Er beteuerte:

»Das liegt nur an Ihrem kurzen Haar! Übrigens habe ich Sie zuerst erkannt …«

»Aber erst bei näherem Hinsehen …«

Er schwieg … Es stimmte … Sie hatte nichts mehr von dem strahlenden jungen Mädchen, an das er sich erinnerte. Eine Frau war aus ihr geworden und offenbar eine sehr unglückliche, die sich, verwundet, in sich selbst zurückzog. Der Schmetterling hatte sich wieder verpuppt. Wie viele verdrängte Tränen sammelten sich wohl hinter diesen Augen, die leuchtend blau gewesen waren und ihn nun wie von einem Grauschleier überzogen anblickten? … Wie ein regenverhangener Himmel …

Er hatte seine Pfeife zu Ende geraucht. Sie plauderten. Als die Dussols gingen, setzten sie ihre Unterhaltung fort, und sie verstanden sich zu ihrem Erstaunen sogar besser, als sie allein waren. Sie fand mit Vergnügen den spöttischen Esprit und die Direktheit wieder, die ihr damals aufgefallen waren, ohne sie zu verletzen.

»Sie sind dabei, Dummheiten zu machen«, sagte Boisselot und sah sie geradewegs an. »Sie rauchen!«

»Sie doch auch!«

»Aber nicht den gleichen Tabak! Meiner wirkt anregend, der Ihre macht lethargisch …«

»Sieht man das?«, fragte sie und sah prüfend in einen Spiegel, aus dem ihr ein müdes Gesicht entgegenblickte, über dessen Magerkeit auch das Make-up nicht hinwegzutäuschen vermochte.

»Einigermaßen«, brummte er. »Wissen Sie, dass Sie miserabel aussehen? Hohle Wangen … Und Ihre Augen! … Opium und Kokain! … Das hab ich gleich gesehen! So was täuscht nicht!«

Sie erklärte ernst:

»Doch, es täuscht.«

»Wieso?«

»Über die Stunden hinweg!«

Er war entrüstet:

»Das haben Sie gerade nötig! Und Sie halten sich für gescheit? … Es gibt doch im Leben so viel zu tun! Statt um sich selbst zu kreisen und über Ihre kleinen Wehwehchen zu jammern! … Wissen Sie denn überhaupt, was Unglück ist? Ich will's Ihnen sagen … Als ich heute Morgen in die Küche kam, um meiner Haushälterin etwas aufzutragen, traf ich die Frau, die das Brot bringt. Eine hagere Alte mit hartem Gesicht. Gleich darauf erschien Julia mit meinem ersten Frühstück und sagte: ›Haben Monsieur die Frau gesehen, die das Brot brachte?‹ ›Ja, sie sieht ganz verhärmt aus.‹ ›Ach, Monsieur, die Ärmste, die hat ein Elendsgesicht! Aussehen tut sie wie 60 und ist erst 45.‹ ›Was fehlt ihr denn?‹ ›Sie ist ein Flüchtling aus dem Norden. Es gibt doch wirklich zu arme Leute! Hören Sie nur, wie die durch den Krieg gelitten haben … Sie wohnte in einem Dorf bei Lille. Durch fleißige Arbeit hatten es ihr Mann und sie so weit gebracht, dass sie sich ein kleines Häuschen kaufen konnten. Sie hatten sogar ein gut gehendes Geschäft. Davon lebten sie mit ihren beiden Söhnen und ihrer Tochter. Dann kam der Krieg. Der Mann und die beiden Söhne mussten hinaus … Eines Tages sind die Deutschen da. Sie flieht mit ihrer Tochter. Einen Monat später erzählt man der Kleinen, die kränklich ist, dass ihr Bruder gefallen ist. Das schlug ihr aufs Herz. Nach einer Woche haben sie sie begraben. Ein schönes junges Mädchen, Monsieur, die ganze Freude seiner Eltern! Und dann hören sie, dass ihr Haus, das bisher unversehrt war, von einer englischen Granate dem Erdboden gleich gemacht worden ist … Und dann wird der zweite Sohn schwer verwundet. Nach dem Waffenstillstand kommen alle drei nach Paris und hungern sich so durch; sie warten auf die Entschädigung, aber bis jetzt haben sie noch nichts davon zu sehen bekommen! Der Vater und der Sohn fanden Arbeit in einer Fabrik. Aber glauben Sie vielleicht, nun hätten sie Ruhe gehabt? Der Sohn kann nicht mehr arbeiten, er ist verbraucht, spuckt Blut. Und voriges Jahr hat's den Mann erwischt! Er ist in eine Maschine geraten. Eine Hand abgeschnitten! Und der Schädel zertrümmert! Man hat ihn aufmeißeln müssen … Nun kann er nicht mehr arbeiten. Er hat ein starres Auge, und sie fürchtet, er wird noch verrückt! Heute Nacht hat er ihr weinend gesagt: Hoffentlich tue ich dir nicht mal was zuleide, wenn ich einen Anfall habe! Wie schrecklich, wenn du das auch noch erleben müsstest, wo du ohnehin schon so viel ausgestanden hast! … Das hat sie mir gerade erzählt, Monsieur! Jetzt arbeitet sie allein für die ganze Familie …‹«

»Entsetzlich!«, sagte Monique erschüttert.

»Glauben Sie, man kann Ihr Schicksal noch bejammern, wenn man so etwas hört? Sie haben nichts zu tun? Sehen Sie, da wäre Leid zu lindern! … Die Adresse? … Ja, die will ich Ihnen geben … Als Julia zu Ende erzählt hatte, bekam ich eine wahre Wut auf mich selbst! Dass ich nicht gleich geahnt hatte, wie viel Kummer, Resignation und Opfermut in diesem armen Wrack steckte!«

Sie schwiegen. Die erdrückende Last des Schicksals lastete auf ihnen.

»Sie haben recht«, flüsterte sie mit einer Mischung aus Mitleid und Scham … »Man denkt immer nur an sich! Ich werde Ihre Lehre nicht vergessen!«

Sie sah ihn freundschaftlich an. Er fuhr fort:

»Wenn Sie nicht imstande sind, die barmherzige Schwester zu spielen, dann arbeiten Sie wenigstens … Sehen Sie, mein Papier ist auch kein besonders fruchtbares Terrain! … Aber das macht nichts, ich lasse mich nicht entmutigen, ich ackere weiter …«

Sie warf ein:

»Gut! Geben Sie mir Ihre Feder. Und nehmen Sie dafür meine Pinsel.«

»Nein! Mal ganz nüchtern betrachtet: Ich habe vielleicht auch nicht mehr Talent als Sie. Aber ich glaube an die Nützlichkeit der Anstrengung um der Anstrengung willen. Nicht jeder kann ein Victor Hugo oder ein Delacroix sein … Aber es ist immerhin schon ganz nett, ein …«

»Wer zu sein?«

»Wer? Ich weiß es auch nicht …«

Er überlegte, nannte dann einige Namen. Er formulierte sein Urteil mit treffenden Worten. Sie tauschten sich über ihre Lieblingsautoren aus, bei denen sie oft gleicher Meinung waren. Monique gab sich ganz dem Vergnügen hin, mit dem Schriftsteller über Literatur und Kunst zu diskutieren, und musste sich gleichzeitig fragen, wie es möglich sei, dass sich so schnell eine derartige Sympathie bilden könne … Er war hässlich und fiel noch mehr als bei ihrer ersten Begegnung durch beißenden Spott auf.

Aber auch diesmal missfiel ihr die grobe Art Boisselots nicht … Warum eigentlich nicht? Fühlte sie sich insgeheim hingezogen zu dem Gefährten einer früheren Stunde, die sich in ihr Gedächtnis eingegraben hatte? … Die unsichtbare Verbindung zu einer Vergangenheit, die so schön gewesen war? … Dann hätte sie aber ebenso die Unterhaltung mit Blanchet fortsetzen müssen, als er ihr im Louvre begegnete … Nein, was mich an Boisselot interessiert, dachte sie und horchte auf die schneidende Stimme, ist sein aufrechter Charakter … Wenigstens einmal ein anständiger Mensch! … Die Persönlichkeit, die aus Boisselots Reden sprach, und auch die Treuherzigkeit, die er hinter seinem martialischen Äußeren zu verbergen trachtete, schienen ihr etwas so Seltenes und Neues, dass ihr diese Erkenntnis plötzlich sehr wertvoll vorkam.

Wiederholt hatte sie die vorwurfsvollen Winke Madame Bardinots mit einer Geste abgetan: »Ich komme schon! …« Aber die Minuten verstrichen … sie unterhielten sich noch immer.

»Adieu, Treulose!«, rief ihr Pony im Weggehen zu, ohne bei ihr stehen zu bleiben.

Sie hatte sich gründlich gelangweilt zwischen dem schläfrigen Ransom und dem wütenden Piombino. Die beiden hatten, als Monique sie im Stich ließ, wieder von ihren ewigen Geschäften angefangen … Die kleine Lerbier war doch wirklich komplett verrückt! Mit so einer Närrin war ja nichts anzufangen! Sich vor den Millionen zu zieren, die sie nur zu nehmen brauchte, ohne es nötig zu haben, irgendetwas dafür zu geben! … Dem Baron dieses bissige Scheusal vorzuziehen!

Würdig und vorwurfsvoll schritten alle drei an dem Tisch vorüber, während Boisselot plötzlich schwieg, um ihre Parade abzunehmen …

Als Piombino, den Rücken gebeugt unter der unsichtbaren Last, die er noch immer zu tragen schien, als Letzter verschwunden war, rief ihnen Monique lustig nach:

»Gute Reise!«

Boisselot neckte sie:

»Wissen Sie, der Dicke – das Nilpferd, wie Sie ihn nennen! –, der schien ja recht ärgerlich zu sein!«

»Der Ärmste!«

Sie erzählte ihm in kurzen Worten von Piombinos unglücklicher Liebe und wie sie ihn als Lohn für ihre Arbeit zu einem der bedeutendsten Wohltäter des Nansenkomitees gemacht hatte.

»Der Baron ist ein wahrer Philanthrop!«, schloss sie ironisch. »Spotten Sie nicht über ihn!«

Boisselot spielte den Erstaunten:

»Baron? ... Baron? ... Was ist denn das für eine Tierart?«

Sie bemerkten plötzlich, dass das Café sich geleert hatte. Die Kellner begannen schon die Stühle auf die Tische zu stellen.

Monique sah auf die Uhr: »Eins! Schon? ...«

»Wahrhaftig«, bestätigte Boisselot. »Wie die Zeit vergeht!«

Auf dem Bürgersteig an der Ecke der Oper machte er linkisch Miene, sich zu verabschieden. Monique wollte eben einem Taxi winken, als er sie fragte:

»Wo wohnen Sie?«

»Natürlich Rue de la Boétie!«

Er brummte:

»Sie hätten doch auch zufällig nicht in Ihrem Laden wohnen können!«

Lächelnd musste sie an ihren Garçonne-Unterschlupf am Montmartre denken und antwortete:

»Ich wohne im Zwischengeschoss über dem Laden. Und ich hoffe, Sie werden mir in den nächsten Tagen einmal das Vergnügen machen, mit unserm Freund Vignabos bei mir zu essen ...«

Er schwieg geschmeichelt. Eigentlich würde er sie sehr gern besuchen. Er drückte freundschaftlich die Hand, die sie ihm hinstreckte. Als er den Wagenschlag hinter ihr schloss, rief sie ihm zu:

»Also abgemacht, ja? ... Ach so, Ihre Adresse!«

»Rue Vaugirard 27.«

»Auf Wiedersehen! Ich schreibe Ihnen! ...«

Als das Taxi sich in Bewegung setzte, neigte sie sich aus dem Fenster und betrachtete die stämmige Silhouette, die sich langsamen Schrittes entfernte:

»Nett, dieser Boisselot …«

Der Leichenwagen der Liebe

I.

Nach jenem Abend im Napolitain hatten sie sich nur drei- oder viermal wiederzusehen brauchen … Schon zog die diffuse Dämmerung des Begehrens über ihnen herauf, und kurz darauf flammte die Morgenröte über ihren Köpfen.

Zuerst das Essen mit Vignabos in dem entzückenden Zwischengeschoss in der Rue de la Boétie. Monique war Boisselot in der schlichten Eleganz dieser Umgebung, in der jede Kleinigkeit ihren ganz persönlichen Geschmack zeigte, wie ein völlig neues Wesen erschienen.

Und nicht nur ihre Eleganz und ihre körperlichen Reize bezauberten den Schriftsteller, der trotz seiner Schroffheit empfindsam war, sosehr er sich auch Mühe gab, das zu verbergen. Er war das Kind armer Leute und hatte seit den anfänglich schweren Zeiten seines Bohemelebens am Montmartre unter seiner verächtlichen Miene viele verdrängte Begierden angehäuft; Monique hatte ihm Eindruck gemacht durch alles, was ihr Luxusleben für ihn an neuen und schätzenswerten Annehmlichkeiten bedeutete. Aber endgültig hatte sie ihn durch ihren Scharfsinn gefesselt und durch ihre umfassende Bildung, die sie oftmals im Laufe der Unterhaltung bewiesen hatte …

Obwohl Régis Boisselot der Ansicht war, dass es genüge, wenn eine Frau schön und zur Lust fähig sei, obwohl er sogar ein geheimes Vorurteil gegen Frauen hatte, die sich anderen Dingen widmeten, empfand er Moniques Individualität doch als reizvoll … Die Tatsache, dass sie einen Beruf ausübte, und zwar erfolgreich, der sich von seinem völlig unterschied, hatte ihrer Kameradschaft von Anfang an eine gewisse Gleichberechtigung verliehen, die das gegenseitige Verständnis förderte. Als Innenarchitektin erfreute sie ihn ebenso sehr, wie sie ihn als Schriftstellerin vermutlich abgestoßen hätte …

So respektierte er in ihr die Gleichberechtigte, und zwar auf einem Gebiet, auf dem ihre beiderseitige Entwicklung nicht gestört wurde; und aus dem gern gesehenen Boisselot war rasch der intime Freund Régis geworden.

Sie waren noch nicht eine Woche lang zusammen ausgegangen, als eines Abends – sie hatten in der Avenue Frochot bei dem Maler Rignac gegessen, und er begleitete sie wie gewöhnlich zu Fuß nach Hause – das Unvermeidliche geschah.

Er hatte es nicht nötig gehabt, ihr zu sagen, dass sie ihm gefiel – und wie! Sein Schweigen und sein Erröten führten eine so deutliche Sprache, dass Monique – selbst gerührt durch diese so unerwartet und rasch gewachsene Neigung – sich von dem angezogen fühlte, was sie unter der rauen Schale immer deutlicher erkannte: eine reine Seele und ein zärtliches Herz … Sie nannte ihn scherzend: »Mein Bär!« und sagte sich: ›Er ist ein Kind! …‹ und lächelte, wenn sie an seine kräftigen Muskeln dachte …

Als sie an jenem Abend in der Rue Pigalle an den verschlossenen Fensterläden ihres Garçonne-Domizils vorüberkamen, hatte Monique unwillkürlich ihre Schritte verlangsamt. Er wusste, dass sie in dieser Gegend eine eigene kleine Wohnung besaß, die ihrem Laster, dem Opiumrauchen, geweiht war. Das schien Boisselot die einzige düstere Seite an Monique, die sie erniedrigte, weil sie

sie verzehrte … Das Übrige …. ihre Freizügigkeit … kümmerte ihn nicht. Das war ihre Sache! Er billigte sie sogar gewissermaßen, seit er angefangen hatte, damit zu rechnen, dass sie ihm zugute kommen könnte …

Er erriet sofort, als er den Blick auffing, den sie auf das Parterre warf … Und höhnte:

»Aha! Hier also! …«

Er wusste nicht, ob er größere Lust hatte, stehen zu bleiben oder zu fliehen. Das Opium mit all seinen Folgen, seinem künstlichen Erregungszustand, seiner gefühllosen Ausschweifung, stieß ihn ab wie etwas Armseliges, ein Vergnügen für Impotente gegenüber der Schönheit und Reinheit des Liebesrausches. Und gleichzeitig stieg das Bild der entkleideten Monique, die sich ihm hingab, vor ihm auf. Er zögerte, blieb stehen. Seine Sohlen waren wie Blei.

Sie wechselten kein Wort. Sie sahen sich mit einem Blick des Einverständnisses an. Und plötzlich folgte er ihr wie ein Schoßhündchen. Aber als er in das große Zimmer trat, dessen verhängter Kronleuchter Grabeslicht verbreitete, und den scharfen Dunst der Droge einatmete, fühlte Boisselot mürrisch, wie sein unterdrückter Zorn über sein Verlangen siegte.

»Man sollte meinen, man wäre in einer Gruft«, brummte er und wies auf die Wandbespannung aus schwarzer Seide mit den Goldornamenten und den Diwan, der wie ein riesiger Katafalk dastand neben dem Tischchen mit den Gerätschaften.

Sie wollte ihm die Vorzüge des vermeintlichen Zaubertranks beweisen: »Eine kleine Pfeife! Nur eine Einzige! …«

Aber er wies den Kimono zurück, den sie ihn aufforderte anzuziehen, während sie selbst hinter einem hohen Lackwandschirm verschwand, um sich umzukleiden.

Er beschnupperte das leichte Gewand, das wie die Hülle eines Verstorbenen über der Rücklehne eines niedrigen Sessels lag … Wie vielen Partnern, männlichen und weiblichen, mochte es schon gedient haben? Er wusste nicht, ob dieser Gedanke ihn anwiderte oder erregte. Endlich entschied er sich für den Ekel, streckte sich wütend auf dem Diwan aus und wartete auf Monique.

Sie erschien, in ein pflaumenblaues Gewand gehüllt, das mit weißen Rosen und Ibissen bestickt war. Aber er sah unter dem fließenden Stoff nur das geschmeidige Spiel ihres Körpers. Schweigend folgte er ihren geübten Bewegungen, die sie mit einem Ernst ausführte, der ihn reizte. In diesem Augenblick hasste er Monique, ihren abwesenden Gesichtsausdruck, die Entrücktheit und Gleichgültigkeit, mit der sie in einem langen Zug den Rauch der ersten Pfeife einsaugte.

Sie hatte sich sofort mit dem Ausdruck einer so seltsamen Ekstase zurückfallen lassen, dass er glaubte zu sehen, wie in ihren berauschten Augen die Erinnerungen an all ihre früheren sinnlichen Freuden vorüberzogen. Ein dumpfer Hass nagte an ihm und brach sich Bahn, als sie ihm gefällig eine zweite Kugel anwärmen wollte, damit auch er es versuchen könne.

Heftig entriss er ihr die Nadel, warf sie auf das Tischchen, das er mit zorniger Faust umstieß, sodass es mitten durchs Zimmer rollte. Die Pfeifen lagen am Boden verstreut, die Lampe erlosch.

Sie hatte nur Zeit zu murmeln:

»Was machen Sie denn?«

Da war er schon über ihr und beschimpfte sie in abgehackten Worten:

»Sind Sie denn völlig verrückt? Schämen Sie sich nicht? Halten Sie mich vielleicht für einen Ihrer Gespielen?«

Aber sie blieb unempfindlich für die Beleidigung; ja, die Kränkung, in der sie mehr Eifersucht und Begehren als Empörung spürte, beglückte sie fast; sie beschränkte sich darauf, ihm die Hand auf den Mund zu legen.

Überrascht schwieg er und küsste mechanisch ihre duftenden Finger … Er fühlte, wie sie ihn mit der anderen Hand an sich zog, sah durch ihr sich öffnendes Kleid ihre nackten Brüste … Da warf er sich auf sie wie ein Raubtier.

Augenblicke des Taumels, wo sie, ineinander verschlungen, nur noch ein einziges Wesen waren, das derselbe wilde Instinkt fortriss.

Ihre Leidenschaft sprengte alle Fesseln. Für beide kam dieses Erlebnis völlig unerwartet, und sie suchten es nicht verstandesmäßig zu ergründen, am wenigsten Monique.

Am nächsten Morgen war es nicht nötig, dass Régis sie bat, energisch mit der Vergangenheit aufzuräumen …

»Wollen wir nicht Rignacs Haus an der Oise mieten? Wir könnten vierzehn Tage dort bleiben … Claire braucht mich nicht zur Leitung des Geschäfts, und du könntest in aller Ruhe die Korrekturen für dein neues Buch durchgehen.«

»Einverstanden!«

Gesagt, getan. Monique hatte ihren Bären entführt, nachdem sie vorher Mademoiselle Tscherbalief insgeheim lange Anweisungen erteilt hatte, mit der ausdrücklichen Ermahnung:

»Er darf nichts ahnen!«

Ihr Bär! Seit gestern hatte das Wort einen doppelten Sinn, es drückte für sie gleichzeitig eine Form von Besitzergreifen und Dankbarkeit aus. Sie fühlte sich fast wie ein neuer Mensch.

Die eben noch Gleichgültige liebte. Sie liebte jemanden, der gesund, würdig, stolz war. Sie liebte seelisch ebenso sehr wie physisch. Sofort hatte sie wieder festen Boden unter sich gefühlt. Die Liebe, das einzige fruchtbare Feld der Existenz!

Die vierzehn Tage, die sie in Rozeuil zubrachten, waren Tage ungetrübten Glücks. Das niedrige Haus hinter den hohen Pappeln auf der Wiese … Der Bauerngarten hinter den dichten Hecken … Der Strand, der so ideal war für die verliebten Ruhestunden des Nachmittags … Die grünen Ufer der Oise, die am Bootssteg vorbeifloss … Die Fahrten zwischen den Inselchen mit ihrem frischen grünen Zauber am Morgen und den warmen blauen Nächten … Nächte, in denen sie ihre Zweisamkeit noch inniger genossen als am Tage …

Der Bär war zum Lamm geworden. Und Monique hatte bei diesem Landleben, inmitten der Natur, ihre Kinderseele mit all ihrer unschuldigen Begeisterung wiedergefunden. Das Mittagessen im Wirtshaus und das Abendbrot »daheim«, die wundervollen Fischzüge, bei denen er als einzigen Fang einen alten Schuh und sie die Wurzel einer Wasserpflanze zutage gefördert hatte, die Spiele, die Rignac zurückgelassen hatte, alles entzückte sie. Jede Stunde brachte sie einander näher.

Endlich, bei der Rückkehr freute sie sich wie ein Kind auf die Überraschung, die sie mit Claires Hilfe für den missgelaunten Régis vorbereitet hatte, den die Rückkehr nach Paris mit ihrer erzwungenen Trennung verstimmte. Er bewohnte mit seiner Mutter zusammen eine kleine Wohnung. Wo sollten sie sich treffen?

Die Banalität der Hotelzimmer war ihm zuwider, mehr aber noch jene Opiumhöhle im Parterre. Zeugin einer Vergangenheit, an die er – verliebter, als er sich eingestehen mochte – nicht ohne nachtragende Gehässigkeit denken konnte. Das Grabgewölbe der Garçonne! Nein, danke.

Das Zwischengeschoss der Rue de la Boétie, wo sie ihm

kühn vorgeschlagen hatte, künftig mit ihr zusammen zu wohnen, war ihm auch nicht recht, der Leute wegen. Er wollte sich nicht von seiner Geliebten aushalten lassen.

So war es ihr, nicht ohne Murren seinerseits, gelungen, ihn dazu zu überreden, am Abend ihrer Rückkehr noch einmal mit in die Rue Pigalle zu kommen. Danach könnte man ja etwas anderes suchen … Aus Bequemlichkeit hatte er sich überreden lassen, denn der Genuss war ihm zum Bedürfnis geworden, und Monique war voller Vorfreude auf die Wirkung ihrer Überraschung.

Als sie aus dem vollständig umgestalteten Korridor in das große Zimmer getreten waren, das nicht mehr einen Hauch seiner früheren Ausstattung erkennen ließ, hatte er einen Ausruf des Staunens nicht unterdrücken können:

»Das ist ja fabelhaft! Hast du eine andere Wohnung gemietet? Hat das Haus zwei Parterrewohnungen?«

»Nein, es ist dieselbe. Aber Claire hat sie nach meinen Vorgaben neu eingerichtet. Gefällt es dir?«

Geschmeichelt hatte er die Verwandlung betrachtet. Keine Spur mehr von der Vergangenheit. Das Geflüster der bösen Stunden, die sein eifersüchtiges Forschen nur zu oft heraufbeschwor, war verstummt … In dieser zarten Geste Moniques erkannte er eine Unterwerfung und den spontanen Entschluss, das Vergangene auszulöschen … Sie verjagte die Gespenster.

Reden wir nicht mehr davon!, schienen die mit cremefarbenem Segeltuchleinen bespannten Wände zu sagen, an denen Bilder Rignacs und Marquets ihre blauen Mittagshimmel auf orangefarbenem Grund aufleuchten ließen. Hier soll man nur lieben und vergessen, fügten der schmalere Diwan für zwei, die tiefen mit blauem Samt bezogenen Sessel, die niedrigen Tischchen, auf denen ihre Lieblingsbücher lagen, und die blumenbekränzten Etageren hinzu. In einem Delfter Topf wartete Marylandtabak auf Monsieur, und kurze Pfeifen häuften sich zur Auswahl in einer Onyxschale …

Sosehr er auch im Grunde noch der alte Bär geblieben war, rührte ihn das alles doch von Herzen. Wie konnte er sich eigentlich unterstehen, sich als Richter von Taten aufzuspielen, die ganz allein sie angingen? Er hatte nicht über Moniques Vergangenheit zu urteilen. Die Gegenwart genießen, sich allein auf sie beschränken, war ein einfaches Gebot der Weisheit …

Nach einer leidenschaftlichen Nacht betrachtete Boisselot, über sie geneigt, die schlafende Monique. Er hätte in diesem Körper lesen mögen, den er noch in tiefstem Schlummer wusste, und in den geheimsten Grund ihres Wesens eindringen mögen.

Sie hatte die Arme im Nacken gekreuzt und atmete regelmäßig, ihr Gesicht war rosig, umrahmt von kupferrotem Haar. Sie erwachte langsam, als sie seine Nähe spürte, sah sein nachdenkliches Gesicht über sich geneigt und lächelte.

Sie lagen nackt nebeneinander unter dem Bettuch, das sie gegen Morgen fröstelnd über sich gezogen hatten. Der helle Tag drang durch die dunkelblauen Samtvorhänge. Ein Sonnenstrahl tauchte sie in Gold.

»Schönes Wetter!«, flüsterte sie, umschlang mit ihrem kühlen Arm seinen Nacken und zog die geliebten Lippen zu ihrem Mund herunter.

Dann stieß sie ihn sanft zurück und flüsterte:

»Du hast mich ausspioniert, du Schuft?«

»Ich habe dich bewundert.«

Er hatte das mit so spontaner Aufrichtigkeit, mit einer solchen Leidenschaft gesagt, dass sie die Worte wie Liebkosungen auf ihrer Haut spürte.

Schweigend genossen sie die zärtlichen Stunden. Sie dachte nur noch an diese beruhigende Hingabe und an jene Wasserrosen, deren üppige Blätter sie gestern noch auf der Oise mit ihrem Ruder gestreift hatten … Wie sie, hatte sich Monique vom besonnten Strome wiegen lassen …

Er atmete berauscht den Duft des kupferfarbenen Haars. Sie hob die Augen und bettelte um Antwort auf ihre stumme Frage: Liebst du mich? … Aber er erklärte nur:

»Wenn du deine Haare nachwachsen ließest, ohne sie zu färben? Deine Naturhaarfarbe ist entzückend.«

Trotz seiner äußerlichen Nachlässigkeit war er ein echter Spießbürger geblieben, den derartige Kleinigkeiten störten. Sie waren für ihn Symbole einer Unabhängigkeit, mit der er Monique oft neckte, ohne sich das Empfinden eingestehen zu wollen, das sich in diesen versteckten Vorwürfen äußerte.

Eifersucht? … Warum? … Das wäre doch zu albern! Was hätte sie denn vereint, wenn nicht die Sympathie ihrer Neigungen und der sinnliche Genuss? … Ehrlich hatte sie ihm, als sie erkannt hatten, dass sie Freunde seien, wie einem brüderlichen Vertrauten all ihre Abenteuer gebeichtet.

Sie hatten einander in vollem Bewusstsein genommen, frei, fröhlich … Und heute eifersüchtig? … Mit welchem Recht? … Er war doch kein Narr! Niemals, ehe er Monique fand, hatte er je den Rausch einer dauerhaften erwiderten Liebe gekannt. Seine übermäßige, bis zur Heftigkeit gehende Offenheit war schuld daran, dass er die Frauen nie lange hatte halten können, die sein großes Talent und seine robuste Männlichkeit hätte fesseln können … Er hatte eine nach der anderen durch seine törichte Tyrannei vertrieben …

Allerdings hatte ihn auch keine so schnell und so gänzlich erobert wie »dieses verdammte Mädchen«, das zu besitzen ihn noch drei Monate später ebenso entzückte wie am ersten Tage.

Sie hob die Stirn und schüttelte die dichten Locken. Sie hatte so volles Haar, dass sie, obwohl es nur bis zum Nacken reichte, leicht eine Hochsteckfrisur daraus hätte zaubern können.

»Eigentlich«, meinte sie, »ist's mein Bubikopf, der dir nicht gefällt! Sei ehrlich!«

»Er steht dir sehr gut …«

»Aber …«

»Ich bin nicht für das, was gerade modern ist.«

»Tyrann«, neckte sie ihn, »was kann dir daran liegen, ob ich mein Haar auf diese oder eine andre Art trage, wenn es mir nur gut steht?«

»Es passte besser zu der Monique von gestern.«

Sie erblasste. Erschrocken hätte er das Wort zurücknehmen mögen. Es war wie ein Stein, der von oben in einen Brunnen geworfen wurde: Schon hatte er unter dem klaren Wasser den Schlamm aufgerührt …

Nun hatte auch Monique sich aufgerichtet. Sie empfand plötzlich ein Gefühl von Scham darüber, nackt seinem Blick ausgeliefert zu sein, der sich bei der Anspielung unwillkürlich verfinstert hatte. Sie streckte den Arm aus und fasste einen Schlafrock, mit dem sie sich mechanisch bedeckte.

Er wollte seine Ungeschicklichkeit wiedergutmachen und beteuerte:

»Glaubst du, dass ich mich um die geringsten Kleinigkeiten kümmern würde, die dich betreffen … ja, selbst um das, was die Leute von dir denken, wenn ich dich nicht so liebte?«

»Für mich ist nur eines wichtig: was du von mir denkst … Und die Monique von heute. Eine andere gibt es nicht mehr.«

Er warf den Kopf zurück:

»Eine Frau kann man nicht mitten durchschneiden wie einen Apfel … Die eine Hälfte die Vergangenheit, die andere die Gegenwart … Wenn man liebt und sobald man liebt, ist das geliebte Wesen ein untrennbares Ganzes. Das, was es jetzt ist, lässt sich nicht durch einen glatten Schnitt von dem trennen, was es früher war. Alle Augenblicke eines Lebens hängen zusammen … Weil ich dich so leidenschaftlich liebe und einzig, weil ich dich liebe, muss ich immer wieder an die denken, die du warst, ehe du mein wurdest. Und diese Monique hasse ich!«

»Wenn du mich so sehr liebtest, wie du behauptest, dann würdest du sie nicht hassen, sondern bedauern …«

Sie war aufgestanden; er tat es ihr nach und empfand nun seinerseits seine Nacktheit als peinlich. Er hatte das Gefühl, dass sie nun wieder zwei arme Wesen geworden waren, die das Bedürfnis hatten, Leib und Seele voreinander zu verhüllen …

Mussten sie sich denn immer, wenn das Verlangen gestillt war, gegenüberstehen wie zwei Gegner nach der Kampfpause? … Diese Offenheit brannte ihm auf der Zunge. Aber er war klug genug, sich zu beherrschen … Ihr weh tun? … Nein, das wäre Flegelei gewesen … Aber sie etwa noch bedauern? …

Er fühlte einen Zorn in sich, eine Eifersucht, ein Leiden, das sogar die neu tapezierten Wände in diesem Zimmer noch vermehrten. Der schmale Diwan verschwand; an seiner Stelle sah er den Katafalk aus der Opiumhöhle, auf dem Monique sich in den Armen anderer gewälzt hatte.

Und hinter jener Tür war das unveränderte Badezimmer,

das wer weiß wie viele vor ihm benutzt hatten! … Er zog sich schweigend und hastig an. Er hatte es instinktiv eilig, wieder allein zu sein, um seine stürmischen Gedanken zu ordnen …

Sie ahnte das Drama, das in ihm begann nach den vierzehn einsamen Tagen, die ihre Seelen in das Paradies von Rozeuil verpflanzt hatten … ja, das Paradies! Hatten sie es nur gefunden, um es wieder zu verlieren?

Der Instinkt in ihr siegte über den Stolz. Die Furcht wich der Geschicklichkeit. Er wandte ihr den Rücken zu und band sich die Schnürsenkel. Sie umschlang ihn mit ihren Armen. Und scheinbar ohne seine Verstimmung zu bemerken, versuchte sie ihn abzulenken:

»Vergiss nicht, deinem Verleger zu sagen, dass er morgen die Verzierungen für die Kapitelenden deines Buches bekommt. Sie werden heute fertiggestellt. Ich will, dass auch etwas von mir in deinem Buch ist …«

Er versprach es. Er war gerührt, erwärmt von der Glut, die noch unter der Asche in diesem Herzen brannte. Aber wider seinen Willen zeigte ihm seine Besessenheit dieses Herz ausgebrannt, geschwärzt von all den früheren Flammen. Durch seinen besitzwütigen männlichen Egoismus verblendet, ahnte er nicht, bis zu welchem Grade die Liebe in einer Seele wie der Moniques mit steiler, vernichtender Flamme alle alten Spuren vertilgt und wieder Freiraum geschaffen hatte.

Für sie gab es seit der Stunde, in der sie Régis erkannt und gewählt hatte, nichts mehr von all den Freuden und Schmerzen, die sie vorher empfunden hatte. Von ihrer gemeinsamen Auszeit in Rozeuil war sie geläutert vorangeschritten. Eine glückliche Monique, die wusste, was das Glück wert war und die es sich erhalten wollte.

Eine andere Frau …

II.

Tage und Wochen verstrichen.

Sie hatten sich gemeinsam ein Auto gekauft. Sie lernten die fieberhafte Eile unvorhergesehener Abreisen, die Flucht vor sich selbst in die Ferne kennen. Sie hätte gern einen größeren und schnelleren Wagen gehabt. Aber er war dagegen gewesen, da er seinen Anteil nicht hätte bezahlen können. Es verstimmte ihn schon genug, dass er sie chauffieren lassen musste.

Kurzsichtig und zerstreut, wie er war, hatte er sich darein gefunden, dass sie am Steuer saß. Einige Unterrichtsstunden hatten genügt, um sie zu einer geschickten Fahrerin zu machen und ihn zu einem gewissenhaften Mechaniker. Eine untergeordnete Rolle, über die er selbst, die Pfeife zwischen den Zähnen, häufig scherzte, die ihn aber insgeheim demütigte, ohne dass sie eine Ahnung davon hatte.

Monique empfand mehr und mehr, wie sehr sie – in ihrer Begierde befriedigt – auch in einer intellektuellen Gemeinschaft hätten leben können. Er war ein so guter Kamerad. Er hatte über Menschen und Dinge ein so vornehmes Urteil! Er war mitleidig, trotz seiner Heftigkeit … Hinter seiner brummigen Art spürte sie seine wahre Güte …

Selbst ihre ersten Zwistigkeiten, diese Streitsucht, die ihn beim leisesten Anlass zur Eifersucht so unausstehlich machte, war sie nicht gerade ein Beweis für die Ausschließlichkeit seiner Liebe und darum rührend und beinahe schmeichelhaft?

Wenn sie unter seinem zornigen Schweigen, unter seinen vorwurfsvollen Anspielungen, unter den ganzen hinterlistigen und aufreibenden Zankereien wieder einmal litt, redete sie sich ein: »Wie sehr er mich liebt!«

Sie glaubte selbst einen Augenblick lang, es müsse wundervoll sein, ihr Leben noch enger zu vereinen. Wenn sie eine gemeinsame Wohnung nähmen, wo sie ihre Zeit ungestörter miteinander verbringen könnten? Er könnte alle Tage bei der alten Madame Boisselot zu Mittag essen … Aber er fürchtete, die Einsamkeit könne der alten kranken Frau schaden …

Monique war mit diesem Zustand unzufrieden, ihr Zusammenleben wurde von ihren Geschäften unterbrochen und gestört und besonders dadurch, dass Régis sich verpflichtet fühlte, seine Mutter nicht allein zu lassen.

Die Unsicherheit und Flüchtigkeit ihrer Begegnungen – außer den Nächten, die sie in der Rue Pigalle verbrachten – hinterließ in ihnen nur einen bitteren und zornigen Durst nach erneutem Zusammensein.

Wie ein zu kleiner, vergeblich neu vergoldeter Rahmen zwang die ehemalige Opiumhöhle, die Garçonne-Domizil geblieben war, ihre Liebe zu verhängnisvoller Abkapselung und beschwor unwillkürlich eine ständige Feindseligkeit herauf, die zur Herausforderung wurde. Da begann ihre Begeisterung abzuflauen.

Die ständigen Misshelligkeiten, für die sie doch nichts konnte, begannen ihr auf die Nerven zu gehen. Sie zürnte ihm deswegen. Sie sagte ihm wieder und wieder: »Das Vergangene ist vergangen, weder du noch ich können etwas daran ändern … Was kann dir alles andere ausmachen, da ich dich doch liebe!« Er gab ihr recht, gestand seine Albernheit ein und fing fast unmittelbar darauf wieder von Neuem an.

Krankhafte Neugier trieb ihn zu ständigen Fragen. Da sie in der Gegenwart keine Nahrung fand, zwang ihn seine Besessenheit, unaufhörlich in ihren Erinnerungen zu wühlen.

Die schmerzlichste von allen war für ihn Peer Rys.

Er begnügte sich nicht damit, die zu verabscheuen, von denen er wusste, dass sie Moniques Körper besessen hatten, sondern er wollte auch die Namen aller anderen erfahren, denen sie sich vor ihm hingegeben hatte. Es nützte ihm nichts, zu wissen, dass dieser Körper jetzt ihm allein gehörte. Er konnte es nicht ertragen, dass sie schon vor ihm unter so vielen Küssen anderer gebebt, den Kelch der Lust geschlürft hatte und vor allem, dass die Erinnerung daran in ihr lebendig war.

Visionen, deren Bilder ihm seine Vernunft vergebens fernzuhalten riet. Sie verfolgten ihn, nahmen bestimmte Gesichter und Fantasiegestalten an. Sie spulten ihren Film vor ihm ab. Schlüpfrigkeiten, die sein Begehren aufpeitschten und gleichzeitig an ihm nagten …

Aber sie, geleitet von dem tiefen Gefühl für alles, was ihre Liebe erhalten konnte, setzte diesen wahnsinnigen Verhören – leider zu spät – den Willen entgegen, zu schweigen und ihn durch Sanftmut abzulenken.

Sie suchten neue Liebesverstecke auf. Sie entdeckten das Vergnügen plötzlicher Reisen, sie entflohen der Banalität der großen Hotels, und Monique lernte den Reiz kleiner Landgasthäuser und Provinzhotels kennen. Aber sobald ihre Arme sich voneinander gelöst hatten, las sie in seinen gehetzten Augen wieder jene fixe Idee.

Nach sechs Monaten traf Régis ein schwerer Schlag: seine Mutter starb. Eine Zeit der Trauer, in der es Monique verstand, ihn zu trösten. Und dann konnten sie den Plan ausführen, den sie von Anfang an gehabt hatten: einander mehr anzugehören, in der Wärme eines eigenen Heims, in dem nichts an die alten Zeiten erinnerte.

Es machte ihnen Freude, die bescheidenen Räume mit Wandbespannungen aus kariertem Leinen, Regalwänden in kräftigen Farben und Keramiktöpfen zu verschönern. Sie selbst ordnete seine Bücher neu und trieb als Schreibtisch für ihn ein monumentales Bauernmöbel aus hellem Eichenholz auf, an dem drei Jahrhunderte fast spurlos vorübergegangen waren.

Alle Abende trafen sie sich hier, um gemeinsam zu essen und zu schlafen. Morgens um elf ging sie wieder fort. Er arbeitete an einer Fortsetzung der *Ehrlichen Herzen* mit dem Titel *Besitz?* …, denn er gehörte zu jenen Schriftstellern, die weniger Fantasie als Beobachtungsgabe besitzen und unwillkürlich in all ihren Büchern immer sich selbst schildern.

Nun atmete Monique eine Zeit lang auf. Unter dem Einfluss Boisselots hatte sie sich schon vom ersten Tage ihres Zusammenlebens an wieder in ihre Arbeit gestürzt, denn er sah in ihr eine Ablenkung von allen Gefahren und Versuchungen, die in den Stunden, in denen sie ihm fern war, der alte Kreis hätte mit sich bringen können: Beziehungen, Gewohnheiten …

Sie hatte die Leitung ihres Geschäftes wieder selbst übernommen, Mademoiselle Tscherbalief allerdings behalten, ja, sie sogar beteiligt. Gleichzeitig hatte sie ihr das alte Garçonne-Domizil überschrieben. Nur nichts mehr davon hören! … Die Einrichtung der Villa Piombinos, die Mademoiselle Claire entworfen und ausgeführt hatte, erhob sie über den Rang einer Angestellten, und da sie außerdem die Huldigungen des enttäuschten Barons angenommen hatte, verfügte sie nun über nennenswertes Kapital. Aber die Russin war Monique dankbar dafür, dass sie ihr zu ihrem Glück verholfen hatte, und und war zufrieden damit, offiziell und ohne Risiko in einem Unternehmen an zweiter Stelle zu stehen, in dem sie in Wirklichkeit den ersten Platz einnahm.

Monique überließ ihr die Leitung des allgemeinen Geschäftsbetriebes und hatte freudig wieder zu ihren Pinseln und Stiften gegriffen … Eine zwar erst teilweise, aber doch ausreichende Wiederbelebung der eigenen Persönlichkeit, um Régis' selbstsüchtiges Kalkül zu einem ganz unerwarteten Ergebnis zu führen. Denn indem sie wieder in den heilsamen Strom der Arbeit eintauchte, schöpfte Monique gleichzeitig aus ihm eine Energie, mit der sie wie aus einem Bad emporstieg, mit klarem Blick und voller Entschlossenheit. Mit der körperlichen Genesung stellte sich nach und nach auch die seelische Gesundheit wieder ein.

Die Tätigkeit, in der ihr Geliebter nur ein Mittel gesehen hatte, sich ein Autoritätsmonopol zu sichern und zu bewahren, gab ihrer Seele, die er gerne unterjocht hätte, das Selbstbewusstsein zurück. Ein Gefühl, das Monique beim Auftauchen aus ihrer Depression als starken Trost empfand.

Nun ertrug sie den Despotismus schwerer, mit dem Régis sie unwillkürlich überzog. Sooft er sie zwang, an jenen düsteren Ufern der Vergangenheit zu landen, von denen er sie doch selbst entführt hatte, reagierte sie empört.

Alles diente seinen ungeschickten Bemerkungen zum Vorwand, das unbedeutendste Ereignis genügte, um in diesem kultivierten Menschen den Wüterich zu entfesseln … Und die Szenen, denen dann heiße Reue folgte, wiederholten sich in immer qualvollerer Form. Keine war aber so heftig wie die, die ein unvorhergesehener Zufall hervorrief: das Auftauchen des Nackttänzers.

Es geschah bei einer Galavorstellung, die Ginette zugunsten des Hilfswerks für die Kriegsversehrten organisiert hatte: denn die Kassen des Hospitals waren nach sechsjährigem Bestehen leer. Die Unglücklichen starben zu langsam.

Der Auftritt von Peer Rys war noch im letzten Augenblick ins Programm eingeschoben worden. Eine Ankündigung Marlys – der bei dieser Gelegenheit Regie führte – hatte Régis und Monique gleichzeitig erzittern lassen. Während des zufriedenen Gemurmels, das sich allseits erhob und in vielen Bravorufen endete, hatte er sich zu ihr hingeneigt und sie mit seinem Blick durchbohrt:

»Freust du dich?«

»Du bist wahnsinnig!«

Nie hatte sie so sehr die Beichten bereut, zu denen sie sich in den ersten Tagen ihrer Freundschaft hatte verleiten lassen. Ohne abzuwarten, dass der Vorhang sich hob, hatte er seinen Platz verlassen und befahl ihr, ihm zu folgen. Gekränkt hatte sie sich geweigert.

Aber als sie sah, wie er entschlossen zur Tür hinausging, in deren Nähe ihre Plätze waren, wurde sie schwach. Er litt um ihretwillen. Und obwohl dieses Leiden unbegründet war, rührte es sie, weil sie ihn fast noch ebenso innig liebte wie in den schönen Tagen von Rozeuil.

Sie fuhren im Taxi heim, ohne ein Wort miteinander zu wechseln. Jeder drückte sich in eine Ecke und hing seinen Gedanken nach, beide erfüllt von bitterem Groll. Aber als sie dann in ihrem kleinen Schlafzimmer waren und er ihr hasserfüllt zusah, wie sie den Mantel ablegte und mit bloßen Armen in ihrem Perlenkleid dastand, konnte sie sein beleidigendes Schweigen nicht länger ertragen. Versöhnlich ging sie auf ihn zu:

»Liebling, ich kann dir nicht böse sein, weil du unglücklich bist … Ich selbst leide mehr als du, wie weh du mir auch ohne allen Grund tun magst. Du siehst doch, ich leide mit dir an der Qual, die du allein uns verursachst …«

Er stieß sie grob von sich:

»Ja, natürlich, *ich* habe ja mit Rys geschlafen!«

Sie zuckte die Achseln.

»Hast du darum die *Ehrlichen Herzen* geschrieben, dass du mir heute meine Ehrlichkeit zum Vorwurf machst? Habe ich nicht, ehe ich dir angehörte, den Anstand besessen, dir die ganze traurige Wahrheit über mein Leben zu gestehen?«

»Ich hatte dich nicht darum gebeten.«

»Régis! Das ist doch nicht möglich! Das bist doch nicht du, der so spricht? … Dieses Geständnis, das meinem Vertrauen, meiner Zärtlichkeit entschlüpft ist und das du heute dazu benutzt, um uns alle beide zu martern, hätte ich lieber nicht ablegen sollen? … Vergisst du denn ganz, dass gerade dieses plötzliche Vertrauen uns einander nähergebracht hat? Wäre es dir lieber gewesen, ich hätte geschwiegen … und wenn wir einander dann trotz alledem geliebt hätten – denn auch das war vorbestimmt –, dann hätten wir Masken tragen sollen?«

»Vielleicht.«

»Nein, nein, das hätten wir beide nicht fertiggebracht. Oder wir wären eben nicht wir und würden uns nicht wahrhaft lieben. Kann denn einer dem anderen etwas verbergen, wenn man sich wahrhaft liebt? Und kann man sich wahrhaft lieben, ohne einander zu kennen?! Einander gründlich und völlig zu kennen?!«

»Nein.«

»Kannst du dir vorstellen, dass ich dir etwas verschweigen würde, selbst wenn du mich danach fragtest, auf die

Gefahr hin, eines Tages Lügen gestraft zu werden? … Denn jetzt fragst du mich doch aus!«

»Ich kann nicht anders.«

»Ja, und deswegen war es gut, dass ich dir alles vorher gesagt habe. Überleg doch nur. Früher oder später hättest du es notgedrungen doch erfahren müssen … Und dann hättest du nicht weniger gelitten.«

»Das stimmt.«

»Du machst mir Vorwürfe über mein Geständnis! Was würdest du erst tun, wenn ich dir etwas verheimlicht hätte?«

»Stimmt auch. Aber trotzdem! …«

»Trotzdem was? Wäre es dir angenehmer gewesen, wenn ich deine Fragen mit falschen Beteuerungen beantwortet hätte? Womöglich einen Meineid geschworen hätte? Denn mein bloßes Wort hätte dir ja nicht genügt, du hättest Schwüre verlangt! … Liebling, Liebling, fühlst du denn nicht, dass deine Liebe alles Vergangene verzehrt, vernichtet hat? … Dass ich nur glücklich bin, weil ich fühle, dass wir in der Wahrheit leben? Und weil nur die Wahrheit auslöscht und wiedergutmacht?! …«

Er hatte den Kopf gesenkt und schwieg finster.

Sie packte ihn bei den Schultern:

»Schämst du dich denn gar nicht, so böse und ungerecht zu sein? … Sieh mich an, wenn du mich liebst!«

Mit verzweifeltem Blick murmelte er:

»Du weißt es ja! Würde ich alle, die dich früher geliebt haben, so hassen, wenn ich dich nicht liebte? Dich allein! Und grenzenlos!«

Sie rief:

»Ich liebe auch dich allein und grenzenlos! Aber was würdest du dazu sagen, wenn ich dich ewig mit Erinnerungen an deine früheren Geliebten martern wollte? Denn du hast ja auch vor mir andere gehabt.«

Er musterte sie so unverschämt, dass Kälte ihr bis ins Herz drang:

»Das ist etwas ganz anderes!«

»Weshalb?«

Er hatte ihr den Rücken zugewandt und begann, sich pfeifend auszuziehen. Empört rief sie:

»Etwas anderes? Wieso denn, bitte, erkläre mir das.«

Er zog die Weste aus und sagte trotzig:

»Das wäre zu kompliziert.«

Sie schrie:

»Man sollte meinen, du hättest mich aus der Gosse aufgelesen, so wie du mich behandelst! Ich bin keine Dirne!«

»Nein. Wenn du eine Dirne wärest, eine arme Dirne, die mit den Männern schläft, weil das ihr Broterwerb ist, würde ich nicht so mit dir reden. Man hat kein Verlangen danach, eine Dirne zu heiraten!«

Sie machte eine wegwerfende Bewegung. Aber er fuhr fort:

»Man hat ganz einfach Verlangen nach ihr, wie man Verlangen nach einem Stück Braten oder nach einem Buch hat, das man durchblättern möchte. Man leistet sie sich, wie sie gerade ist. Und wenn man sich zufällig in sie verlieben sollte … Warum auch nicht? … Dann müsste man ja völlig verrückt sein, wenn man auf die Männer eifersüchtig sein wollte, die sie gehabt hat, haben musste! Erstens mal kennt man sie nicht. Kennt sie sie überhaupt selbst noch? Es sind zu viele! Die Masse ist anonym … Aber du, du …«

Sie hörte ihm schmerzerfüllt zu:

»Wer hat dich gezwungen, dich wie eine Verrückte dem Erstbesten hinzugeben? Dich wegen seiner schönen Visage in diesen Trottel von Nackttänzer zu vergaffen? … Von den anderen will ich gar nicht weiter reden, weder von denen, die du die Chuzpe hattest, mir zu nennen, noch von denen, die du dich geschämt hast, ans Licht zu zerren, weil du genau wusstest, dass es schmutzige Wäsche ist, die man besser in einer verschlossenen Schublade verbirgt.«

Sie bedeckte das Gesicht mit den Händen, um ihre Schamesröte zu verbergen. Er schrie:

»Du hattest nicht das Recht dazu! Du hättest daran denken müssen, dass du vielleicht eines Tages einen anständigen Menschen treffen könntest – so einen wie mich … Und dass ihr euch hättet lieben können, und wenn du, privilegiert durch Geburt und Erziehung, dich wie eine Hure herumtriebest … ja, schlimmer als eine Hure … dass du dann ihn und dich selbst unglücklich machen würdest!«

Sie antwortete nicht. Sie suchte sich innerlich darüber klar zu werden, was von alledem sie verletzte und was nicht. Einige Worte hatten sie bis ins Mark getroffen, weil dort die schwache Stelle ihrer Reue saß. Andere wieder hatten sie noch tiefer verletzt, so völlig unverdient waren sie. Schließlich sagte sie:

»Reden wir nicht mehr von mir, da du ja nicht einsehen willst, was ich war, ehe ich dich kennenlernte, und was ich vor allen Dingen war: unglücklich! … Und da du schon einmal mit den Wahrheiten angefangen hast, so sei es auch jetzt!«

»Los! …«

»Du hast mir eben gesagt: eine Dirne heiratet man nicht! Zugegeben! Obgleich das eigentlich alle Tage vorkommt! Aber eine Witwe oder eine Geschiedene? … Antworte! …«

Er sah voraus, worauf sie hinauswollte, und knurrte:

»Das kommt darauf an!«

»Nein! Drück dich nicht, das passt nicht zu dir! Antworte … Wenn du eine Witwe oder eine geschiedene

Frau so liebtest, wie du mich liebst, würdest du sie dann heiraten?«

»Du bist weder eine Witwe noch eine geschiedene Frau. Mit ›wenn‹ und ›aber‹ lässt sich gut streiten.«

»Ich wiederhole, es handelt sich nicht um mich. Würdest du eine Witwe oder eine Geschiedene, die auch schon ihren Teil erlebt hätte, wovon du aber nichts wüsstest … würdest du die heiraten, wenn du sie liebtest?«

»Natürlich!«

»Das verstehe ich nicht.«

Sie standen einander gegenüber und sahen sich forschend in die Augen. Er fügte hinzu:

»Eine Witwe oder eine geschiedene Frau ist weniger verantwortlich für ihr Schicksal als du für das deine. Sie haben dem Gesetz gehorcht.«

»Welchem Gesetz?«

Er meinte schon ihr Lachen zu hören und setzte schnell hinzu:

»Also, wenn du gestattest, dem Gesetz der Menschen und dem der Natur.«

Sie brach in spöttisches Gelächter aus:

»Du bist zu spät geboren, Régis! Haha! Der Gatte und Gebieter! Der Herr und Meister!«

Er packte sie am Arm:

»Nein, aber der, ob nun Gatte oder Geliebter, der als Erster in euer Fleisch ein so tiefes Mal gräbt, dass ihr ihm für immer verfallen seid, und noch in den Armen eines anderen sein Geschöpf, seine Sache bleibt!«

»Ach ja, die Durchdringung! Das Kind aus der zweiten Ehe, das dem ersten Manne gleicht! Fiktion! Ich kann dir jedenfalls sagen … Nein, nein, Régis! Erstens heirate ich dich nie, darüber kannst du ganz beruhigt sein! Und wenn ich jemals Kinder bekommen sollte, so möchte ich nicht, dass sie dir gleichen!«

»Danke schön!«

Sie machte eine müde Bewegung:

»Wozu streiten wir uns eigentlich? All diese Dinge sind doch völlig individuell! Es gibt Mütter, die sterben, ohne die Liebe je kennengelernt zu haben … Die Frau erwacht erst zum Leben, wenn sie zur Lust erwacht …«

Er höhnte:

»Peer Rys!«

»Habe ich behauptet, dass die Lust allein das Leben sei? Schreit mein ganzes Leben dir nicht das Gegenteil zu? Man ist nur glücklich, wenn man einander mit Leib und Seele liebt.«

Er wandte den Kopf ab. Sie seufzte:

»Das hast du mich gelehrt, Régis! Nur unter der Bedingung ist man glücklich … oder vielmehr, man sollte es sein …«

Unbeweglich standen sie nebeneinander. Sie empfand eine versöhnliche Regung und näherte sich ihm. Da sah sie, dass er weinte. Das rührte sie.

»Warum quälen wir uns eigentlich so? Es gibt doch nichts Entwürdigenderes als Schmerz um eine solche jämmerliche Nichtigkeit. Und es ist auch so sinnlos!«

»Wenn man leidet, fragt man nicht nach Vernunftgründen!«

Er schämte sich und fiel ihr zu Füßen:

»Verzeih' mir, ich bin ein Rohling!«

Sie hatte eine Hand auf seinen Kopf gelegt und sah ihn mehr mitleidig als zärtlich an. Er sprang auf und umschlang sie … Wie oft hatte schon ein Streit zwischen ihnen damit geendet, dass sie umschlungen auf das Bett niederfielen. Aber heute sagte Monique traurig:

»Nein, Régis, nein! Heute Abend musst du mich in Ruhe lassen. Du hast ein Band zwischen uns zerrissen … Morgen … Wenn wir ruhiger geworden sind, wenn du …«

Aber da nahm er sie mit Gewalt. Sie fiel nieder, während sie sich noch wehrte. Und als sie dann aus dem Taumel, der sie erfasste, wieder erwachte, erfüllte beide eine tiefe Trauer. Sie schliefen erst gegen Morgen ein, eng umschlungen, aber ihre Gedanken waren einander fern.

Von da an führte Monique ein unruhiges Leben. Melancholisch dachte sie an die friedlichen Stunden ihrer Liebe zurück. Das Paradies von Rozeuil, aus dem der Teufel sie vertrieben hatte … Ja, der Teufel, der sich jetzt Boisselots ganz und gar bemächtigt hatte! Das Böse hatte ihn gepackt und beherrschte ihn. Er gab sich nicht einmal mehr Mühe, vernünftig zu sein und seine Eifersucht zu unterdrücken. Sie quoll aus der Vergangenheit in die Gegenwart hinüber und vergällte auch diese.

Obwohl ihr Stolz sehr darunter litt, bei dem, von dem sie ihre Freiheit erwartet hatte, nur in eine neue Art von Sklaverei geraten zu sein, hing Monique doch an ihm mit der sinnlichen Macht der Gewohnheit. Vielleicht würde er sich doch noch bessern? Die schlimmsten Krankheiten heilen ja zuweilen aus … All das Kluge und Gute, was in Régis steckte, würde schließlich doch die giftige Macht der Eifersucht dämpfen …vielleicht sogar ganz ersticken! …

So stimmten Liebe und Eigenliebe überein und rieten ihr zu Geduld. Aus Furcht, Régis' Argwohn zu erregen, der jetzt überall Verdächtiges witterte, hatte sie eingewilligt, ihn kaum noch zu verlassen. Sie verzichtete fast ganz auf ihren täglichen Umgang mit Freunden und auch auf ihre Arbeit. Sie ließ sich jeden Tag mehr unterjochen.

Er schwang sich zum Alleinherrscher auf und verwies sie

in seinen Schatten. Sie wurde die Hüterin seiner Arbeit. Sie begleitete ihn, wenn er ausgehen wollte. Sie verkehrten nur noch mit seinen Freunden, ein paar avantgardistischen Malern und Literaten, selten mit Vignabos, seitdem sie dort Blanchet getroffen hatten und die Unterhaltung sich sofort unangenehm zuspitzte. Es genügte, dass Monique der gleichen Ansicht war wie der Professor. Da hatte Régis sofort mit wütender Leidenschaft widersprochen.

Auf die Dauer musste diese Vereinsamung ihre Wirkung zeigen: Monique glaubte zu ersticken und kam sich vor wie in einem Gefängnis. Sie setzte sich zur Wehr, und der trügerische Friede nahm ein jähes Ende.

»Nein«, erklärte sie entschlossen, als er sie hindern wollte, eine Einladung Madame Ambrats für Sonntag Mittag anzunehmen. »Seit zwei Monaten weigere ich mich, nach Vaucresson zu kommen, das ist ja geradezu idiotisch. Du bringst mich schließlich noch mit der ganzen Welt auseinander.«

»Ich wüsste nicht, dass Madame Ambrat die ganze Welt wäre!«

»Du hast mich schon gezwungen, Vignabos abzusagen, und das genügt! … Von den anderen rede ich gar nicht … die habe ich dir gern geopfert! Ja, ich kenne schon deinen Spruch: Einsamkeit adelt die Seele und so weiter! Aber Vignabos! … und Madame Ambrat! … Das geht zu weit!«

Er fuhr auf:

»Und ich sage dir, dass das gerade genügt! Glaubst du vielleicht, ich wüsste nicht, warum du am Sonntag nach Vaucresson willst?«

»Um mal andere Luft zu atmen.«

»Es ist doch immer das Gleiche!«

»Was willst du damit sagen? Bitte, sprich dich aus!«

Ein zweimaliges Klopfen an der Tür verhinderte die Antwort, die Monique schon erriet und auf die sie ihre Entgegnung bereit hielt. Verrückt! Er war ja verrückt! … Die Haushälterin Julia mit ihrer Augenklappe erschien. Sie war eine dicke asthmatische Matrone mit einem von Vitriol zerfressenen Gesicht. Ein Liebesandenken! …

Sie meldete, den Schürzenzipfel in der Hand drehend:

»Es ist angerichtet!«

Sie warteten darauf, dass sie wieder hinausging. Endlich entschloss sich Julia, schleppenden Schrittes das Esszimmer zu verlassen. Sie hatte kein anderes Interesse, als ihre Herrschaft zu belauschen. Mit Wonne lauerte sie auf jeden Streit und suchte die kleinsten Einzelheiten zu erhaschen. Instinktiv nahm sie, als ein vom Manne versklavtes Arbeitstier, immer für Régis Partei. Moniques Eleganz und Unabhängigkeit empörten sie insgeheim.

»Darf ich jetzt vielleicht erfahren, was mich nach Vaucresson zieht?«

Er zauderte, denn er fürchtete sich davor, den Argwohn, der an ihm nagte, auszusprechen.

»Als ob du das nicht selbst am besten wüsstest!«

Mitleidig betrachtete sie ihn. Der Narr, der sie erst auf Gedanken brachte, mit denen sie sich sonst niemals aufgehalten hätte! … Er konnte ihr höhnisches Mitleid nicht ertragen und bemerkte hämisch und scharf:

»Vaucresson, der Treffpunkt der Freunde! Der wahren, der einzigen! … Wetten, dass zufällig nicht nur Vignabos da sein wird, sondern auch dieser famose …«

»Blanchet, nicht wahr?«

Er sagte:

»Du warst es, die seinen Namen nannte!«

»Weißt du, was du bist?«

»Ein Idiot, selbstverständlich! Aber blind bin ich jedenfalls nicht. Glaubst du, ich habe nicht bemerkt, wie ihr euch aufgeführt habt, als wir ihn das letzte Mal zusammen getroffen haben? Ich sage zusammen, weil ich ja nicht weiß, was du in meiner Abwesenheit treibst!«

»Régis!«

»Was? Ich stelle nur eine Tatsache fest: Ich weiß es nicht. Weiter nichts …«

»Kannst du zweifeln?«

»Man sollte immer zweifeln! Es gibt keine andere Gewissheit als den Zweifel. Sieh dich vor, dass der meinige durch deine Gekränktheit nicht noch mehr verstärkt wird!«

Sie schwieg stolz. Das nutzte er aus:

»Glaubst du, ich hätte nicht bemerkt, wie ihr einander zugeblinzelt habt, wenn ich sprach, und was du für ein Gesicht machtest, sobald er den Mund auftat? … Es würde mich gar nicht wundern, wenn ihr schon einig miteinander wäret!«

Julia kam wieder herein und brachte wenig appetitlich aussehende Beefsteaks und Bratkartoffeln. Sie stellte die Schüsseln auf den Tisch und wechselte mit ihren Wurstfingern, deren Nägel ungepflegt und schmutzig waren, die Teller. Relativität der Dinge! Heute empfand Monique stärker als gewöhnlich die Art von trotziger Armut, die alles in Régis' Umgebung ausströmte: beengte Seelen und beengte Räume.

Mechanisch teilte sie das Fleisch. Sie aßen, als wären sie zwei Fremde, die am gleichen Tisch sitzen. Er hielt es nicht mehr aus, stieß seinen Stuhl zurück und stand auf:

»Du wagst nicht einmal zu leugnen? Ich wusste es ja! …«

Nervös ging er auf und ab wie in einem Käfig.

»Bitte, setz' dich wieder«, bat sie. »Und nun hör' zu: Ich werde mich nicht so weit erniedrigen, zu versuchen, dich aufzuklären. Dazu ist die ganze Geschichte zu albern! … Unserer zu unwürdig …«

»Also Sonntag?«

»Gehen wir zum Essen zu Madame Ambrat.«

»*Du* gehst!«

Sie antwortete sanft, aber mit solcher Entschiedenheit, dass er der Herausforderung nicht entgegenzutreten wagte:

»*Wir* gehen! Entweder du lieferst mir diesen Beweis von Vernunft – das ist das Einzige, was ich von dir verlange – oder zwischen uns ist es für immer aus.«

Er starrte sie drohend an, seine schillernden Augen sprühten Funken. Nachgeben? Ja, vielleicht? Um sie besser auszuspionieren, um zu wissen …

Sie fuhr fort:

»Ich will nicht das Opfer deiner Marotten werden. Ich werde mich so benehmen, wie es mir passt. Ohne gegenseitigen Respekt gibt es keine dauerhafte Liebe! Bist du der unseren überdrüssig? Man sollte es fast meinen, wenn man sieht, mit welcher Wut du sie zu zerstören versuchst!«

Den Kopf in den Händen, fiel er auf seinen Stuhl nieder:

»Nein, Monique! Ich liebe dich! Verzeih' mir! Ich werde mich bessern!«

III.

Auf ihrer Fahrt zum Ambrat'schen Landhaus stellte Régis es sich im Geiste vor … Das einstöckige Haus am äußersten Ende von Vaucresson … die Laube mit den Gästen … Blanchet war natürlich auch da … Und er wurde immer schweigsamer und finsterer.

Er nahm sich fest vor, er schwor sich, Ruhe zu bewahren: Monique hatte ja recht, es war albern, sich selbst sein

Glück zu zerstören! … Warum genoss er nicht ruhig das Wunder, das diese Liebe in seinem Leben bedeutete? Noch nie war er einer Frau begegnet, die so viele wahre moralische Werte mit so großer verführerischer Schönheit vereinigte, und nie wieder würde er einer solchen begegnen!

Ob sie nun verantwortlich dafür war oder nicht, ihr eine Vergangenheit vorwerfen, die ihn logischerweise gar nichts anging? Blödsinn! … Ihr wegen ihrer geistigen Unabhängigkeit zürnen? Kleinlich! … Wegen ihres Reichtums? … Hier quälten ihn gemischte Gefühle. Er war empfänglich für den Luxus, der sie schmückte, und fühlte sich dadurch gedemütigt, dass sie auch in diesem Punkt von der Norm abwich und nicht die abhängige Frau war, der der Mann befahl …

»Hier entlang!«, sagte er an einem Kreuzweg.

»Aber nein! Die Akazien sind doch da … Wir sind auf dem richtigen Weg!«

Das Auto fuhr mit gleichmäßigem Brummen dahin.

Sie trug eine rote Ledermütz, hatte den Mantel aufgeknöpft, sodass man ihren bloßen Hals sah, steuerte aufmerksam und konzentriert und sah mit ihrem Bubikopf so hübsch aus, dass Régis sie trotz seiner schlechten Laune bewundern musste.

»Na«, meinte Monique, »hatte ich recht?«

Das Auto hielt vor der Landhausvilla mit dem alten Ziegeldach. Sie lag, inmitten von Kletterrosen verborgen hinter einem efeuumrankten, weiß getünchten Holztor und schien die Besucher willkommen zu heißen.

»Hübsch ist's, das muss man sagen!«, rief Monique. »Vielleicht wäre es klug, so zu wohnen, nahe genug bei Paris, um es im Notfall rasch zu erreichen, und doch weit genug draußen, um ungestört an der frischen Luft zu leben.«

Die herbstliche Nachmittagssonne überstrahlte die

Büsche mit ihrem hellen Schein. Ein duftiger Himmel leuchtete so sanft, dass man nicht wusste, war das nun der sterbende Sommer oder ein neu erstehender Frühling.

Sie ließen das Auto in der Allee stehen und schlossen das Tor. Beim Ton der Klingel erschien Madame Ambrat auf der Schwelle des Hauses … Sie schwenkte die Arme zum Willkommensgruß und beschleunigte ihren Schritt.

»Guten Tag, liebes Kind! Guten Tag, Monsieur Boisselot! Wir überlegten gerade, ob Sie noch kommen würden … Denn – das soll kein Vorwurf sein – Sie machen sich wirklich rar! … Ich bin Ihnen nicht böse darüber. Liebespaare sind immer Egoisten.«

Sie hatte Monique untergehakt.

»Warum sind Sie nicht zum Mittagessen gekommen? Es gab ein Spanferkel mit weißen Bohnen! … Und Vouvray dazu, den Monsieur Boisselot doch nicht verachtet …«

Sie wandte sich ihm zu:

»Es warten noch zwei kalt gestellte Flaschen auf Sie! Wenn Sie es auch nicht verdienen, Sie Räuber! … Kommen Sie rasch, alle warten schon auf Sie!«

»Wer alle?«, fragte Monique.

»Ihr spezieller Freund Vignabos, Monsieur Blanchet und die Muroys, die Sie ja kennen.«

Régis zog ein langes Gesicht. Er überlegte, ob er nicht auf der Stelle umkehren sollte. Aber schon gingen sie durch den Salon, das Hauptzimmer des Hauses, dessen Türen nach vorn zum Garten und hinten zum Wald hinausgingen. Er folgte.

Monique blieb einen Augenblick stehen:

»Dieses Zimmer gefällt mir zu gut!«

»Es ist sehr schlicht«, meinte Madame Ambrat.

»Eben deshalb!«

Der gemütliche Raum wirkte beruhigend mit seinen

alten gutbürgerlichen Möbeln, die von einer Patina glänzten, welche nur die liebevolle Pflege von Generationen verleiht. Monique liebte besonders den großen schlichten Schrank, der noch von Monsieur Ambrats Großeltern stammte. Ein Andenken an das Stammhaus der Familie.

Régis berührte im Vorübergehen das samtglatte Holz und dachte: ›Da kannst du einpacken! Das schlägt den Stil Lerbier gründlich!‹

Als ob sie seine Gedanken erraten hätte, sagte sie:

»Das geht den schönsten modernen Möbeln ab. Das kann nur die Zeit den Dingen verleihen, diese Patina – diese Bereicherung durch das Leben.«

Er hätte fast geantwortet: Das Leben! ... Das ist ein Witz ... Ja allerdings! Wenn wir 50 Jahre warten wollen, kommt auch das unsere ins Lot! ... als von der Laube, in der sich bei ihrem Anblick alle erhoben hatten, ein kleines Mädchen herbeirannte und sich Monique in die Arme warf.

»Wie schön du bist, Riri! Geht es dir gut?«

Das Kind hob seine flachsblauen Augen und sein ganzes glückstrahlendes Gesicht mit dem seidigen kastanienbraunen Haar, das ein Band in ihrer Augenfarbe schmückte. Sein ganzes Wesen antwortete mit einem einzigen Freudenschrei. Monique strich ihr über den Kopf und beglückwünschte Madame Ambrat:

»Wie sie sich gemacht hat!«

Stolz leuchtete in den mütterlichen Zügen:

»Nicht wahr? Geh, Riri, hol mal schnell zwei Gläser!«

Gerührt beobachteten sie, wie das Mädchen hüpfend und tanzend auf seinen kleinen Beinchen davonrannte ... Es war noch nicht volle zwei Jahre her, dass Henriette Lamus – sie war jetzt sechs Jahre alt – von den Ambrats aufgenommen worden war.

Sie war die Tochter einer Schuhstepperin, die an Krebs oder vielleicht auch an Elend und körperlicher Erschöpfung gestorben war. Der Vater war Zinkarbeiter, ein brutaler Trunkenbold; er hatte das arme Würmchen, das er nur zu verprügeln pflegte, dem Kinderheim überlassen. Besser als der schriftliche Verzicht auf seine Rechte – der in den Augen des Gesetzes, das noch beim übelsten Manne die väterliche Gewalt respektiert, wertlos war – hatte seine Wiederverheiratung, der glücklicherweise die Auswanderung des Lumpen folgte, den Ambrats ermöglicht, die endgültige Rettung des Kindes durchzusetzen. Aus dem armen Opferlamm hatten zwei Jahre vernünftiger Erziehung und zärtlicher Liebe ein anderes Wesen gemacht. Die verpflanzte Riri wuchs glücklich und gesund auf.

»Was für ein Erfolg! Darauf können Sie stolz sein!«

Madame Ambrat lächelte bescheiden:

»Sie ist so lieb! Und es ist so erfreulich zu sehen, wie eine Seele sich entfaltet, die nur danach verlangte, leben und lieben zu dürfen. Ich komme tatsächlich immer mehr und mehr zu der Überzeugung, dass die Wahlfamilie die einzig wahre ist. Riri liebt mich wie eine Mutter. Vielleicht sogar mehr. Die Familie ist nur ein Wort, wenn man sie ausschließlich auf die Bande des Blutes beschränkt sieht. Ja, ich sehe es jeden Tag deutlicher: die wahre Familie ist die des Herzens und des Geistes.«

»Aber man kann die Vererbung nicht unterdrücken«, bemerkte Régis.

»Nein, Monsieur Boisselot. Aber man kann sie derart korrigieren, dass man sie vollkommen umgestaltet. Das Okulieren ist eine gute Erfindung! Warum sollte man nicht aus so einem Wildling einen schönen Fruchtbaum machen, wenn ein okuliertes wildes Mandelstämmchen nach zwei Jahren prachtvolle Pfirsiche trägt?«

Monsieur Vignabos hatte sich Moniques bemächtigt und tätschelte ihr freundschaftlich die Hand. Jeder verneigte sich mit einem Eifer vor ihr, der Régis wider Willen verdross. Er konnte sich schwer daran gewöhnen, die zweite Geige zu spielen. Ohne Wärme drückte er Blanchet die Hand und nahm bitter die banalen Höflichkeiten der Muroys entgegen. Sie waren Monsieur Ambrats Verwandte; der Mann war Notar in Langeais, sie eine bescheidene Hausfrau. Ein altes, nicht sonderlich kultiviertes Ehepaar, dem der Name Boisselot offenbar nichts sagte.

Sie besuchten die Ambrats regelmäßig ein- bis zweimal jährlich, auf jeder ihrer Reisen. Die Ambrats schätzten sie wegen ihrer Gradlinigkeit und Duldsamkeit, auch wegen ihrer positiven Lebenseinstellung. Es war eine jener altfranzösischen Ehen, die in der friedlichen Provinz grau geworden waren und deren großer, stoisch ertragener Schmerz der Verlust des einzigen Sohnes gewesen war, Oberst Muroy, der am 20. August 1914 bei Morhange gefallen war.

Man bildete wieder einen, nun vergrößerten, Kreis in der Laube. Riri kam zurück und trug vorsichtig zwei Gläser in ihren Händchen.

»Hier, Patin!«

Mit der Geschicklichkeit eines Winzers öffnete Monsieur Ambrat eine der beiden auf Eis gelegten Flaschen. Madame Muroy hatte Riri an sich gezogen und streichelte sie: sie glich ihrer Enkelin, einer unehelichen Tochter des Oberst, der sie zugleich mit ihrer trauernden Mutter das Haus geöffnet hatten. Nun war ihr Hauptgesprächsthema mit Madame Ambrat wieder im Gange – die Kinderfürsorge, für die sie in Langeais eifrig Werbung machten. Durch ihre Vermittlung hatten bereits zwei Knaben, einer in Angers, der andere in Saumus, unerwartet Eltern gefunden.

»Wenn nur«, sagte Monsieur Muroy, »die, die wir gerettet haben, nicht immer davon bedroht wären, eines Tages von den eigentlichen Urhebern ihrer Leiden zurückgefordert zu werden! In Bezug auf die Kindergesetzgebung leben wir noch vollkommen unter römischem Recht … Der Familienvater hat alle Rechte und keine einzige Pflicht. Als ob die Kinder nicht ein soziales Kapital darstellen, das vor allen Dingen geschützt werden müsste!«

»Das hat Monsieur Blanchet in seiner Studie in der *Neuen Welt* kräftig betont«, bemerkte Madame Ambrat … »Doch, doch, lieber Freund! Sie haben uns einen großen Dienst erwiesen. Auf ihren Artikel hin hat das Hilfswerk eine Menge Zuschriften und Anfragen erhalten … Sie ahnen gar nicht, wie einflussreich Sie sind!«

»Blanchet kann Abgeordneter der Seine-et-Oise werden, sobald er nur will«, meinte Monsieur Vignabos.

»Das werde ich nie wollen. Vorträge und Artikel, gerne, aber im Palais Bourbon reden! … Wissen Sie, woran mich das immer erinnert, Ambrat? An die großen Windmühlen am Loireufer. Die Flügel dreh'n sich …«

»Und laufen leer?«

»Allerdings.«

»Und wer soll denn die neuen Gesetze schaffen«, fragte der Notar, »wenn nicht die Gesetzgeber?«

Blanchet machte eine unbestimmte Geste:

»Es wird wohl, und vielleicht eher als wir glauben, eine Zeit kommen, da man des Geredes müde wird. Die Welt um uns entwickelt sich. Auch der Selbstmord wird uns vor dieser Entwicklung nicht bewahren. Die Stunde der Tat wird kommen.«

»Die Revolution?«, fragte Monsieur Muroy ohne Begeisterung. »Wenn die gelingen soll, braucht man mehr als einen Generalstab und Truppen, da braucht man Reservisten. Wo sind die? Ohne den dritten Stand kein 1789!«

»Entweder kennt die Bourgeoisie von heute die Gewerkschaften nicht, oder sie unterschätzt sie wie damals Adel und Priesterschaft den dritten Stand. Vertraut auf das Volk!«

»Gut gesagt, Blanchet!«, unterstrich Monsieur Vignabos.

Aber der Notar meinte besorgt:

»Die Revolution ist das Unbekannte, oder vielmehr es ist immer die alte Geschichte: Man schießt übers Ziel hinaus und muss dann zurückstecken! Was hat der Bolschewismus in Russland erreicht? Können Sie mir das vielleicht sagen?«

»Aber«, warf Blanchet ein, »Russland ist nicht Frankreich. Und außerdem hatten in Russland der Ruin und die Hungersnot andere, tiefere und weiter zurückliegende Ursachen als die kommunistischen Utopien. Sogar ihr Fehlschlag kommt den französischen Reformern zugute. Wie es aber auch kommen möge, die Verstaatlichung des Bodens und der Großindustrie wird im alten Zarenreich die Herrschaft der Bolschewisten überleben. Die ganze Menschheit wird Vorteil daraus ziehen, zugleich mit dem riesigen russischen Volk, das wir wachsen sehen werden, wenn es erst seine blutigen Krämpfe überwunden hat. Was soll man machen? Ohne Kampf und ohne Schmerz kann nichts Großes entstehen.«

Eifrig lauschte Monique der klangvollen Stimme. Die innere Überzeugung verlieh ihrem Wohlklang einen Reiz, dem sogar Monsieur Muroy nicht widerstehen konnte. Nur Régis reagierte mit der gleichen ironischen Missbilligung auf den »Schauspieler« und sein Auditorium ... Lass nur deinen Bariton hören, alter Freund! Das zieht immer!

»Blanchet hat unrecht, sein Talent für den Hausgebrauch aufzusparen. Mit seiner Stimme ist er in zwei Jahren Minister.«, höhnte er.

Der Professor spürte den groben Angriff unter der spöttischen Replique.

»Ich bin nur ein einfacher Philosophieprofessor, mein Lieber. Und ich lehre nur das, was ich selber glaube.«

Der Schriftsteller entschuldigte sich perfid:

»Ach! Ich dachte, Sie hätten einen Lehrstuhl für Rhetorik. Verzeihung!«

»Ich verstehe nicht«, entgegnete Blanchet, »was daran Verwerfliches wäre. Auch die Rhetorik hat ihr Gutes. Jedenfalls ist es das erste Mal, dass ich einen Literaten schlecht von ihr sprechen höre. Sie speien auf Ihr Brot!«

Régis wurde blass. Der Hieb saß! Unter dem scherzhaften Ton traf ihn diese Spitze ins Mark. Ein Wortduell, dessen Ernsthaftigkeit niemand außer Madame Ambrat erriet und dessen Hiebe Monique empfand, die gleichzeitig Richterin und Zeugin war. Ihretwegen lieferten sich die beiden Männer hier ein Wortgefecht.

Denn sie erkannte mit einer plötzlichen Klarheit, die sie erschreckte: Boisselots Eifersucht witterte nicht vollkommen blindlings hier den Rivalen. Sie wurde sich darüber weniger aufgrund der stets gleichen Haltung des Professors bewusst als aufgrund ihrer gegenseitigen Sympathie. Seit ihrer letzten Begegnung war in Blanchet ein neues Gefühl erwacht.

Erst war es Neugier gewesen, dann zog ihn etwas Stärkeres als bloße Kameradschaft zu ihr hin, anstelle der bisherigen herzlichen Höflichkeit. Mit dem Instinkt aller Frauen, denen es schmeichelt zu gefallen, selbst wenn sie es ursprünglich gar nicht darauf angelegt haben, fühlte sie seine wachsende Zuneigung bei jedem Wiedersehen.

Das war nicht mehr bloße Seelenverwandtschaft, nicht mehr nur platonische Freundschaft, die ihr nach jeder Trennung diesen Menschen näher gebracht hatte, dessen vornehme Zurückhaltung sie endlich voll zu schätzen lernte. Ein stärkerer Magnet zog ihn an … Vielleicht unbewusst? Denn äußerlich war nichts anderes in seiner Haltung zu bemerken als herzliche Achtung. Es bedurfte der Argusaugen eines eifersüchtigen Liebhabers, um sofort klarzusehen.

Gleichzeitig prüfte sie sich selbst. Von Régis bis zu einem Grade besessen, dass außer ihm physisch niemand für sie existierte, konnte sie vom sinnlichen Standpunkt weder Abstoßendes noch Anziehendes an Georges Blanchet entdecken. Er war ihr gleichgültig …

Wenn sie schärfer nachdachte, gestand sie sich aber doch, dass er bei näherer Betrachtung gewann. War der erste Eindruck, als er ihr damals vorgestellt wurde, nicht eher negativ gewesen? Jetzt sah sie ihn gern wieder. Sie liebte seine umfassende Bildung und Kultiviertheit und vor allem seinen Glauben, der doch die Duldsamkeit nicht ausschloss. Ja, ein guter Charakter!

Sie wollte ganz aufrichtig sein: Hätte sie ihn wirklich so geschätzt, wenn nicht Régis durch seinen albernen Verdacht, durch seinen ungeschickten Eigensinn sie gezwungen hätte, öfter, als sie dies wohl sonst getan haben würde, den Vergleich zu ziehen? … Nein. Wenn das Bild Blanchets für sie so sehr an Gewicht gewonnen hatte, dass es oft ihre Gedanken beschäftigte, wenn sie allein war … wessen Schuld war das?

Was von den plumpen Vorwürfen am meisten an ihr nagte, war weniger deren Haltlosigkeit als ihre Ungerechtigkeit. Ihr geschundenes Herz, das zur Heilung sanfter und sorgsamer Pflege bedurft hätte, hatte umso grausamer die Brutalität der Hand empfunden, die den kaum angelegten Verband herabgerissen und die Wunde freigelegt hatte.

Sie klaffte nun wieder weit auf, und ein neues Leid vergiftete sie, das Monique bisher noch nicht gekannt hatte: der Widerstreit zwischen der Seele, die sich loszulösen begann, und dem Körper, den ein besudeltes, aber enges Band festhielt. Und jede Stunde nährte jetzt dieses Leiden …

So war für alle drei, ohne dass sie es ahnten, der Augenblick der Wahrheit gekommen.

Régis, der sich seiner Unvorsichtigkeit nicht bewusst war, drang auf seinen Gegner ein. Er gehörte zu den Menschen, die sich von ihrer Leidenschaft hinreißen lassen, und fühlte sich außerdem seiner Beute viel zu sicher. Aber auch wenn er an seiner Macht gezweifelt hätte, hätte er sie kaum wütender verteidigen können.

»Auf mein Brot!«, knurrte er. »Sie sind gut!«

Er rief ihren alten Lehrer als Zeugen an.

»Rhetoriker, ich? … Wenn ich etwas hasse, weil ich nichts Gefährlicheres und – vom literarischen Standpunkt aus – Verächtlicheres kenne, so ist es die Beredsamkeit! Sooft ich kann, befolge ich den Rat Verlaines: Ich nehme sie beim Wickel und drehe ihr den Hals um!«

Blanchet lächelte, und Ambrat schenkte sich in Gedanken noch ein wenig Vouvray ein. Er errötete, als er bemerkte, dass alle Gläser leer waren, und reichte die Flasche herum:

»Oh, Verzeihung! … Noch ein Gläschen, Monsieur Boisselot! Sie mögen ihn doch so gern. Ein Glück, dass es noch ein paar so gute Dinge in unserem Lande gibt!«

»Warum sollte man eine Zeit oder eine Gesellschaft«, nahm Blanchet sein früheres Thema wieder auf, »nach einem ihrer vergänglichen Aspekte beurteilen? Was sind zehn, zwanzig Jahre vom Standpunkt der Geschichte aus? … Wer weiß? … Vielleicht entwickelt sich auch aus der Anarchie eine neue Ordnung … Auch die heutigen neuen Sitten der jungen Mädchen mit ihren Exzessen, die jede Lehrzeit der Freiheit mit sich bringt, verschönern vielleicht das Gesicht der Frau von morgen.«

Boisselot lachte höhnisch.

»Und was wäre weiter dabei? Die Jungfernschaft, die die früheren Weiberkäufer so hoch schätzten, scheint mir nicht wichtiger als ein Milchzahn! Und den Aberglauben, den manche mit ihr verbinden, halte ich eher für eine Art von Sadismus als für einen Beweis von Intelligenz. Ich bin der Meinung Stendhals, für den die Jungfernschaft die Quelle aller Laster und allen Unglücks in unseren heutigen Ehen ist!«

»Jetzt wundere ich mich nicht mehr über Ihre Duldsamkeit den Bolschewisten gegenüber. Der Kommunismus in der Liebe ist Geschmackssache.«

Blanchet zuckte die Achseln:

»Es handelt sich hier nicht um Kommunismus, sondern ganz einfach darum, unser Recht auf Freiheit und auf freie Wahl auch auf die jungen Mädchen auszudehnen. Es ist albern, sie zu Tausenden zur Abstinenz zu verurteilen, während wir die triste Masse der öffentlichen Dirnen zur Marter eines erzwungenen Geschlechtsverkehrs verdammen. Der Zölibat der Jungfrauen vermehrt nur die Anzahl der Prostituierten. Ganz abgesehen davon, dass jetzt, wo die Geburtenziffer sinkt …«

»Wirklich«, schloss Madame Ambrat, »es kann nie genug Kinder geben! Es lebe das Leben!«

Régis wollte eben antworten, als er den Blick Blanchets auf Monique ruhen sah. Gleichzeitig hob diese die Augen. Sie nickte nur, aber ihr ganzes Wesen stimmte ihm zu.

Da erhob er sich, so wutverzerrt, dass Madame Ambrat auffuhr, als sei der Teufel aus dem Kasten gesprungen.

»Haben Sie mich aber erschreckt!«, scherzte sie.

»Entschuldigen Sie! Bei all dem Gerede ist es spät geworden, wir müssen heim ... Ich bedauere, mein lieber Blanchet, dass ich Ihnen eine Verehrerin entführe ... Kommst du, Monique?«

»Bleiben Sie doch!«, drängte Madame Ambrat, empört über diesen unpassenden Aufbruch ... »Wir essen das Spanferkel auf, mit einem guten Salat ... aus dem Garten! ... Unsere Freunde fahren erst nach dem Abendessen mit dem Zehnuhrzug.«

Régis fühlte, dass die Einladung Monique lockte und dass sie zögerte. Da ging er aufs Ganze:

»Unmöglich! Unsere Scheinwerfer sind in nicht in Ordnung!«

Er log. Aber bei dem befehlenden Blick, den er ihr zuwarf, gab sie nach aus Angst vor einem Skandal ...

Blanchet küsste ihr die Hand. Sie sah Régis gerade ins Gesicht, es war weiß vor Wut, und sagte sehr laut, es klang wie ein Versprechen:

»Auf bald!«

IV.

Nachdem sie das Auto in die Garage gebracht hatten, gingen Monique und Régis stumm zu ihrer Wohnung in der Rue Vaugirard.

Während der Rückfahrt hatte sie es vermieden, eine Unterhaltung zu beginnen. Und als sie jetzt den unvermeidlichen Augenblick nahen sah, ahnte sie schon, was kommen würde: Wenn sie zu Hause waren, würde er ihr die übliche Szene machen in ihrem ständig gleichen Ablauf, ein Platzregen von Vorwürfen, ein Hagel beleidigender Worte, und dann, wenn das Gewitter sich ausgetobt hatte, folgte der erniedrigende Sturz in die erbärmlichen Sinnesfreuden, aus denen sie sich jedes Mal besudelter wieder erhob.

Sie fühlte schon, wie die drückende Luft der kleinen Wohnung ihr den Atem nahm. Schon im Voraus schien sie ihr noch ärmlicher und leerer als sonst – an diesem herbstlichen Sonntagabend, dessen Glanz über dem Jardin du Luxembourg lag –, die Wohnung, in der sie nichts erwartete … kein trautes, behagliches Heim. Nichts als ihre gegenseitige Feindseligkeit …

An der Ecke der Rue Bonaparte blieb sie stehen:

»Es ist so schönes Wetter, und das Dîner ist nicht vorbereitet … Es ist ganz überflüssig, dass wir die drei Treppen hinaufsteigen, um doch gleich wieder fortzugehen.«

»Wir können uns doch vor dem Essen etwas ausruhen.«

»Nein. Geh du nur nach Hause, wenn du willst. Ich setze mich lieber hier in den Park. Ich muss allein sein … Du kannst mich nachher abholen.«

Er schüttelte den Kopf:

»Setzen wir uns in den Park.«

Sie gingen an den großen Rasenflächen entlang, auf denen Liebespaare und ganze Familien lagerten und den prachtvollen Abend genossen. Traurig betrachtete sie die Frauen, die am Arm ihrer Begleiter hingen, die Scharen spielender Kinder, die zwischen den Stühlen, zwischen den Gruppen ihrer lesenden Väter oder handarbeitenden Mütter umhertollten … Sie beneidete sie um ihre Unbeschwertheit. Wie viele dieser Spaziergänger trugen wohl so viel inneres Leid mit sich herum wie sie? Sie suchte in den Gesichtern zu lesen, ihre Geheimnisse zu durchdringen … Wie viel Frohsinn, wie viel Resignation! Wie einsam war sie inmitten dieser Menge! …

Régis ging neben ihr her. Wenn sie den Arm ausstreckte, konnte sie ihn berühren. Sie betrachtete ihn, und es überraschte sie, wie sehr sie sich sich trotz dieser körperlichen Nähe von ihm getrennt fühlte. Endlich fanden sie zwei freie Stühle unter einem Baum, der die Statue der Madame de Ségur überschattete. Sie sagte:

»Hier ist es ganz schön.«

Noch einen Augenblick lastete das drückende Schweigen auf ihnen. Dann gelang es Régis, seinen Grimm zu unterdrücken und etwas zu sagen, auf das sie nicht gefasst war und das sie deshalb ergriff:

»Ich verdiene deine Liebe nicht! Mein Verhalten heute Nachmittag war eine unerhörte Flegelei.«

Er hatte seine bis dahin gesenkten Augen demütig flehend zu ihr erhoben. Überrascht musste sie sich einen Augenblick sammeln. Sie war so angewidert gewesen von seinem unmöglichen Benehmen Madame Ambrat gegenüber, dass sie seitdem geschwiegen hatte. Ein Schweigen, das verächtlicher war als alle Vorwürfe! Angreifen? Dieser

Ehre war er nicht wert! Aber sie war auf der Hut und zu jeder Entgegnung bereit … Und nun entwaffnete sie diese unvorhergesehene Zerknirschung.

So fragte sie, indem sie ihm auf den Grund der Seele zu schauen versuchte:

»Meinst du das ernst?«

»Das sollst du an meiner künftigen Haltung erkennen. Seit einer Stunde sage ich mir, dass ich dabei bin, unser Glück zu zerstören … Und es bedeutet mir doch mehr als mein Leben! Was wäre alles andere ohne dich! Ich kann nicht ohne dich sein. Du bist mir wichtiger als …«

Er sprach trotzig und mit leiser Stimme … Er suchte einen Vergleich … Sie kam ihm zu Hilfe:

»Als deine Pfeife! … Wie kann ich dir noch glauben, nachdem alle deine Versprechungen das traurige Ergebnis von heute Nachmittag gezeitigt haben?«

»Es gäbe schon ein Mittel. Stell' mich auf die Probe. Gehen wir fort von hier, wir können es doch alle beide … Weißt du, wir könnten nach Rozeuil gehen! Rignacs Haus ist für den Winter zu vermieten. Und wenn wir es kaufen wollten, würde er es schließlich auch verkaufen.«

»Wozu?«

»Um da zu leben.«

»Das glaubst du ja selber nicht!«

»Ich wünsche mir nichts inniger als das. Im Zorn sagt man mitunter ungereimtes Zeug, Dummheiten, die man nachher bereut …«

»Zum Beispiel?«

»Nein, von Vergangenem wollen wir nicht mehr reden. Ich hatte unrecht! … Aber jetzt geht es um die Gegenwart und um die Zukunft, und die liegen in unserer Hand. Wenn du gut wärest, würdest du all das Üble vergessen, das ich dir wider Willen angetan habe. Denn im Grunde bin ich doch kein schlechter Mensch … Wir würden weit weg von Paris und von allen Leuten leben. Uns hält ja hier nichts. Ich nehme mein Tintenfass mit und du deine Pinsel, jeder sein Handwerkszeug …«

»Wenn man nichts weiter mitnähme als das! … Aber was nützen Reisen und Ortswechsel … Man schleppt nicht nur sein Handwerkszeug im Koffer mit … man nimmt vor allen Dingen sich selbst mit!«

»Wir wollen alle üblen Erinnerungen hinter uns lassen. Alles, was mich in Paris verfolgt, bedrückt … In Rozeuil finden wir nur die Erinnerungen an unsere Liebe wieder. Nur glückliche Erinnerungen. Und wenn wir so allein und nur füreinander leben, werden wir glücklich sein. Ich habe nur noch einen Wunsch: Alles zu tun, um zu vergessen! … Vergessen! … Vergessen! …«

Sein Ton war so schmerzlich und drückte eine solche Anspannung und Hoffnung aus, dass sie unsicher wurde. Sprach er die Wahrheit? …

Er fühlte festeren Boden unter sich und wagte einen Vorstoß: »Ich bitte dich nur um das Eine: versuchen wir's! … Wenn du duldsam genug sein könntest, meine Ungerechtigkeit zu vergessen! … Wenn du mir den Beweis liefern wolltest, dass nichts und niemand dich an Paris fesselt.«

Der Gedanke an Blanchet stieg wieder zwischen ihnen auf, aber er verjagte ihn, beschwor sie inständig, als er sah, dass ihre Stirn sich verfinsterte.

»Fern von allen leben, arbeiten und einander lieben … Vielleicht würdest du dann, wenn die Probe bestanden ist, von selbst deinen Entschluss zurücknehmen, und wenn ich dich dann recht innig bäte …«

Er zögerte, und eine demütige Schüchternheit ließ ihn erröten.

»Was?«, fragte sie ahnungslos.

»Ich wage nicht, es auszusprechen. Aber der Gedanke daran verfolgt mich unaufhörlich …«

»Sprich!«

Er hatte Angst. In seinen Ohren klang noch der schneidende Satz wider: »Ich werde dich niemals heiraten« … Aber seitdem sie ihn ausgesprochen und damit einem Plan feste Gestalt verliehen hatte, an den sie bisher nur hin und wieder gedacht hatten, verfolgten ihn diese Worte mit immer stärkerem Wunsch. Heiraten! … Diese Vorstellung, die mitunter wohl jeder von ihnen für sich gehegt, von der sie aber nur gesprochen hatten, um sie von sich zu weisen, hatte seitdem immer energischer von seinen Gedanken Besitz ergriffen. Sie heiraten! Ja … das war das einzige Mittel, sie künftig ganz für sich, völlig für sich, nur für sich zu haben … Sie begriff und rief aus:

»Deine Frau soll ich werden? … Heiraten? …«

»Das ist mein Traum!«

»Mich ganz zu deiner Sklavin machen, nicht wahr? … Du meinst, dann hieltest du mich fester?«

»Wen fesselt denn die Ehe heutzutage noch! … Hab' keine Angst! Blaubarts Kammer ist eine sehr alte Geschichte. Ein Märchen! … Nein, ich möchte dich heiraten, damit wir noch inniger eins werden, damit wir einander rückhaltlos angehören können …«

Wenn auch ihr ganzes Inneres in instinktiver Selbstverteidigung diesen unerwarteten Vorschlag wie eine tödliche Drohung von sich wies, gegen ihn protestierte, empfand sie doch in der unverbesserlichen Harmlosigkeit ihres Herzens eine Regung des Verzeihens … Rozeuil? … Wer weiß? … Und warum sollte man schließlich nicht noch einen letzten Versuch wagen?

Sie willigte nicht am gleichen Abend ein. Aber einige Tage später gab sie nach, gerührt durch Régis' Versuche, ihr seine zärtliche Reue zu beweisen. An einem nebligen Morgen trug sie das Auto dem kleinen Haus am Fluss entgegen. Julia war am Abend vorher mit den Koffern vorausgefahren.

War es die Spiegelung der Jahreszeit? Die milde Schönheit dieses Altweibersommers, die über dem neu gewonnen Ausweg aus der Sackgasse, in die ihre Beziehung geraten war, und über ihnen selbst lag? In diesen letzten sonnigen Novembertagen fanden sie Rozeuil mit seinen Silberpappeln, den dichten Nebelschwaden über dem Wasser und den roten Wäldern noch ergreifender als im Frühling ihrer Liebe.

Régis war wieder der gute Kamerad geworden, der er einst gewesen war. Die erste Woche verging in langen Fahrten über Land, während die kühle Luft ihnen um die Schläfen pfiff und sie rasch durch die kleinen Dörfer dahinfuhren. Am Abend erhellte und erwärmte ein mächtiges Feuer das kleine Esszimmer, wo sie, wenn der Tisch abgetragen war, ihr Papier hervorholten und fröhlich bis in die tiefe Nacht hinein arbeiteten.

Sie begann an die Möglichkeit eines Wunders zu glauben: Dieses Zusammenleben war angenehm genug, um sie über viele Fehler hinwegsehen zu lassen, die er trotz all seiner Mühe nicht ablegen konnte … Und sie hatten ja auch genug innere Berührungspunkte, um gute Freunde, ja sogar Liebende zu bleiben. Aber der Plan, über den er aus Klugheit schwieg, von dem sie indessen fühlte, dass er immer noch auf ihn hoffte, entsetzte sie schon beim bloßen Gedanken.

Heiraten?! … Niemals! … Frei war sie, frei wollte sie bleiben! Denn was konnte ihr im Grunde eine solche gesetzliche Bestätigung noch geben? Was bedeutete sie für ein glückliches Zusammenleben? Nichts. Und für das Gegenteil? Den Strick um den Hals …

Hintergedanken, die er bei ihr ebenso spürte wie sie bei ihm, und die gegen ihren Willen ihre Stimmung trübten. Die zweite Woche erschien ihr länger als die erste. Die Tage wurden kürzer, der graue, nun schon kalte Morgen und die frühe Dunkelheit der Nachmittage mit ihrem einförmigen Regenwetter zwangen sie, endlose Stunden eingesperrt einander gegenüberzusitzen …

Die Abgeschiedenheit von der Außenwelt verwies beide auf ihre innere Wärme wie ein Feuer, das keine Nahrung mehr findet. Vergebens bemühten sie sich, die Flammen wieder anzufachen. Sie fanden nur noch glimmende Kohlen und Asche.

Nur Monique hatte den Mut, sich das einzugestehen, weil sie unter der Feststellung nicht mehr litt. Sie glaubte in Bezug auf Régis, im Guten wie im Bösen alles ausgeschöpft zu haben, was sie von ihm zu erwarten hatte. Sollte sie vergeblich so viel gegeben und noch diesen letzten Versuch gewagt haben? …

Der Gedanke verletzte mehr ihren Stolz als ihre Liebe. Es war der Schmerz dessen, der glaubt, im Hafen gelandet zu sein, und sich wieder auf die hohe See hinausgeworfen sieht als steuerloser Kahn.

Und als sie bei diesem Menschen, den sie um seiner ganz außergewöhnlichen Offenheit und Geradlinigkeit willen geliebt hatte, die gleiche Angst vor der Wahrheit entdeckte wie bei dem ausgekochtesten Lügner, war die Demütigung und das Erstaunen so groß, dass sie völlig davon betäubt war … Hatten denn die anderen, »Heuchler und Genossen«, wie Niquette zu sagen pflegte, tatsächlich recht? … Und war sie mit ihrem immer brennenderen Durst nach Ehrlichkeit und Gerechtigkeit anormal?

Nach vierzehn Tagen, vom Regen zur Verzweiflung getrieben, der seit dem frühen Morgen unaufhörlich vom

Himmel strömte, trat sie plötzlich vom Fenster zurück, aus dem sie in die Nacht und die regennasse Landschaft hinausgeschaut hatte. Ein Sturm! …

»Läute nach Julia«, sagte sie. »Sie soll Kerzen bringen … So ein dreckiges Nest! Nicht mal elektrisches Licht!«

Er rauchte und antwortete nicht. Als Julia die beiden Kerzenleuchter, die den Kamin schmückten, angezündet auf den Tisch gestellt, Holz ins Feuer gelegt und die Läden geschlossen hatte, erklärte er:

»Es ist doch wunderschön hier! Du bist eben schwer zufriedenzustellen.«

»Findest du?«

»Was fehlt dir denn eigentlich? … Sprich dich aus!«

Sie blickten einander an. Der Wind rüttelte an den Fensterläden. Und als sei eine Mauer eingestürzt, brachen plötzlich Sturm und Dunkelheit über sie herein. Das schwankende Gerüst, das ganze Gebäude dieser vierzehn Tage stürzte zusammen.

»Also los!«, befahl er, als wolle er die Sache rasch vollenden … »Oder soll ich's dir vielleicht sagen? … Dir fehlt nur dein Paris … Und dein …«

Blanchet? Sie zitterte.

»Du lügst!«

»Jetzt braucht man ihn nicht einmal mehr zu nennen! … Der Herr kommt dem Appell zuvor! … Zur Stelle! … Wie sich das trifft!«

Sie fand es unter ihrer Würde, sich zu rechtfertigen, und nahm ein Buch zur Hand. Er riss es ihr weg:

»Antworte! Umsonst hast du doch gestern nicht den Brief von Madame Ambrat bekommen! … Einen so interessanten Brief, dass du es mir verschwiegen hast, und wenn ich nicht den zerrissenen Umschlag im Papierkorb gefunden hätte … Ach, nur den Umschlag! Sieh her, da ist er!«

Unter seiner Schreibunterlage zog er ihn Stück für Stück sorgsam wieder zusammengeklebt heraus und zeigte ihn ihr.

»Mein Kompliment!«

»Was dir fehlt und was sie dir vorschlägt, nicht wahr – denn sie ist nicht nur eine schöne, sondern auch eine gute Seele –, ist ein kleiner Besuch in Vaucresson? Stimmt's?«

»Das stimmt.«

Er sprang mit der gleichen Wut auf wie an jenem Sonntag, als er sie aus Ambrats Villa gezerrt hatte. Aber diesmal packte er sie bei den Handgelenken und schüttelte sie.

»Du Rohling!«, ächzte sie. »Jawohl. Paris fehlt mir und Vaucresson … und auch Blanchet, wenn dir das Freude macht!«

Sie verglich unwillkürlich das edle und liebenswürdige Gesicht, das Régis selbst vor ihr heraufbeschworen hatte, mit diesem bärtigen Unhold, der sich mit wildem Blick wutschnaubend vor ihr aufbaute.

»Lass mich los!«

»Niemals …«

Er hatte sie von der Tür weg gegen die Mauer gedrängt.

Unempfindlich gegen die Schläge, die sie ihm versetzte, hielt er sie an den Schultern fest und brüllte:

»Gestehst du endlich? … Ich wusste es ja … Du bist ja nie etwas anderes gewesen als eine Hure! ….«

Mit einem verzweifelten Ruck machte sie sich los. Er sah sie schon verloren, fort von sich. Da riss ihn seine Wut mit. Er spie den ganzen Groll aus, der ihn erstickte:

»Ihr seid ja füreinander geschaffen! Eine Hure und ein Zuhälter! …«

Sie sah ihn mit so offensichtlichem Mitleid an, dass er Lust verspürte, sich auf sie zu stürzen und sie zu erwürgen.

»Sei nur noch obendrein unverschämt! Deswegen gebt

ihr doch ein ausgesuchtes Pärchen ab! … Den wird dein Garçonne-Dasein nicht weiter stören! Der Herr ist nicht wählerisch, er isst auch Reste gern … Ja, ja! Ein edles Herz und ein hoher Geist! Blasiert, aber vorurteilslose Gesinnung! Nein! Warte! Ich bin noch nicht fertig! Setz nur deine Kaiserinnenmiene auf! Du bist immer nur ein armes Luder gewesen, das von nichts etwas verstanden hat … eine Perverse! … Statt dich zuerst von einem Unbekannten flachlegen zu lassen, nur weil man Mademoiselle angelogen hatte – hättest du, wie die anderen auch, dich verheiraten sollen, ohne so viel Mätzchen zu machen! … Aber nein! Das will die Welt verbessern! … Wenn es alle Frauen so machten, würde was Schönes dabei herauskommen! Und was das Beste ist, du hältst dich obendrein noch für anständig! Anständig! … Zum Schieflachen! Geh nur … geh nur zu deinem Blanchet … Ihr passt wunderbar zusammen! …«

Er hatte sein Gift verspritzt und schwieg endlich. Sie sah ihn immer noch an, hoch aufgerichtet, bleich, Auge in Auge … Er gab nach, wich zurück. Langsam ging sie an ihm vorbei, öffnete die Tür; mitten auf der Treppe saß Julia und lauschte.

Als sie Monique erblickte, rannte sie schleunigst die Treppe hinunter und entschuldigte sich vom Flur aus:

»Ich war heraufgekommen, um nachzusehen, ob Sie Holz brauchten … Da hab' ich Monsieur brüllen hören … Arme Madame! Was hat es für einen Zweck, sich so aufzuregen! …«

»Bringen Sie meine beiden Koffer!«

»Madame wollen fort?«

Das zerfurchte Gesicht der dicken alten Frau drückte mitleidigen Tadel aus. Der schwere Körper schwankte in der offenen Küchentür hin und her.

»Ich weiß wohl, dass ich Madame keine Ratschläge zu erteilen habe … Aber ich an Ihrer Stelle … Wegen dem bisschen Krach gleich weggehen?! … Das ist doch unvernünftig …«

Monique zog den Regenmantel an, setzte die Lederkappe auf und schlug die Kapuze über den Kopf. Julia fuhr fort:

»Wenn man jedes Mal auseinanderlaufen wollte, wenn man sich die Meinung gesagt hat! … Die Männer sind nun mal so. Sie müssen immer die Herren sein … Man kann das ja verstehen, sie sind eben die Stärkeren. Sehen Sie, meiner hat mich mit Vitriol übergossen. Trotzdem bin ich, als mein anderer gestorben war, wieder zu ihm gegangen. Es ist nun mal mein Mann … Das mit dem Vitriol war sein gutes Recht … Und Kinder haben wir ja auch nicht mehr, die sind gestorben. Da rauft man sich eben zusammen. Er prügelt mich manchmal … Was ist weiter dabei? … Das bringt einen wenigstens auf andere Gedanken … Und dann sag ich mir: Sterben müssen wir ja doch alle einmal! … Also wozu? … Bleiben Sie doch! Der Mann hat Sie im Grunde ja sehr gern … Er ist ein bisschen hitzig, das stimmt ja! … Aber dafür ist er eben ein Mann!«

Monique wandte sich angewidert ab. Diese tierische Duldsamkeit, diese jämmerliche Gewöhnung! Julia erschien ihr mit einem Male als Verkörperung Tausender ihrer Schwestern aus dem Volke. Ja! Die hatten keine Zeit gehabt, sich mit psychologischen Problemen aufzuhalten! Die Analyse! Die taugte nur für Leute, die nichts zu tun haben! … In dem zerklüfteten faltigen Gesicht las sie Jahrhunderte demütigen Duldens und drückender Sklaverei. Welch ein Abgrund klaffte zwischen ihnen! Würde er sich je überbrücken lassen?

»Ich gehe ins Dorf und bestelle einen Wagen. Ich fahre mit dem Achtuhrzug.«

»Bei dem Wetter!«

Die Tür schlug zu. Beleidigt kehrte Julia in ihre Küche zurück.

Monique stapfte die dunkle Landstraße entlang. Nur mühsam konnte sie ihre Gedanken ordnen. Sie kämpfte sich, von den Windböen getrieben und geschüttelt, mühsam voran. Endlich erschienen die ersten Häuser von Rozeuil, und das Gasthaus hieß sie mit seinen erleuchteten Fenstern willkommen …

Dem erstaunten Wirt gegenüber hatte sie ihre Ruhe wiedergefunden und mit energischer Stimme ihre Aufträge gegeben …

Als sie im Regen, der ihr die Wangen peitschte, zurückging, atmete sie auf: … Aus! … Es war aus!

Von nun an war sie ganz ruhig, packte bedächtig ihre Koffer, wobei ihr Julia seufzend half. Hinter der geschlossenen Zimmertür hörte man wütende Schritte.

Als Monique damit fertig war, ihre Wäsche kunstgerecht in den Koffer zu legen, ging sie, als sei nichts geschehen, ins Nebenzimmer, um ihre Schreibmappe und ihren Farbkasten zu holen. Régis pflanzte sich vor ihr auf:

»Also du glaubst, ich werde dich so einfach gehen lassen?«

»Ja. Ich lasse dir das Auto hier. Du kannst mit Julia zu Abend essen.«

Sie ordnete ihre Stifte und Pinsel und kümmerte sich nicht um Régis, der bebend vor Wut dastand. Plötzlich stürzte er sich auf sie und zerschlug mit der Faust den Deckel der Schachtel, die hinfiel.

»Glaubst du vielleicht, du könntest mich einfach sitzenlassen und dich morgen mit dem anderen über mich lustig machen? Du wirst nicht gehen! Du gehörst mir! Ich habe dich und halte dich … Lass das! Du bleibst!«

Mit kalter Entschlossenheit hob sie die kleinen Farbflaschen auf und warf sie ins Feuer, dann nahm sie ruhig ihre Schreibmappe.

Außer sich vertrat er ihr den Weg und befahl:

»Du sollst das lassen! Hörst du wohl? Sonst …«

»Sonst … was?«

Nun bäumte sie sich gegen seine schneidende Stimme auf und schrie:

»Ich habe keine Angst vor dir! Jetzt ist's genug! … Nichts kann mich hindern, fortzugehen! Nichts! … Du müsstest mich totschlagen, um mich zum Bleiben zu zwingen! … Von mir aus ist's zu Ende! Aus! Lass mich durch! Du kannst dich mit Julia trösten! … Du brauchst gar nichts anderes als eine Haushälterin!«

Er sah rot; aber sie ging mit derartiger Erregung auf ihn los, dass er zögerte. Im gleichen Augenblick hörte man draußen einen Wagen heranrollen. Der Kutscher rief. Sie stürzte ans Fenster:

»Sind Sie's, Vater Brun? Kommen Sie herauf!«

Schnell lief sie in ihr Zimmer, Régis folgte ihr fassungslos. Als er aber den gutmütigen Mann hereinkommen sah, machte er kehrt, ging in den kleinen Salon, warf die Tür heftig hinter sich ins Schloss und drehte den Schlüssel zweimal um … Fast gleichzeitig hörte sie, wie die Fensterläden aufgestoßen wurden und donnernd gegen die Hauswand schlugen.

Schnell schloss sie die Koffer, die Vater Brun einen nach dem anderen mit Julia hinuntertrug: die atmete schwer, und ihre Hängebrust schwabbelte im Mieder. Monique folgte ihrem breiten, unter der Last gebeugten Rücken auf den Fersen. Sie fühlte sich wie gejagt: fliehen, diesen plötzlich verhasst gewordenen Ort und den eingesperrten Unhold da oben verlassen!

Sie nahm sich nicht einmal Zeit, ihren Mantel zuzuknöpfen, sondern sprang rasch in die Droschke, auf deren Dach der Kutscher die Koffer festschnallte. Im gelben Laternenlicht dampfte der nasse Gaul. Julia stand stumm und starr auf der Schwelle. Monique beugte sich aus dem Wagenschlag, um ihr Lebewohl zu sagen, und bemerkte im offenen Fenster des ersten Stockes Régis, der sich schwarz vom beleuchteten Hintergrund abhob. In wildem Zorn saugte er an seiner Pfeife … Sie warf sich zurück. Der Wagen fuhr an. Im Nu war das kleine Haus, Julia, Régis, alles verschwunden. Um sie war dichte, schwarze Nacht … und in ihr ungeheure Erleichterung.

In der Rue de la Boétie erwartete man sie nicht. Schlüssel hatte sie auch nicht. Also musste sie ihre Koffer beim Portier lassen, wieder ein Taxi nehmen und im Hotel übernachten. Sie war so matt, dass sie nichts mehr fühlte. Zerschlagen legte sie sich nieder, als käme sie von einer endlos langen Reise zurück. Sie war so nervös, dass sie kein Auge zutun konnte.

Sie brauchte mehrere Tage, um ihr Gleichgewicht wiederzufinden. In ihre Freude, der entwürdigenden Marter entronnen zu sein, mischte sich so große Erschöpfung, dass jede Kleinigkeit sie aufregte. Nur im Liegen war ihr wohl. Ihr schien, als sei sie todkrank gewesen und erwache nun im ersten Stadium der Rekonvaleszenz.

Mademoiselle Tscherbalief wusste von dem Vorfall und erriet aus Andeutungen, was Monique aus Selbstachtung verschwieg; sie erwies sich in diesen Stunden als treue Freundin. Sie wachte neben ihrer Chaiselongue, fing lästige Besucher und Telefongespräche ab und sorgte dafür, dass die Post keine unliebsamen Überraschungen brachte. Régis schrieb Brief um Brief.

Aber der Anblick der eckigen Schriftzüge, die sie früher

mit solcher Inbrunst Seite für Seite gelesen hatte, rührte Monique nicht mehr; ungeöffnet warf sie sie ins Feuer. Sie knisterten und wurden von der Glut verzehrt, ohne dass ein einziger Widerschein den düsteren Blick aufgehellt hätte, mit dem sie in die tanzenden Flammen starrte.

Régis begnügte sich nicht damit, zu schreiben, sondern erschien auch mehrere Male persönlich, um jedes Mal unerbittlich abgewiesen zu werden. Von diesen fruchtlosen Versuchen kehrte er mit gesenktem Kopf und so finsterem Gesicht auf die Straße zurück, dass die Passanten ahnen mochten, er führe Übles im Schilde, und sich nach ihm umwandten.

Ende der Woche entschloss sich Monique auf Mademoiselle Tscherbaliefs Drängen hin, an Madame Ambrat zu schreiben. Diese war an Grippe erkrankt und hatte nicht in die Rue de la Boétie kommen können, um sich nach ihr zu erkundigen. Sie war verwundert, dass ihr letzter Brief, den sie nach Rozeuil geschrieben hatte, unbeantwortet blieb, und hatte Monique in einem kleinen Billett zarte Vorhaltungen gemacht und sie um ein baldiges Wiedersehen gebeten. Wie es ihr ginge? Man erwarte sie bestimmt am Sonntag in Vaucresson. Zum Mittagessen und am liebsten allein! Nur Vignabos und Blanchet würden da sein …

Blanchet? … Nein, dem wollte sie jetzt nicht begegnen … Später vielleicht … Sie hatte ein solches Bedürfnis nach Ruhe und Vergessen! Wenn er auch zweifellos weniger an sie dachte als sie an ihn, und so sympathisch er ihr auch war, empfand sie doch einen körperlichen Schauder vor allem, was sie an die vergiftete Liebe Boisselots erinnerte … Die warf noch ihren Schatten auf alles und alle.

Die Einladung lockte sie zwar, aber nach reiflicher Überlegung hatte Monique doch eine entschiedene Absage geschrieben und ihre alte Freundin inständig gebeten:

»Kommen Sie zu mir. Ich habe Ihnen so viel zu sagen! …«
Am nächsten Tage war Madame Ambrat da.

Und am Abend nahm sie Monique mit hinaus nach Vaucresson.

V.

Das Mittagessen war zu Ende. Die Ellenbogen auf den Tisch gestützt, saß Monique Madame Ambrat gegenüber und hörte eifrig Blanchet zu, der eine Apfelsine schälte und dabei ausrief:

»Hören Sie mal, Ambrat! Es handelt sich nicht darum, festzustellen, ob wir, wenn Deutschland uns nicht vollständig bezahlt, das Recht haben, den Rhein auf ewige Zeiten zu besetzen. Das Recht ist die eine Frage. Und die unsicherste, gefährlichste von allen! … Die Tatsachen sind die andere. Das Recht, mag es sich nun um Völker oder um Einzelpersonen handeln, ist immer eine Sache der Auslegung und des Interesses. Wer die Macht hat, behält letzten Endes auch recht. Der Rechtsbegriff ändert sich also, sobald die Macht sich anders verteilt. Sind wir nun aber sicher, diese Macht stets zu behalten? Soll der Lauf der Welt und unser Leben, das von ihr abhängt, immer dieser blutsaugenden Chimäre unterworfen bleiben? Sollen wir in Ewigkeit zu Rachekriegen verdammt sein? … Also es handelt sich hier für mich nicht um eine Rechts-, sondern um eine Machtfrage. Was ist aber nun das eigentliche und wahre Interesse Frankreichs, das hier von dem der ganzen Welt unzertrennlich ist? Die Rheingrenze oder der Friede, den eine internationale Liquidationsanleihe garantiert? Der Friede, das heißt Arbeit für die Welt und ein solidarisches Europa!«

»Ein schöner Traum!«

»Man muss ihn nur verwirklichen wollen. Wenn man nicht an den Fortschritt glaubt, gibt es keinen!«

Monique saß neben dem großen Schrank und betrachtete voller Freude seine Patina; sie fühlte sich wohl und schmiegte sich in ihren Sessel wie in eine ruhige Zuflucht. Sie würdigte das Zartgefühl ihrer Freunde, mit denen diese – Blanchet hauptsächlich – sich während des Essens bemüht hatten, ihren Gedanken eine andere Richtung zu geben.

Régis? An den dachte sie nicht mehr! Er war zur gleichen Stunde für sie gestorben, als sich ihrem Gedächtnis sein letztes Bild einprägte … der rachsüchtige Schatten am Fenster … Sie hatte ihn völlig aus ihrem Körper und ihrer Seele gerissen. So vollkommen, dass sie nun frei war – wenn auch die Wunde noch etwas schmerzte –, und sich mit der unbewussten Kraft junger Menschen dem einzigen und unfehlbaren Heilmittel zuwandte: dem Willen, gesund zu werden.

Während die beiden Männer ihr Gespräch wieder aufnahmen, beobachtete Madame Ambrat zärtlich die nachdenkliche Monique. Sie freute sich über die Veränderung, die bereits mit ihr vorgegangen war … Die arme Kleine, die auf so weiten Wegen das Unglück gesucht hatte, während das Glück vermutlich so nah lag! Waren Blanchet und sie nicht wie füreinander geschaffen? Stattdessen hatte sie sich in Boisselot verliebt! Einen weniger sympathischen Menschen konnte man sich doch kaum vorstellen …

Sie hatte ihren Stuhl neben Moniques Sessel geschoben und ihre Hände ergriffen:

»Sie sehen gut aus, mein Kleines! Ich freue mich, dass es Ihnen hier gefällt.«

»Es ist so schönes Wetter!«, sagte Monique und sah über Blanchet und Ambrat hinweg in das milchige Blau des Himmels.

»Sie haben recht«, rief Blanchet. »Was halten Sie von einem kleinen Spaziergang durch den Garten?«

»Zieht wenigstens eure Mäntel an«, riet Madame Ambrat.

Ein frischer Luftzug drang durch die Gartentür, die Blanchet geöffnet hatte.

»Wir fühlen uns sehr wohl so«, antwortete er.

»Warten Sie, Monique!«, empfahl Madame Ambrat. »Ich hole Ihnen rasch einen Schal.«

Sie war allein, trat auf die Schwelle und folgte mit freudigen Blicken Blanchet, der gestikulierend neben dem ein wenig gebeugten Ambrat einherschritt … Plötzlich wandte sie sich um, denn sie spürte instinktiv, dass jemand in der Nähe war. Die Pforte zum Vorgarten hatte sich geöffnet. Eine Gestalt hob sich dunkel von dem hellen Hintergrund ab. Sie war so überrascht, dass ihr der Aufschrei in der Kehle stecken blieb. Den Hut auf dem Kopf, die eine Hand in der Manteltasche vergraben, stand Régis vor ihr. Mager und hohläugig starrte er sie finsteren Blickes an. Sie vermochte nur zu stammeln:

»Wie … kommst du … hierher?«

»Ich beobachte euch durch das Fenster, seit ihr vom Tisch aufgestanden seid … Ich komme dich holen. Komm mit!«

»Du bist wahnsinnig!«

Drohend trat er auf sie zu, die freie Hand ausgestreckt:

»Komm!«

Sie sah seinen Blick und begriff. Entsetzt stieß sie einen so schrillen Schrei aus, dass Régis sprachlos stehen blieb.

»Du willst nicht?«, murmelte er. »Gut!«

Er zog einen Revolver aus der Tasche und legte auf sie an.

Aber Blanchet, der auf Moniques Schrei herbeigeeilt war, warf sich schützend vor sie. Ein Schuss krachte …

Wie erstarrt sah Régis Blanchet schwanken und Monique mit blutüberströmtem Hals sich vorbeugen, um ihn aufzufangen. Jetzt stürzten Monsieur und Madame Ambrat von beiden Seiten herbei. Der Ingenieur warf sich auf Boisselot, der sich wie ein Kind entwaffnen ließ … Madame Ambrat half Monique, Blanchet auf das Kanapee zu legen …

Monsieur Ambrat übersah als Erster klar die Lage.

»Marie«, befahl er dem Dienstmädchen, das wie ein aufgescheuchtes Huhn hin und her rannte, »holen Sie rasch Doktor Lumet. Es ist ein Unglück geschehen.«

Neben dem ohnmächtigen Blanchet kniete schluchzend Monique. Madame Ambrat kam aus dem Esszimmer zurück, wo sie Essig und ein Tuch geholt hatte, um das Gesicht des Verletzten zu kühlen. Nachdem man Kragen und Weste geöffnet hatte, konnte man durch das halb offene Hemd eine kleine Wunde dicht neben der Achsel erkennen. Monique horchte, den Kopf auf Blanchets Brust, ängstlich auf seinen Atem.

»Aber Sie sind ja auch verletzt!«, rief Monsieur Ambrat, »Sie bluten am Hals … Zeigen Sie her …«

»Ach, das ist nichts!«

»Zeigen Sie her!«

Die Kugel war quer durch Blanchets Schulter gegangen und hatte dann Monique gestreift. Eine oberflächliche Verletzung; in ihrer Erregung hatte sie nicht einmal den Schmerz gefühlt …

»Was für ein Wahnsinniger!«, empörte sich Monsieur Ambrat. Und jetzt erst kam er auf den Gedanken, sich richtend dem Täter zuzuwenden … Der Stuhl, auf dem Régis eine Minute vorher zusammengesunken, war leer …

Ihm war plötzlich bewusst geworden, was geschehen war, und er war geflohen.

Inzwischen war Blanchet wieder zu sich gekommen.

»Bewegen Sie sich nicht«, sagte Monique.

Sie kniete neben dem Sofa, hatte seine Hand ergriffen und drückte sie sanft. Er öffnete die Augen, lächelte, als er die drei Köpfe sah, die sich über ihn beugten, und beruhigte sie sofort.

»Das kann nicht schlimm sein! … Eine Kugel in der Schulter … das kenn ich schon. 1915 hat man mir eine aus der anderen herausgeholt … Das war allerdings eine deutsche!«

»Sprechen Sie nicht, das strengt Sie zu sehr an«, sagte Madame Ambrat.

»Die hier braucht man Ihnen nicht herauszuschneiden«, meinte Monique und beugte sich zu ihm. »Sehen Sie, den Spaß hat sie sich beim Herauskommen geleistet.«

Beim Anblick ihrer Verwundung erblasste er und wäre beinahe wieder ohnmächtig geworden …

»Eine Kleinigkeit! Erschrecken Sie nicht …«

Sie wusste nicht, was sie ihm sagen sollte … Sie hätte ihm all das zurufen mögen, was sie bewegte, ihre ganze Dankbarkeit … Die Worte wollten hervorsprudeln, blieben aber kraftlos in ihrer Kehle stecken … So flüsterte sie nur:

»Wenn Sie nicht gewesen wären! …«

Er antwortete ihr mit einem vielsagenden Blick:

»Danken Sie mir nicht. Es war doch ganz selbstverständlich!«

Ganz selbstverständlich! Ja, er hätte das Gleiche auch für jede andere getan … Weil er mutig war … und ritterlich … Aber – jetzt war sie dessen sicher – er war besonders glücklich, dass er es für sie hatte tun dürfen. Die

Befriedigung darüber, die sie in seinen Zügen las, erfüllte sie selbst mit einer unsagbaren Verwirrung …

»Da kommt Marie!«, rief Madame Ambrat. »Nun?«

»Der Doktor war zu Hause. Er kommt gleich.«

»Gut. Bringen Sie heißes Wasser.«

Blanchet wartete, bis sie die Tür hinter sich geschlossen hatte.

»Und jetzt müssen wir uns rasch absprechen … Der Revolver?«

Monsieur Ambrat zeigte darauf.

»Da, auf dem Tisch.«

»Sie waren gerade dabei, ihn zu entladen, als ein Schuss zufällig losging. Ganz einfach.«

Monique und Madame Ambrat wechselten einen Blick. Er hatte das so gesagt, als wäre es das Natürlichste auf der Welt! … Sie konnte nicht daran zweifeln, dass er auch bei dieser Überlegung wieder nur an sie dachte. Aus Zartgefühl fügte er jedoch hinzu – denn nach dem Impuls, mit dem er den Schuss abgefangen hatte, fürchtete er sich davor, seine Aufopferung mit dem leisesten Anspruch an Dankbarkeit zu verknüpfen:

»Es hat ja niemand Interesse an einem Skandal.«

Monsieur Ambrat konstatierte nur:

»Der Schurke kommt aber leicht davon!«

»Der Unglückliche!«, korrigierte Blanchet.

Um ihre Angst zu verbergen, war Monique an die geöffnete Balkontür getreten und sah in den Garten.

»Da kommt der Arzt!«, rief sie erleichtert.

Monsieur Lumet, dem man in kurzen Worten Bericht erstattete, nahm die Erklärung des Ereignisses hin, als wäre es die selbstverständlichste Sache der Welt. Nachdem er die Wunde untersucht hatte, sagte er:

»Das ist in acht Tagen erledigt. Nur Ruhe und Spülungen. Wenn die Wunde nicht eitert, wird man bald gar nichts mehr von ihr sehen. Inzwischen stecken wir Monsieur mal ins Bett! Er ist aufgeregt genug.«

Trotz Blanchets Protest, der seinen Freunden nicht zur Last fallen und durchaus in einem Sanitätswagen nach Versailles geschafft werden wollte, war alles in nur einem Augenblick erledigt. Monique bestand darauf, ihm ihr Zimmer abzutreten; sie würde auf dem Diwan bei Madame Ambrat ausgezeichnet schlafen können.

Monsieur Ambrat und der Arzt, die den Verwundeten stützten, hatten ihn kaum hinauf transportiert, ausgezogen und hingelegt, als Monique an die Tür klopfte.

Blanchet lächelte in seinem Fieber, als er sie eintreten sah. Mit der improvisierten Krankenpflegerin tauchten die Halluzinationen der furchtbaren Kriegsjahre wieder auf. Er lag in seinem Bett im Hospital! … Und der Verwundete lächelte mit dem gleichen überglücklichen Lächeln, mit dem er – vor sieben Jahren – seine Auferstehung aus der Hölle des Schützengrabens begrüßt hatte, als sich die weiße Gestalt über ihn neigte, in deren gütigen Augen das Leben leuchtete …

Georges Blanchet, der damals weder leichtsinniger noch egoistischer gewesen war als die meisten, hatte im Krieg den Weg nach Damaskus gefunden. Ein Übermaß an Leid hatte er bis auf den Grund ausgekostet! Wie all jene, die nicht völlig abgestumpft aus ihm wiederkehrten, hatte er einen Hass und eine Liebe mit heimgebracht: den Hass auf die soziale Lüge und die Liebe zu Wahrheit und Gerechtigkeit … Freilich … er musste sich das schon eingestehen … war eine solche Auffassung nur die einer ganz kleinen Minderheit! Nur wenige Männer teilten sie. Und noch weniger Frauen.

Dass er sich ins abstrakte Reich der Gedanken versenkt

hatte, hatte ihn, wie er meinte, vor der Zeit altern lassen. Er fühlte sich mit seinen 40 Jahren älter als sein Freund Ambrat mit 60 … Er wiederholte ihm gegenüber immer: »Ich bin fertig!« »Weil Sie allein sind!«, bekam er stets zur Antwort … »Heiraten Sie!«

Dann nahm er aus einem Fach der Bibliothek sein erstes Buch und zeigte es ihnen scherzend: *Von Ehe und Vielweiberei!* »Ich gehöre zu der Sorte von Köchen, die nichts essen, was sie selbst gekocht haben! Wenn ich auch geschrieben habe, die Ehe sei ein Ziel, so glaube ich doch, dass sie nur ein Ausgangspunkt ist! Ich habe gesagt, sie hätte mit der Liebe nichts zu schaffen. Und doch kann ich sie mir ohne Liebe nicht vorstellen …«

»Aber«, antwortete dann Madame Ambrat und zeigte auf ihren Mann, »wenn es auch wahr sein mag, dass Ehe und Liebe selten zusammenfallen …so sind sie doch nicht unverträglich miteinander … Wie unser Beispiel zeigt! Warten Sie nur ab. Sie werden geliebt werden und heiraten! …«

Als er Monique im Louvre begegnet war, hatte die Sympathie, die sich zwischen ihnen entspann und wie durch schweigendes Übereinkommen in jeder der knappen Stunden, die sie miteinander verbrachten, lebhafter geworden war, seine Zurückhaltung und Sensibilität nicht gelöst, sondern im Gegenteil verschärft. Diese Frau, die er zu den Besten zählte und im Grunde schon unbewusst liebte, in den Klauen Boisselots zu sehen, hatte ihn mit einer ähnlichen Nervosität erfüllt, wie er sie abends im Schlamm der Schützengräben empfunden hatte ….

Und dann plötzlich dieser Schrei, der ihm immer noch die Eingeweide zerriss. Und der Schuss, nach dem er als anderer Mensch erwachte, in dem Bett, in dem sie geschlafen hatte …

Er schloss die Augen, als Monique eben den Verband prüfte. Und völlig erschöpft schlief er ein.

»Er hat Fieber!«, stellte der Arzt fest. »Er braucht Ruhe. Absolute Ruhe! Und wenn er Durst hat, etwas Zitronenwasser. Um fünf Uhr messen. So … Ich komme vor dem Abendessen noch einmal vorbei.«

»Seien Sie ganz unbesorgt«, antwortete Monique, »ich werde ihn nicht aus den Augen lassen.«

Ambrats und der Doktor gingen auf Zehenspitzen hinaus, und sie setzte sich leise an das Kopfende des Bettes. Sie forschte in seinen Zügen, die der Schmerz noch veredelte.

Dieser kluge, gütige Mensch hatte ohne Bedenken sein Leben für sie aufs Spiel gesetzt … Würde ihr ganzes Leben genügen, um ihn für dieses Opfer zu entlohnen? Sie kam sich armselig vor, besudelt, minderwertig. Und doch drängte alles in ihr so heiß danach, glauben und lieben zu können.

*

»Nein! Schweigen Sie! … Unterhaltungen mit dem Pflegepersonal sind verboten.«

»Es geht mir doch gut!«

»Es geht Ihnen besser. Das ist nicht dasselbe! Wenn Sie nicht folgen, gehe ich hinaus, statt ein Buch zu nehmen und mich neben Sie zu setzen.«

Er sah sie besorgt an, aber sie strich ihm über die Stirn und setzte sich dann schweigend wieder hin.

Es war der sechste Tag seit dem … Unfall. »Wie merkwürdig«, hatte sie zu Madame Ambrat gesagt, »da geht so ein Revolverschuss los wie ein Donnerschlag, und statt tragische Folgen zu haben, scheint er alles in Ordnung zu bringen! … Für Régis war das eine Art elektrischer Entladung, die die Spannung gelöst hat! … Seine wütende Eifersucht ist mit dem Schuss verflogen … Gute Reise! …« Sie folgte ihm in Gedanken auf das Schiff, das ihn zu dieser Stunde nach Marokko brachte.

Ein Brief Mademoiselle Tscherbaliefs hatte ihr am Morgen Régis' Entschluss mitgeteilt. »Monsieur Boisselot ist in der Rue de la Boétie gewesen und hat ohne weitere Erklärungen angekündigt, dass er lange Zeit fort gehen werde! …«

Nachdenklich stellte Monique zu ihrem eigenen Erstaunen fest, dass sie ihm gegenüber keinen Groll mehr verspürte. Eher ein gewisses Mitleid. Wenn er sie krankhaft geliebt hatte, so hatte er sie doch wenigstens – davon zeugte seine furchtbare Leidenschaft! – so geliebt wie noch keiner zuvor … Er hatte sie von den Drogen befreit. Und sogar die Erinnerung an sein besitzergreifendes Wesen stieß sie nun, da sie sich von ihm gelöst hatte, nicht mehr ab, sondern rührte sie fast.

Sie prüfte sich ehrlich. Waren manche seiner Vorwürfe, die ihr zuerst ungerecht vorgekommen waren, nicht doch gerechtfertigt? »Ein Unglücklicher!«, hatte Blanchet gesagt … Ja, ein Unglücklicher, dessen Schmerz aber rückwirkend – sie wäre undankbar gewesen, wenn sie das vergessen wollte – ein doppeltes Glück schuf.

Denn wenn sie auch ihren inneren Triumph hätte dämpfen wollen, wenn sie sich auch furchtsam den Glanz des Blickes hätte verhehlen wollen, der sie jetzt eben wieder flehend erfasste – sie beide empfanden nur Glück!

»Ich sehe Sie wohl!«, sagte sie vorwurfsvoll. »Es ist nicht recht, die Unaufmerksamkeit des Pflegepersonals dazu auszunutzen, derartige Dinge zu sagen! …«

»Ich sage doch gar nichts!«

»Aber ich höre es! … Lieber, lieber Georges! …«

So nahmen die beiden ihr tägliches Zwiegespräch wieder auf. Sie sagten einander immer dasselbe …

Das Zartgefühl, mit dem er sie zu erobern suchte … als ob er sie nicht schon ganz und mit einem Schlage erobert hätte! … Sie quälte sich mit vielen Skrupeln. War sie eines solchen Gefühls denn wert? Brachte sie ihm nicht eine beschmutzte Seele mit? … Einen Körper, der schon so vielen gehört hatte? Verdiente sie dieses unerhörte Glück?

»Ich fürchte, Sie lieben in mir eine ganz falsche Monique! Habe ich denn all die guten Eigenschaften, die Sie in mir sehen? … Manchmal möchte ich es gern glauben. Wenn Sie mich so ansehen wie jetzt … Dann stell' ich mir vor, ich wäre wie neugeboren, meine ganze Vergangenheit wäre ausgelöscht und alles finge von vorn an!«

Er wiederholte mit tiefer Überzeugung:

»Es gibt keine Vergangenheit. Alles beginnt erst!«

»Wenn Sie wüssten! …«

Ihre Erinnerungen waren in den Tiefen ihrer Seele aufgewühlt, und der Schlamm stieg empor … Sie fühlte ein Bedürfnis, sich anzuklagen, sich zu entschuldigen … Und doch hatte sie ihre Offenheit teuer genug bezahlt, und Boisselots Eifersucht schrie ihr immer wieder zu, wie gefährlich und unvorsichtig eine solche Beichte sein könne. Aber war sie dieses Bekenntnis, das sie damals dem Freunde abgelegt und unter dem der Geliebte so gelitten hatte, nicht dem Manne schuldig, der ihr das Leben gerettet hatte – so schmerzlich es auch für ihn sein mochte?

Eitle schwärmerische Sehnsucht, sich zur Strafe für ihren Stolz zu demütigen, überfiel sie. Die Aufrührerin gegen die Verlogenheit und Brutalität des Mannes, die Garçonne, war durch die Größe einer wahren Liebe wieder zur Frau geworden.

»Wenn Sie wüssten!«, wiederholte sie …

»Aber ich weiß ja alles! Ja, ich weiß, dass Sie gelitten haben, wie alle Herzen, die nach Erfüllung dürsten! Ich weiß, dass die anderen Ihnen Übles angetan haben, ohne dass Sie ihnen jemals Böses zugefügt hätten! Was geht mich all das an? Das ist die Vergangenheit, die Ihnen allein gehört! Für mich gibt es im Leben, und infolgedessen auch in seiner höchsten Form, der Liebe, nur gleiche und freie Menschen. Auf Menschen, die man liebt, hat man keine anderen Anrechte als die, die sie uns freiwillig einräumen. Und erst von der Stunde an, wo man sich einander geschenkt hat, ist man füreinander verantwortlich. Ich weiß nur Eines, Monique, dass Sie eine gute und stolze Seele haben, dass Sie ein Mensch sind, den das Leid, statt hinunterzuziehen, größer gemacht hat.«

»Wenn das wahr wäre!«

»Das Leid, Monique, ist die Offenbarung. Eine niedrige Seele verharrt im Verfall. Eine hohe Seele geht gestählt aus ihm hervor. Haben Sie Vertrauen! Die schlimmen Zeiten sind vorüber! Jetzt geht es aufwärts!«

»Wie ich all das bereue!«, seufzte sie … »Wie gerne hätte ich Ihnen ein Herz geschenkt, das noch für keinen anderen geschlagen hat!«

VI.

Seit sie beide wieder in ihren Alltag zurückkehrt waren, der sie voneinander trennte, hatten sich Georges und Monique täglich wiedergesehen. Er war mehrere Male in der Rue de la Boétie gewesen. An den anderen Tagen fuhr sie nach Versailles hinaus – gewöhnlich in einem der Autos von Mademoiselle Tscherbalief – und nahm von dem Haus

Besitz, das er in der Avenue Saint-Cloud bewohnte … Eine alte Baracke, die für ihn zu groß war, sich aber würde herrichten lassen, mit einem Gemüsegarten, einem Hühnerhof und einer Remise, aus der sie das Gerümpel fortgeschafft hatte, um ihren Wagen dort unterzustellen.

Das alte Dienstmädchen, das seit Jahren »Monsieur Georges« den Haushalt führte, hatte sich sofort mit Monique einverstanden erklärt, denn sie erriet, dass die jetzige Freundin des Herrn bald hier die Herrin sein würde …

Eines Abends, als sie zeitig mit der Bahn gekommen war und er sie nicht wieder fortlassen wollte, hatte Monique die Einladung zum improvisierten Dîner angenommen und war mit einer festlichen Mahlzeit überrascht worden. Und als sie erstaunt den liebevoll mit Blumen geschmückten Tisch betrachtete, hatte er gestanden:

»Seit Sie zum ersten Mal hierhergekommen sind, ist kein Tag vergangen, an dem ich nicht davon geträumt hätte, dass Sie einmal nicht wieder fortgehen würden, dass ich Sie hierbehalten dürfte … So erwartet Sie das Haus nun jeden Abend.«

Er erhob sich und küsste ihr die Hand. Er war rührend in seiner kindlichen Freude und in der Zurückhaltung seines leidenschaftlichen Verlangens …

»Nein, nicht heute Abend, bitte! Geben Sie mir noch ein wenig Zeit … mich Ihrer würdig zu erweisen.«

Es war ein Aufbäumen des Unterbewusstseins, in dem die frühere Monique, die ihren Geist und ihren Körper verschwendet hatte, sich endgültig auflöste, und die neue Monique, die jener glich, die einst so vertrauensvoll dem Leben entgegen getreten war, sich neu zu entfalten begann.

Sie hatte ihre jugendliche Seele wiedergefunden, ernster im Ton, aber gepaart mit der gleichen mädchenhaften Frische. Doch unbewusst äußerte sich in ihrem ruhigeren Wesen, in ihrer Zurückhaltung größere Weiblichkeit. Mademoiselle Tscherbalief betrachtete die in den Empfangssalon der Rue de la Boétie Zurückgekehrte mit Erstaunen.

Monique hatte alle in den letzten zwei Jahren angesammelten Papiere aus dem großen Louis-XV-Schreibtisch entfernen lassen. Fröhlich und mit einer Leichtigkeit, deren sie ganz entwöhnt zu sein glaubte, zeichnete sie auf der Tischplatte ihre Entwürfe … Ein Entwurf für eine Wohnung: einige große, schlichte, helle Zimmer …

»Was starren Sie mich so an, Mademoiselle Tscherbalief? …«

»Merkwürdig! Sie scheinen mir so … ganz verwandelt! … Sollte Mademoiselle Lerbier sich etwa mit dem Gedanken tragen, zu heiraten?«

Monique lächelte … Madame Blanchet … Einen Mann? … Kinder? … Warum nicht? …

Was ihr noch vor einem Monat undenkbar vorgekommen wäre, schien ihr heute möglich … Sie sah alles mit anderen Augen, weil sie mit einem anderen Herzen empfand … Schon machte sie unwillkürlich Pläne … Im Frühjahr und Sommer würden sie das Haus in Versailles behalten. In den Ferien würden sie reisen, und im Winter …

Mademoiselle Tscherbalief, deren Frage unbeantwortet geblieben war, sah sie lächelnd an.

»Jetzt möchte ich jedenfalls ausziehen, Claire. Und da Sie mehrfache Hausbesitzerin sind und in der Rue d'Astorg etwas Passendes für mich haben … Warten Sie! Das ist noch nicht alles! Der Baron hat Ihnen ja seinen Mercedes geschenkt, da brauchen Sie doch ihren kleinen Voisin nicht mehr?«

»Nein …«

»Ich kaufe ihn. Einverstanden?«

»Einverstanden!«, sagte Claire, die seit Langem daran gewöhnt war, sich bei der Chefin über gar nichts mehr zu wundern … »Aber nicht, ehe der Mercedes überholt ist … Passt Ihnen Freitag?«

»Wenn ich ihn nur zu Heiligabend habe … Ich muss Monsieur Vignabos nach Vaucresson zu Ambrats mitnehmen …«

»Dann passt es ja ausgezeichnet! Denn – das wollte ich Ihnen schon sagen, und dazu brauche ich den Voisin noch – ich muss morgen nach Magny – zu Anikas Beerdigung!«

»Anika!«, rief Monique entsetzt.

»Vorgestern gestorben, von allen verlassen, in einer Absteige, in die sie sich vor einiger Zeit verkrochen hatte … Wussten Sie das nicht?«

»Nein … all das liegt so weit zurück! …«

»Kehlkopfkrebs.«

»Das arme Geschöpf!«

Monique sah sie vor sich, leichenblass im Dunkel der Opiumhöhle. Die ganze Vergangenheit mit ihren infernalischen Bildern stieg vor ihr auf. Entsetzen erfasste sie, wenn sie daran dachte, welchem Schicksal sie entgangen war, und sie bedauerte das traurige Geschick der Geigerin. Gleichzeitig beschwor sie die Geister der Vergangenheit wieder herauf: Michelle d'Entraygues, Ginette Hutier, Hélène Suze, Max de Laume und Lady Springfield! … Und die anderen, all jene anderen, die nur gleichgültige Masse für sie gewesen waren, die Bardinots, die Ransoms, und auch die, denen sie im Vorübergehen so viel von sich selbst geschenkt hatte: Vigneret, Niquette, Peer Rys und schließlich Régis! … Sie konnte sich kaum noch an ihre Gesichter erinnern. Auch sie waren alle längst gestorben für sie.

Sie verjagte die Erinnerungen und sagte betrübt:

»Es ist nett von Ihnen, Claire, dass Sie nach Magny fahren, obwohl Sie Anika doch kaum kannten. Ich bin sicher, sie wird kein sehr großes Gefolge haben, trotz ihrer vielen Freunde! … Nehmen Sie Blumen von mir mit … Die arme Anika. Auch eine, die ihr eigenes Opfer geworden ist!«

Die Russin schloss mit ihrer energischen Stimme:

»Sie haben recht! Man hat nur dieses eine Leben, und es ist zu dumm, wenn man es sich selbst verpfuscht!«

Monique war aufgestanden, Claire Tscherbalief hätte in ihrer Neugier gerne noch mehr erfahren. Sie fragte, auf die Zimmerdecke weisend:

»Und was machen wir mit dem Zwischengeschoss, wenn Sie in der Rue d'Astorg wohnen?«

»Geschäftsvergrößerung! Das ist Ihre Sache. Sobald ich ausgezogen bin, werden Sie mir da oben etwas Feines einrichten … Ausstellungsräume für Kleiderstoffe … Richtig, darüber habe ich ja auch noch nicht mit Ihnen gesprochen. Ich habe Lust, einen neuen Laden zu eröffnen: *Tscherbalief & Lerbier, Damenmoden* … Hier könnte man eine Treppe einbauen … sehen Sie, dorthin würde sie führen …«

Sie nahm ein großes weißes Blatt und zeichnete Pläne … Ausdruck, Bewegung, alles sprach von einer so freudigen Energie, die ihre Persönlichkeit ausströmte, dass Mademoiselle Claire ihr starr vor Staunen zuhörte: Ihre Monique war tatsächlich wie ausgewechselt! …

*

»Ich trinke«, sagte Monsieur Vignabos und erhob sein Glas, in dem der Vouvray perlte, »auf die Genesung unseres Freundes!«

»Und auf die meine, mein lieber Meister! … Von der ist überhaupt nicht die Rede!«, protestierte Monique.

Alle errieten unter der scherzenden Beschwerde eine doppeldeutige Anspielung. Aber sie warteten schweigend darauf, dass sie sich näher erklären würde …

Nur Blanchet hatte sie ganz verstanden. Er erhob sich rasch. Er wünschte so sehr, dass keinerlei schlechte Erinnerung Monique diesen glücklichen Abend trüben möge! Daher gab er ihrer Äußerung einen anderen Sinn und erhob sein Glas:

»Monique hat recht! Um die unverzeihliche Vergesslichkeit unseres verehrten Meisters wiedergutzumachen, trinke ich auf die noch raschere Genesung unserer Freundin. Das haben Sie von Ihrer Bescheidenheit, Mademoiselle! Man spricht nur von meiner Verwundung, um die Ihre kümmert sich kein Mensch! Allerdings ist kaum noch etwas davon zu sehen!«

»Nein, Georges! Führen Sie unsere Freunde nicht in die Irre. Die Heilung, von der ich sprach, ist die, die ich Ihnen verdanke! Wem sollte ich mich anvertrauen, wenn nicht Ihnen und diesen alten Freunden, die für mich das verkörpern, was Tante Sylvia für mich war – meine Familie! … Denn von meinen Eltern will ich gar nicht reden! … Für die bin ich ein Gegenstand, der ihnen einmal gehört hat und nun in andere Hände übergegangen ist! Wenn ich sie sehe, weiß ich ihnen nichts zu sagen, weil ich, wenn ich mich nicht beherrschte, ihnen zurufen müsste: ›Ihr allein und euer verdorbenes Milieu seid die Ursache all meiner Irrtümer gewesen! Bei Tante Sylvia wäre ich ein bescheidenes, unschuldiges Mädchen geblieben …‹ Ja, ich weiß wohl … auch ich trage an vielem die Schuld! … Ich schäme mich ja so entsetzlich deswegen! Zu spät! … Was soll man machen? Wenn man einmal in den Pfuhl gefallen ist, plantscht man darin herum … Man möchte gerne wieder heraus. Aber man kann nicht! …«

Sie verbarg das Gesicht in den Händen.

»Meine arme Kleine«, sagte Madame Ambrat, »warum quälen Sie sich so? In Ihrem Alter bedeutet die Vergangenheit doch noch so wenig! … Wenn man die ganze Zukunft vor sich hat! …«

»Was für eine Närrin«, lächelte Georges, »geliebte Närrin, wenn Sie mir durch irgendetwas noch mehr ans Herz wachsen könnten, dann wären es diese übertriebenen Gewissensbisse. Wer dürfte es wagen, Ihnen aus der Vergangenheit einen Vorwurf zu machen, da Sie sie so schmerzlich beklagen? … Sehen Sie mich an! Im Leben hat nur eines Wert: der Augenblick, den wir gerade erleben!«

»Sind aber meine Hände rein genug, um nach dem Glück zu greifen, ohne es zu besudeln?«

Er hatte ihre zarten Finger ergriffen, küsste sie innig und antwortete:

»Das Gras wächst umso dichter, wenn das Feuer darüber hingegangen ist. Monique, im Andenken an Tante Sylvia bitte ich Sie, meine Frau zu werden …«

»Kann ich denn?«, flüsterte sie.

»Mein liebes Kind, Sie können es nicht nur«, rief Vignabos, »Sie müssen es sogar! … Meinen Glückwunsch, Blanchet, Sie haben eine gute Wahl getroffen!«

Monique reichte Georges, der gespannt ihre Antwort erwartete, freudestrahlend und zu Tränen gerührt die Hand.

»Und jetzt, meine Lieben«, bemerkte Madame Ambrat, »möchte ich euch zwar nicht gerade hinauswerfen. Aber es ist drei Uhr, und ehe ihr in Paris seid … Wann geht eigentlich Ihr Zug, Georges?«

»Um vier!«

»Stimmt ja!«, rief Monique. »Ich hatte gar nicht mehr an Ihren Vortrag in Nantes gedacht …«

Sie wandte sich zu Vignabos:

»Und soll ich Sie mitnehmen, verehrter Meister?«

»Nein, da Madame Ambrat so liebenswürdig ist, mir Quartier zu gewähren.«

»Dann los! … Wir schaffen es gerade noch rechtzeitig! …«

»Nein! Nein!«, rief Monique, als Vignabos und Ambrat Miene machten, sie zu begleiten … »Gehen Sie schnell wieder hinein … es ist eiskalt.«

Jetzt saßen sie stumm in dem Wagen, der sie forttrug, und hingen ihren Gedanken nach.

Wie verzaubert fuhren sie durch die Mondnacht und die tiefen nebelverhangenen Wälder, über die das Licht der Scheinwerfer hinweghuschte …

»Langsamer, Monique! … Es ist so schön! …«

Sie kamen an die Seine. Wie eine Silberschleppe breitete sich der Strom zwischen den blauen Inseln aus.

»Ja, es ist schön!«, flüsterte sie.

Der Wagen stand. Sie fassten sich bei den Händen. Sie sprachen nicht miteinander und gestanden einander doch so viel! Mit einem Mal trafen sich ihre Lippen zu einem langen, innigen Kuss. Zeit für einen langen Treueschwur … Dann warf sie den Motor wieder an und sie fuhren ihrem Glück entgegen.

Zur selben Zeit waren die Ambrats und Monsieur Vignabos im Begriff, ihre Zimmer aufzusuchen.

»Wissen Sie, teure Freundin«, sagte der alte Professor, während er die Treppen hinaufstieg, »was das beweist? Dass für ein junges Geschöpf, das von dem Leben in unserer Gesellschaft noch nicht vollständig verseucht ist, die heutigen Sitten ein entsetzlicher Nährboden sind! Da haben Sie zum Beispiel unsere Garçonne! Sie ist aus ihrer zweifachen Erziehung – und aus dem Krieg – mit der Sehnsucht nach Emanzipation hervorgegangen, die so viele Frauen haben …«

»So viele?«, warf Madame Ambrat ein. »Glauben Sie wirklich? Die meisten liegen resigniert an der Kette! Viele – es ist traurig, es zu sagen – sind sogar daran geschmiedet.«

»Was macht das! Die Elite zog die Masse nach sich. Alle diese Frauen tragen potenziell eine wohltuende Kraft in sich … die Kraft des Friedens, der Gerechtigkeit und der Güte. Eine Kraft, die sich entfalten wird! … Wir sollten, teuerste Freundin, auf diejenigen Frauen zählen, die bislang ihren Teil zur Erfüllung der Aufgabe beigetragen haben und künftig in zunehmendem Maße ihren entsprechenden Beitrag dazu leisten werden. Sollte man Monique einen Vorwurf machen, dass sie die Sache auf ihre Art vorangetrieben hat? … Ein Fehltritt, meinetwegen. Aber immerhin überhaupt ein Schritt!«

»Aber Sie müssen gestehen, dass ohne Blanchet …«, sagte Madame Ambrat.

»Zugegeben! Aber lassen wir Gerechtigkeit walten; auch ohne Vigneret … Wenn eine Frau strauchelt, ist immer ein Mann mit im Spiel.«

»Der Mann, stets der Mann!«, brummte Ambrat. »Wäre es nicht richtiger, zu sagen, dass wir alle Spielball unserer Triebe sind, die uns beherrschen? Schmerz und Freude machen uns blind. Allein die Triebe walten in uns … Das sollten wir unbedingt festhalten!«

Victor Margueritte

Der französische Schriftsteller Victor Margueritte, geboren am 1. Dezember 1866 im algerischen Blida, besuchte die höhere Schule in Algier und schlug nach dem Vorbild seines Vaters, General der Französischen Armee und Kriegsheld von Sedan, zunächst die militärische Laufbahn ein. 1896 verließ er jedoch die Militärakademie von Saumur im Range eines Leutnants, um sein Leben fortan der Literatur zu widmen.

Gemeinsam mit seinem älteren Bruder Paul Margueritte (1860–1918), mit dem er schriftstellerisch mehr als zehn Jahre eng zusammenarbeitete, machte er sich als engagierter Pazifist und vehementer Verfechter der Gleichberechtigung einen Namen. Er verfasste mehrere Theaterstücke sowie progressive Artikel für linksgerichtete Zeitungen und Zeitschriften. Von 1906 bis 1908 war Margueritte – mütterlicherseits mit dem Dichter Stéphane Mallarmé verwandt – Präsident der französischen Schriftstellervereinigung *Société des gens de lettres*.

Schon 1907 thematisierte Margueritte in seinem Roman *Prostituée* die ungleichen Geschlechterollen und stellte die grundlegende Frage: »Wann wird es endlich gleiche Rechte und Pflichten für alle menschlichen Wesen geben? Eine einzige Moral, eine einzige Gerechtigkeit?«

Sein bekanntester Roman, *La Garçonne. Roman de mœurs* (dt. 1923: *La Garçonne. Ein Sittenroman aus dem heutigen Paris*), erschien 1922 als erster Teil der Trilogie *La femme en chemin*. Mit der Titelheldin Monique

Lerbier erschuf Margueritte eine emanzipierte Frau, die als Garçonne zur Identifikationsfigur und zum Symbol der sexuellen Befreiung in den 1920er-Jahren wurde. In den beiden Folgebänden der Trilogie, *Le compagnon* (1924) und *Le couple* (1925), verfolgten die Heldinnen den Weg zur Verwirklichung der Gleichberechtigung konsequent weiter.

Nach der Veröffentlichung von *La Garçonne* liefen konservative Sittenwächter Sturm und forderten ein Verbot des Romans. In der Folge wurde Victor Margueritte 1923 die Mitgliedschaft in der Ehrenlegion aberkannt, der er seit 1914 angehört hatte. Befeuert durch den Skandal, avancierte *La Garçonne* zum Welterfolg der Zwischenkriegszeit, wurde über eine Millionen Mal verkauft und in zwölf Sprachen übersetzt. Paul Colin feierte den Roman in der renommierten Literaturzeitschrift *Europe* als »literarisches Nachkriegereignis«. Kurt Tucholsky besuchte den Autor 1924 und schrieb in der *Vossischen Zeitung*: »Dieses Buch hat den europäischen Kontinent überschwemmt und den südamerikanischen erobert, es liegt auf den Nachttischen der Junggesellen und wird unter den Kopfkissen der Damen verborgen und ist überall.«

Margueritte erarbeitete auch eine Bühnenfassung seines Erfolgsromans, die am 6. Juli 1926 im Théâtre de Paris uraufgeführt wurde. Die Verfilmungen des Stoffes – 1936 u. a. mit Arletty und Edith Piaf (Regie: Jean de Limur) sowie 1957 mit Andrée Debar und Jean Danet (Regie: Jacqueline Andry) – stießen jeweils auf große Resonanz in der Öffentlichkeit.

Victor Margueritte, durch den Welterfolg seines umstrittenen Romans zwar nicht zu Ehren, dafür jedoch zu Geld gekommen, erwarb Mitte der 1920er-Jahre ein stattliches Anwesen an der Côte d'Azur in der Nähe von Saint-

Tropez, wo er sich mit seiner zweiten Frau niederließ. Seine Entlassung aus der Ehrenlegion und die Tatsache, dass keiner seiner Kollegen außer Anatole France sich für ihn eingesetzt hatte, setzten ihm bis an sein Lebensende zu. Den Glauben an die Richtigkeit seiner Überzeugung in Bezug auf die Gleichberechtigung der Geschlechter jedoch gab er nie auf: »Die *Garçonne* ist nur eine Etappe auf dem nicht aufzuhaltenden Marsch des Feminismus auf das wunderbare Ziel hin, das er erreichen wird.«

Victor Margueritte starb am 23. März 1942 in Monestier.

Unda Hörner

Am Horizont der Meere
Gala Dalí

Roman, 304 Seiten
gebunden mit Schutzumschlag
ISBN 978-3-86915-189-2

1912 begegnet die junge Helena Diakonova aus Moskau, genannt Gala, bei einer Kur in Davos dem angehenden Dichter Paul Éluard aus Paris. Sie folgt dem Geliebten mitten in den Kriegswirren an die Seine, sie heiraten und bekommen eine Tochter. Doch schon bald taucht das Paar tief in die Kreise der Pariser Boheme ein, Gala beginnt eine Ménage à trois mit ihrem Mann und Max Ernst. Als 1929 der junge Salvador Dalí in ihr Leben tritt, beschließt sie, alles hinter sich zu lassen und bei ihm zu bleiben … Unda Hörner zeichnet ein faszinierendes Porträt der legendären Muse der Surrealisten, die alle Fesseln sprengt, um sich ein eigenständiges Leben zu erkämpfen, und vermittelt zugleich ein farbiges Bild der Pariser Avantgarde in den 1920er und 1930er Jahren.

Unda Hörner

1919 – Das Jahr der Frauen

256 Seiten
gebunden mit Schutzumschlag
ISBN 978-3-86915-169-4

1919 dürfen Frauen in Deutschland erstmals wählen und machen sich auf allen Gebieten daran, ihr Leben selbst zu gestalten: Käthe Kollwitz wird als erste Frau in die Akademie der Künste berufen, Marie Juchacz hält als Erste eine Rede im Parlament. Während Rosa Luxemburg in Berlin ihren Einsatz für die politische Neuordnung mit dem Leben bezahlt, öffnet in Paris Marie Curies Radiuminstitut seine Pforten und Sylvia Beach gründet *Shakespeare & Company*. Unda Hörner verwebt weibliche Lebenswege und historische Ereignisse zu einer atmosphärisch dichten Erzählung – eine faszinierende Zeitreise ins Jahr 1919, in dem auf einmal alles möglich scheint für die Frauen.

– www.ebersbach-simon.de –

Die französische Originalausgabe erschien 1922
unter dem Titel
La Garçonne. Roman de mœurs
bei Ernest Flammarion, Paris,
die deutsche Übersetzung erstmals 1923 unter dem Titel
La Garçonne. Sittenroman aus dem heutigen Paris
im Kurt Ehrlich Verlag, Berlin

Deutsche Lizenzausgabe mit freundlicher Genehmigung der
MSB Matthes & Seitz Berlin Verlagsgesellschaft mbH
Victor Margueritte. Die Aussteigerin
Aus dem Französischen von Joseph Chapiro

1. Auflage 2020
Neu bearbeitet von Sophia Sonntag auf Grundlage
der Übersetzung von Joseph Chapiro

Umschlaggestaltung: Lisa Neuhalfen
Satz: Birgit Cirksena · Satzfein, Berlin
Druck und Bindung: GGP Media GmbH, Pößneck
ISBN 978-3-86915-210-3

www.ebersbach-simon.de